Meinen Eltern
und meiner Schwester Sabina

Das Erbe der Zeitlosen

- eine fantastische Geschichte -

Rhea-Silvia Remus

Papilio Verlag
ISBN 3-8311-3655-6
Herstellung Books on Demand GmbH Norderstedt

Inhalt

Ein ganz normaler Montag

Es war an einem Montag Mittag, als Lisa aus der Schule kam. Lisa war ein großes, schlankes Mädchen mit schulterlangen, blonden Haaren. Als sie an diesem Tag das Haus betrat, roch es unangenehm. Irgendein unbekannter Geruch, der sich in ihre Nase drängte und ein lautes Niesen zur Folge hatte. Sie erblickte ihre Katze, die sich, ängstlich zitternd, in eine Ecke des Raumes drängte. Vorsichtig nahm sie die Katze auf den Arm und sprach beruhigend auf sie ein. Dann rief sie:„Christa, Christoph!", doch ihre Verwandten antworteten ihr nicht. Sie lief, laut ihre Namen rufend, durch das Haus, aber sie konnte weder ihre Cousine noch ihren Cousin entdecken. So kam sie wieder in der Stube an, ohne die beiden gefunden zu haben.

Erneut schlug ihr der unangenehme Geruch entgegen. Sie sah sich um und entdeckte ein seltsames Gebilde, das unter der Zimmerdecke schwebte. Das Etwas leuchtete von innen in allen Farben des Regenbogens. Von ihm ging dieser unangenehme Geruch aus, den sie schon beim Betreten des Hauses bemerkt hatte. Erstaunt und erschrocken sah sie das Etwas an, als sie bemerkte, dass es Worte vor sich hin murmelte. Es klang gespenstisch, Lisa lief es kalt über den Rücken und sie begann zu frösteln. „Kommen durch Geheim Tür. Kommen, retten Land Silberlicht, Mädchen und Junge."

Lisa hörte fasziniert zu. Plötzlich gab es einen lauten Knall und das Wesen war verschwunden. Nur langsam löste sich Lisa aus ihrer erstarrten Haltung. Die Worte des Wesens hallten in ihren Ohren nach, ihre Verwirrung legte sich und sie begann, darüber nachzudenken, was jetzt zu tun sei. Grübelnd ging sie im Zimmer auf und ab, bis sie schließlich nachdenklich vor der Glasvitrine anhielt. Eine Zeit lang starrte sie die Vitrine gedankenverloren an, bis sie bemerkte, dass diese Vitrine leicht vibrierte. Vorsichtig ging sie einen Schritt auf die Vitrine zu. Die Vitrine begann nun, noch stärker zu vibrieren und ein helles Licht auszustrahlen. Rasch trat Lisa einen Schritt zurück - das Leuchten erlosch. Sie blickte die Vitrine fassungslos an, doch als sie erneut auf die Vitrine zuging, wiederholte sich der Vorgang. Jetzt erschien die Vitrine ihr wie ein Tor, das sie unwiderstehlich anzog. „Ist ja lächerlich," dachte Lisa bei sich, „eine Vitrine kann kein Tor sein." Sie drehte sich um und wollte gehen, doch ein merkwürdiges Ziehen im Rücken hielt sie zurück. Rasch drehte sie sich wieder um und starrte die Vitrine an. „Lächerlich," dachte sie noch einmal, „so etwas gibt es nicht." Zweifel überkamen sie und neugierig geworden hielt sie inne. Ob sie es versuchen sollte? Was konnte schon passieren? Da tat sie einen beherzten Schritt mit geschlossenen Augen und bereit, jederzeit gegen etwas Festes zu rammen.

Doch es erfolgte kein Aufprall. Vorsichtig lugte sie unter nur halb geöffneten Augenlidern hervor. Was sie sah, verschlug ihr den Atem: Ein Wirrwarr aus Strichen und Punkten umgab sie, Striche und Punkte, die scheinbar ziellos durch einen dunklen Raum zogen. Ansonsten war der Raum leer. Sie glaubte schon, durch einen einfachen Schritt zurück den Raum wieder verlassen zu können, als sie eine Tür am anderen Ende des Raumes erspähte. Die Neugier siegte und geduckt lief sie durch das Gewirr aus Punkten und Strichen auf die Tür zu. Die Tür war geöffnet und rasch trat sie hindurch.......
und befand sich mitten unter Vierecken, Quadraten, Dreiecken, Rhomben, Trapezen und anderen, zweidimensionalen Figuren, welche ebenfalls ungeordnet durch den dunklen Raum zogen. Lisa verfolgte gebannt ein Dreieck, das von der rechten Seite des Raumes zur linken zog, bis sie es in der dunklen Unendlichkeit des Raumes nicht mehr erkennen konnte. Erst jetzt wurde sie gewahr, dass sie das Ende des Raumes nicht sehen konnte. Doch auch

diesmal erblickte sie eine Tür, die mitten im Raum stand und ebenfalls geöffnet war. Entschlossen, nicht auf halbem Wege stehen zu bleiben, trat Lisa durch die Tür.

Im nächsten Raum wimmelte es von dreidimensionalen, geometrischen Figuren in allen Größen und Farben. Es funkelte und blitzte, wenn das diffuse Licht des Raumes auf die Ecken der Figuren traf. Eine magische Kraft strahlte von ihnen aus.

In einem Glaskörper unbeschreiblicher Form, der direkt an ihrem Kopf vorbeizog, sah sie ein Spiegelbild ihrer selbst, seltsam verzerrt und gebrochen, gedreht, schillernd und blitzend zwar, aber dennoch deutlich genug, um sich selbst für einige Sekunden direkt in die Augen schauen zu können. Und dieser Blick ging tiefer als der in jeden Spiegel. Er drang tiefer, bis zu ihrer Seele, und obgleich er nur wenige Sekunden dauerte, war er schrecklicher als alles jemals zuvor Gesehene. Dann war alles vorbei.

Von Panik ergriffen sah Lisa sich um und erblickte auch hier eine Tür. Auch hier schien der Raum endlos zu sein. Sie bekam ein ungutes Gefühl, kalte Angst packte sie. Sie fühlte sich unbehaglich, alleine. Aber an ein Zurück dachte sie nicht. Entschlossen überwand sie ihre Angst und so schnell sie konnte lief sie auf die Tür zu und trat hindurch.

Was sie sah, übertraf ihre kühnsten Erwartungen. In dem Raum wimmelte es von Uhren, die unkontrolliert durch den Raum zogen und ganz leise tickten. Tick-tack. Alle zeigten eine andere Urzeit. Das leise Ticken der Uhren hallte in dem dunklen Raum und ließ sie erneut erschauern. Tick-tack, tick-tack. Lisa lauschte in den Raum hinein. Sie hatte schon die ganze Zeit ein Gefühl, das ihr sagte, sie habe etwas verloren. In diesem Raum war es so deutlich, das es schmerzte. Gehetzt hielt sie nach einer weiteren Tür Ausschau. Dabei fiel ihr Blick auf eine der Uhren. Sie zog von oben nach unten, zeigte Viertel vor drei und hatte ein römisches Zifferblatt. Lisa verfolgte den Zug der Uhr mit den Augen, als sie plötzlich bemerkte, dass der Raum keinen Fußboden besaß. Entsetzt schloss sie die Augen, ein Schrei entfloh ihren Lippen und sie schlug die Hände vor ihr Gesicht. Dann begann sie zu laufen. Mit traumwandlerischer Sicherheit fand sie die Türen und lief nie gegen eine Wand.

Sie wusste nicht, wie viele Türen sie durchquert hatte, als sie endlich das Gefühl des Alleinseins, die Angst und das Gefühl des Verlierens nicht mehr spürte. Vorsichtig öffnete sie die Augen. Offensichtlich war sie am Ziel ihrer Reise angekommen, denn sie konnte keine Tür mehr entdecken. Der Anblick, der sich ihr bot, war atemberaubend:

Sie stand an einer Schlucht. Auf der gegenüberliegenden Seite war ein Wald, dessen ursprüngliche Farbe wohl grün gewesen sein mochte, aber nun schien ein roter Nebel über dem Wald zu liegen. Die Gefährlichkeit, die er ausstrahlte, jagte ihr einen Schauer über den Rücken. Das Ende des Waldes war nicht zu sehen, aber im Norden sah sie ein riesiges Gebirge. Sie selbst befand sich auf einer grünen Wiese, auf der nur ab und zu ein Baum stand. Die Gegend strahlte Freundlichkeit aus, Wärme verbreitete sich in ihr und sie fühlte sich wieder sicher. In der Schlucht rauschte ein reißender Fluss. Unweit ihres Standortes konnte die Schlucht auf einer Steinbrücke überquert werden.

Sie sah sich unschlüssig um. Wo war sie? Was sollte sie jetzt tun?

Da ließ ein Geräusch ihr das Blut in den Adern gerinnen; es war ein Zischen und Pfeifen, als wenn etwas durch die Luft auf sie zufliege. Schnell wurde es lauter. Sie blickte auf und erstarrte. Ein Pfeil flog auf sie zu, ein schwarzer Pfeil mit roter Spitze. Sie wollte ausweichen, hatte aber vor Schreck vergessen, dass sie am Rand eines Abgrundes stand. Lisa tat einen großen Schritt zurück, strauchelte und - stürzte in den Abgrund.

Sie wollte schreien, aber sie konnte nicht, brachte keinen Laut hervor. Ihr Herz schlug bis zum Hals. Doch plötzlich, den Tod schon vor Augen, spürte sie, dass irgend etwas ihren Sturz abfing. Dennoch war der Aufprall so stark, dass sie das Bewusstsein verlor.

Gut und Böse, Hell und Dunkel

Sie erwachte mit höllischen Kopfschmerzen in einem weichen Bett. Benommen schüttelte sie den Kopf und versuchte, sich aufzusetzen. Leise stöhnend rieb sie sich den schmerzenden Schädel. Dann sah sie sich in dem Raum um. Das Bett, auf dem sie gelegen hatte, stand in der Mitte des Raumes. Die Wände bestanden aus Glas, nur eine Seite war teilweise gemauert und besaß eine Tür. Neben ihrem Bett stand ein Tisch, daneben ein Stuhl. Lisa wankte an eines der Fenster und sah hinaus. Sie befand sich in einem Turm. Als sie versuchte, die Schlucht zu entdecken, in die sie gestürzt war, bemerkte sie schließlich einen Wald am Horizont, der rot zu leuchten schien. Nun wusste sie, dass sie die Schlucht wegen des Waldes nicht sehen konnte. Sie musste lange ohnmächtig gewesen sein, sonst hätten ihre "Retter" (sie wusste nichts über sie) nicht so eine weite Strecke zurücklegen können und sie erkannte auch, dass das Gebirge, das sie gesehen hatte, sich bis hier her erstreckte.

Nun nahm sie das Land in der näheren Umgebung in Augenschein. Es war öde, eine Wüste. Auch über der Wüste lag der rote Schein, der bei ihrer Ankunft auch schon über dem Wald gelegen hatte. Im Hintergrund erblickte sie ein rotes Moor.

Keine schöne Landschaft. Die Burg, in deren Turm sie sich befand, war von einem blutroten Graben umgeben. Lisa wurde es schlecht und sie tastete nach dem Bett. Entsetzt und immer noch etwas benommen ließ sie sich auf das Bett sinken und versuchte, ihre Gedanken zu ordnen.

Plötzlich hörte sie eine Stimme, die rief: „Entscheide dich nicht zu früh! Fall nicht auf den Trick des Schwarzen Dämonen herein. Er ist böse und will sich des Landes Silberlicht durch den schwarzen Feuerteufel bemächtigen. Er braucht dich, um das Land zu erobern. Du bist die Dritte deines Blutes und sollst das Dreieck schließen."

Lisa drehte sich um und erblickte eine Gestalt, klein und zerbrechlich, nicht größer als der Zeigefinger ihrer rechten Hand. Die Gestalt, von der Lisa vermutete, dass sie eine Elfe ist, hatte lange, gelockte blonde Haare und winzige, bläulich schimmernde Flügel. „Du darfst nicht in das rote Licht blicken. Es wird dir die Sinne rauben. Dann bist du verloren, ebenso wie die beiden anderen und meine Heimat Silberlicht. Es tut mir leid, dass wir zu spät kamen. Blicke nicht in das rote Licht. NIE!" sprach die Elfe und war verschwunden. Lisa schwirrte der Kopf voller Gedanken, die keinen Reim ergaben. Nur das Wort „nie" hallte in ihr nach und das rote Licht.

Sie wusste nicht, wie viel Zeit seit ihrem Erwachen vergangen war, als sich die Tür öffnete und ein Mann den Raum betrat. Der Mann war groß und kräftig gebaut. Er trug ein schwarzes Hemd, eine schwarze Hose und einen ledernen Gürtel. An der einen Seite des Gürtels hing ein langes, zweischneidiges Schwert, auf der anderen Seite eine Streitaxt und ein Morgenstern. Seine schwarzen Haare wurden zum größten Teil von einem schwarzen Helm verdeckt, auf dessen Spitze der Anblick einer hässlichen Fratze zu sehen war. In der Hand hielt er einen Speer mit schwarzem Schaft.

Der Mann machte eine auffordernde Geste und sagte in schroffem Ton:

„Komm!" Mit schweren Schritten polterte er durch die Tür auf den Flur hinaus. Nur zögernd folgte Lisa ihm. In ihren Ohren hallte das Wort „nie".

Sie musste rennen, um mit dem Mann Schritt halten zu können. Jede Tür, auf die sie trafen, öffnete sich wie von Geisterhand. Nachdem sie durch eine Tür gegangen waren, schloss sich diese auch wieder von selbst. Lisa hatte versuchen wollen, sich den Weg, den sie gingen, zu merken; aber schon nach fünf Türen hatte sie die Orientierung verloren. Ein unheimliches Gefühl beschlich sie.

Ihre trüben Gedanken wurden von einer der unzähligen Wandzeichnungen abgelenkt. Sie zeigte einen hochgewachsenen, schlanken Mann in silberner Rüstung, der ein großes, zweischneidiges Schwert schwang. Auf seinem Kopf saß ein Helm in Silber, dessen Spitze ein goldenes Ei krönte. Er kämpfte gegen eine Gestalt in Schwarz, die eine Fratze auf dem Helm trug. „Wie der Mann vor mir" dachte Lisa. Nur trug der Mann auf dem Bild zusätzlich einen roten Umhang. Der Silberne schien die Oberhand gewonnen zu haben. Das nächste Bild jedoch zeigte, dass sich nun mehrere schwarz gekleidete Gestalten auf die silbern gekleidete Gestalt stürzten. Das dritte Bild war grausam anzusehen. Es war entsetzlich viel Blut geflossen und der Silberne war der Übermacht erlegen. Lisa schloss entsetzt die Augen und schenkte den Bildern keinen weiteren Blick mehr, sondern konzentrierte ihre Blicke auf den Rücken des Mannes vor ihr.

Schweigend gingen sie immer weiter.

Als der Mann dann ruckartig anhielt, prallte Lisa fast gegen seinen Rücken. Der Mann trat zur Seite und stieß Lisa vor sich. Dann schleuderte er der Tür ein unfreundliches Wort in einer unbekannten Sprache entgegen. Die Tür öffnete sich und gab den Blick auf eine Gestalt frei, die von einem roten Licht umgeben zu sein schien. Doch sie sah das Bild nur in ihrem Kopf. Irgend etwas hielt ihr die Augen zu. Sie war sicher, dass es imaginär war und außer ihr niemand etwas davon bemerkte. Dann erlosch das Licht.

Trotzdem konnte sie die Gestalt auf dem Thron nur undeutlich sehen. Die Gestalt lachte hämisch. Da hörte sie in ihrem Kopf eine Stimme, die zischte:„Lauf, lauf, bevor es zu spät ist. Folge der Richtung, die die Silbernen an den Wänden mit ihren Fingern zeigen. Mit den Fingern der rechten Hand. Lauf zum Fenster und spring!"

Mit einem Ruck wandte Lisa sich um und rannte aus dem Raum. Sie sah die Figuren an den Wänden und rannte in die angezeigte Richtung. Schon hörte sie schnelle Schritte hinter sich, als sie ein Fenster erblickte. Gehetzt rannte sie darauf zu und stoppte ihren Lauf, indem sie sich mit beiden Händen krampfhaft am Fensterrahmen festhielt. Entsetzt blickte sie in die Tiefe und zögerte. Unschlüssig sah sie sich um und erhaschte einen Blick auf die Männer hinter sich. Sie hatten sie schon fast erreicht. Da fasste Lisa allen Mut, den sie besaß und sprang mit geschlossenen Augen.

Sie fiel.

Eine Feder berührte ihr Gesicht, sie hörte einen Flügelschlag neben sich, Sekunden erschienen ihr wie Stunden. Sie glaubte, sterben zu müssen, als sie plötzlich sanft landete. Sie schlug die Augen auf und merkte, dass sie auf dem Rücken eines riesigen, weißen, geflügelten Pferdes saß, das sich rasch von der Burg entfernte.

Schweigend flogen sie dahin. Unter sich sah Lisa die Landschaft, eine rote, öde Wüste. Die Burg lag weit hinter ihnen und war nur noch dunkel zu erahnen. Das geflügelte Pferd flog schnell dahin, der Wind strich über Lisas Kopf und sie verbarg ihr Gesicht im dichten Fell des Pferdes, um es vor der Kälte zu schützen. Die Bewegungen des Pferdes waren immer noch kraftvoll, obwohl sie schon eine ganze Weile unterwegs waren. Sie hatten den Fluss in der Schlucht fast erreicht- die Schlucht, in die Lisa gestürzt war.

Soeben erreichten sie den schmalen Waldstreifen vor dem reißenden Fluss, der das rote Land zu begrenzen schien.

Lisa hatte die Zeit während des Fluges dazu genutzt das Puzzle in ihrem Kopf zu ordnen und sich einen Überblick über die Lage zu verschaffen. Aber es hatte ihr keine Klarsicht verschafft. Im Gegenteil. Sie war endgültig verwirrt. Das rote Licht, die Bilder an den Wänden in der Burg, das Dreieck, von dem das mysteriöse Wesen in dem Zimmer gesprochen hatte und dessen Entschuldigung dafür, das sie zu spät gekommen seien, das Verschwinden ihrer Verwandten, der Pfeil, der ihr fast den Tod gebracht hätte. All diese Dinge konnten vielleicht in gewisser Weise zusammen gesetzt werden, aber es blieben Spekulationen. Und wie konnte das alles mit ihren Erlebnissen beim Übergang in diese Welt zusammenhängen, dass ihre Uhr nicht mehr funktionierte und das dumpfe Gefühl, das sie immer noch beschlich, wenn sie an die Begegnung mit dem Vieleck dachte. Und wer mochte das Pferd geschickt haben? Ging sie vielleicht geradewegs in die nächste Falle? Zweifel plagten sie, gepaart mit Angst, die sich ihrer bemächtigte. Sie wünschte sich nichts sehnlicher als Klarheit und hoffte, diese auf der anderen Seite des Flusses zu finden.

Das Pferd flog rasch über den Fluss. Lisa sah hinab in die Fluten und der Schreck kam über sie wie ein Hammerschlag. Sie bekam mit einem Mal erneut zu spüren, in welch großer Gefahr sie geschwebt hatte. Ihre Hände verkrampften sich in dem Fell des Pferdes. Dann waren sie über den Fluss. Augenblicklich verlangsamte das Pferd seinen Flug. Lisa spürte, wie die Anspannung, die Angst und Hilflosigkeit von ihr abfielen. Sie sah jetzt das Land, in das das geflügelte Pferd sie getragen hatte, vor sich liegen. Sie sah grüne Wälder, klare Seen, goldene Steppen und ein riesiges Gebirge im Hintergrund.
Das Pferd setzte jetzt zur Landung an. In einem lichten Hain, umgeben von einigen Tannen setzte es dann auf dem Boden auf. Es schien erschöpft zu sein und auch Lisa war müde. Abgekämpft ließ sie sich vom Rücken des Pferdes gleiten. Sie sah sich das Tier genauer an. Es hatte riesige, silberne Klauen und ein spitzes, silbernes Horn auf der Stirn. Mähne und Schweif schimmerten in allen Farben des Regenbogens. Seine Augen verfolgten aufmerksam jede ihrer Bewegungen.
„Mein Name ist Sternenpfeil" Lisa sprang mit einem Satz nach hinten und sah sich erschrocken um.
„Wer hat da eben gesprochen? Wo bist du?" Ein heiseres Lachen ertönte.
„Ich stehe direkt vor dir!" Lisa starrte das Einhorn an. Mit einem Schlag wurde ihr klar, dass es das Einhorn war, das eben gesprochen hatte. Neugierig sah sie sich das Tier an.
„Hallo. Du weißt sicher, dass ich Lisa heiße." stammelte sie. „Danke, dass du mich gerettet hast. Ich wusste nicht, dass du sprechen kannst." Das klang nichtssagend und eigentlich lächerlich, aber Lisa fiel im Moment nichts Besseres ein. Erst jetzt bemerkte sie auch, wie durstig sie war.
„Du hast nicht zufällig etwas zu Trinken bei dir oder weißt, wo ich etwas finden kann?"
„Dort hinter den Bäumen ist ein See", entgegnete das Einhorn. Seine Augen beobachteten jede ihrer Bewegungen.
„Ich lauf schnell etwas holen." Die Blicke des Einhorns machten sie nervös. Ohne es zu bemerken, begann sie mit ihren Haaren herumzuspielen. Sie machte auf dem Absatz kehrt und rannte durch die Bäume davon, in die Richtung, die das Einhorn ihr gezeigt hatte. Alsbald kam sie an einen See und trank von dem klaren Wasser, das sie mit ihren Händen schöpfte. Dann nahm sie einige Binsen, flocht daraus einen Topf und legte ein Stück Stoff, das sie aus ihrer zerfetzten Hose gerissen hatte, hinein, damit kein Wasser auslaufen konnte. Sodann schöpfte sie Wasser und rannte zu dem Einhorn zurück.
Als sie am Lager ankam, ging sie rasch zu dem erschöpften Einhorn. Als es das Wasser sah, trank es gierig alles aus. „Danke", sagte es, „lass uns hier übernachten. Komm zu mir." Lisa ging zu ihm hinüber.
Das Einhorn steckte seinen Kopf in das Federkleid seiner Flügel und schlief ein. Lisa kuschelte sich an Sternenpfeil. Sie war so müde, dass sie fast augenblicklich einschlief.

Sie erwachte von einem Geräusch nahe ihres Lagers. Vorsichtig öffnete sie ihre Augen und sah sich um. Es war immer noch dunkel, mitten in der Nacht. Das Einhorn schien zu schlafen. Hinter ihm war alles ruhig. Sie glaubte schon, sich getäuscht zu haben, als sie die Schemen mehrere Männer unter den Zweigen zweier Bäume stehen sah. Soweit Lisa in der Dunkelheit erkennen konnte waren sie groß, schlank und in anliegende, silberne Gewänder gekleidet. Lange Umhänge hingen von ihren Schultern.

„Wie die Männer auf den Wandzeichnungen" dachte Lisa. Doch obwohl sie ihnen nicht in die Gesichter schauen konnte, spürte sie, dass die Männer freundlich waren. Sie schienen auf etwas oder jemanden zu warten.

Da hörte sie ein Geräusch, ein leises Klingeln. Eine Frau trat auf die Männer zu. Von ihren Haaren stammte das Geräusch; sie waren blond und in ihnen trug die Frau unzählige Perlen und Glöckchen, die bei jedem Schritt leise klingelten. Ihre Kleidung bestand aus einem eng anliegenden Anzug und einem weiten Umhang.

Sie begrüßte einen der hochgewachsenen Fremden, der aus der Menge heraustrat.

Lisa konnte einen Hustenanfall gerade noch unterdrücken. Sie hörte, wie die Frau sagte:„Keine Spur von ihnen. Ich habe sie nicht gesehen. Und ihr?"

„Niemanden. Sie scheinen wie vom Erdb.....“

Lisa konnte den Hustenanfall nicht mehr unterdrücken. Lautes, heftiges Husten schüttelte sie. Die bis vor kurzem noch unbewaffnet scheinenden Männer fuhren herum, in den Händen silberne Dolche, teilweise Schwerter. Die Frau zog einen silbernen Bogen mit Pfeil unter ihrem Umhang hervor.

Lisa fuhr entsetzt zusammen. Sie erhob sich und nahm unsicher die Arme hoch. Nun erwachte auch das Einhorn augenblicklich. Zu Lisas Erleichterung steckte die Frau jedoch plötzlich ihre Waffe weg und sagte „Es ist gut, sie ist es."

Die Waffen der Männer verschwanden wieder unter ihren Umhängen.

Zu Lisa gewandt sagte die Frau:„Willkommen im Land Silberlicht. Ich bin Laya und das hier ist Trovok, der Führer der Vorak." Der Mann, mit dem sie kurz zuvor noch gesprochen hatte, nickte ihr zu und ging dann zu seinen Männern. Lisa sah, wie die Männer damit begannen, Feuer zu entfachen und ein Lager aufzuschlagen. Dann reichte Trovok Lisa eine Decke. Unterdessen war Laya zu Sternenpfeil hinübergegangen und sprach mit ihm. Nun trat sie zu Lisa und setzte sich auf den Boden. Lisa ließ sich neben ihr ins Gras sinken. Eine Weile sahen sie den Männern zu, die die Wachen einteilten. Laya sprach kein Wort und Lisa wollte nichts fragen, so dass sie beide schwiegen, bis Laya das Wort ergriff:

„Morgen reiten die anderen weiter. Ich werde Sternenpfeil fragen, ob er uns zur Burg Silberlicht bringen kann. Sie wird dir gefallen. Dort wird man dir alles erklären. Geh jetzt schlafen."

Sie erhob sich geschmeidig und ging davon. Trovok trat zu ihr und reichte ihr ein paar Früchte.

„Iss", befahl er. „Du wirst noch eine Menge Kraft brauchen, um die Aufgaben, die dir gestellt werden, zu bewältigen. Schlaf jetzt." Dann ging auch er. Nachdenklich aß Lisa die Früchte. Sie schmeckten leicht süß, aber gut. Dann wickelte sie sich in die Decke und schlief zufrieden ein.

Tyro

Als Lisa am anderen morgen erwachte, schliefen die anderen noch. So verließ sie das Lager, um zu dem nahen See zu gehen, an dem sie tags zuvor das Wasser geholt hatte. Dort ging sie schwimmen. Das Wasser war glasklar und eiskalt, aber das störte Lisa nicht. Sie schwamm eine Weile und ging dann ans Ufer, um sich anzuziehen.

Zufrieden trank sie ein bisschen Wasser und wollte schon gehen, als sie ein paar Früchte erblickte, die in der Morgensonne wunderschön leuchteten und verlockend aussahen. Sie pflückte einige, um sie mit ins Lager zu nehmen, als sie hinter sich ein Geräusch hörte. Erschrocken fuhr sie herum. Das Gebüsch vor ihr teilte sich und ein großer, schlanker Junge trat heraus.

Er hatte braune, von silbernen Strähnen durchzogene Haare, trug Jagdkleidung und mochte in ihrem Alter sein, vielleicht etwas älter. Er hielt einen Bogen in der einen Hand, hatte an seinem Gürtel einen Dolch und einen Beutel und auf seinem Rücken einen Köcher mit Pfeilen hängen. Sein Gesicht war schmal und gebräunt.

Er musterte sie von oben bis unten. Schweigend standen sie einander gegenüber. Schließlich brach er das Schweigen:

„Entschuldige, wenn ich dich erschreckt habe." Seine Stimme klang angenehm. „Aber ich sah, wie du die Früchte pflücktest. Sie sind giftig." Lisa erschrak und warf die Früchte rasch fort.

„Du bist Lisa, nicht wahr?" fuhr er fort. „Ich heiße Tyro. Ich hörte jemanden im Wasser, und da bin ich gekommen um nachzuschauen. Dabei habe ich gesehen, dass du die giftigen Früchte gepflückt hast."

Wie einfach das klang.

„Danke." Lisa lächelte. „Ich wollte gerade in das Lager zurückgehen." „Ich komme mit, denn ich muss sowieso zurück." Zusammen machten sie sich auf den Weg zurück zum Lager.

Auf dem Weg erzählte ihr Tyro, wo sie gelandet war. „Dies war einer der Silberteiche. Wir sind in der Silbersteppe. Du sollst jetzt zu unserem König, Silberbart, gebracht werden. Er ist einer aus dem alten Geschlecht der Lurer. Diese stellen seit Jahrhunderten den König. Laya wird dich hinbringen. Vater und seine Armee werden später nachkommen. Vielleicht treffen wir uns dann ja wieder."

Sie erreichten das Lager. Lisa gestand sich ein, dass sie Tyro mochte.

Laya kam ihr entgegen. „Wo warst du denn? Warum hast du niemandem Bescheid gesagt, wohin du gehst? Wir haben dich überall gesucht." Da bemerkte sie Tyro. „Aber wie ich sehe, bist du in schlechter Gesellschaft!" Verdutzt sah Lisa sich um. Nachdenklich blickte Lisa Tyro an und überlegte, was Laya mit schlechter Gesellschaft meinen konnte. Da sah sie, dass Tyro breit grinste.

Er und Laya begrüßten sich freundschaftlich. Lisa merkte nun, dass sie einem Scherz aufgesessen war. Dann wurde Laya wieder ernst:„Komm, wir wollen aufbrechen". Lisa tat, wie ihr geheißen und stieg auf Sternenpfeils Rücken. Das Einhorn begrüßte sie lachend und dann ging die Reise los.

Über ihr war ein strahlend blauer Himmel, unter ihr erstreckte sich eine weite Wüste, dann eine Steppe, durchsetzt mit unzähligen kleinen Teichen und am Horizont ragte ein Gebirge empor, wie schon am Tag zuvor.

Dann sah sie die große Burg, strahlend weiß, mit glitzernden Juwelen übersät. Freundlichkeit schien von ihr auszugehen - sie wirkte wie das Gegenstück zu der Burg auf der anderen Seite der Schlucht.

Das Einhorn steuerte direkt auf die Burg zu und landete mitten auf einem Hof, auf dem viele Lebewesen, humanoide und nichthumanoide, geschäftig hin und her eilten oder umherspazierten. Lisa sah sich um und dabei entdeckte sie eine ganze Menge: Offenbar waren sie auf einem Markt gelandet. Um sie herum sah sie Stände voller Perlen, Edelsteine, kostbarer Stoffe, Früchte und Krüge, Töpfe, Teller, Kerzen, Kerzenhalter in Silber und Gold, Platin und Eisen, Kupfer und Kristall und Tiere sowie Waffen. Ein geschäftiges Treiben herrschte auf dem Markt, und Lisa sah all das mit großen Augen und staunte. Die Burg selbst schien aus weißglänzendem Porzellan zu bestehen.

Während sie sich umsah, fiel ihr ein älterer Mann auf, der einen langen, weißen Bart trug und sehr ehrwürdig aussah, obwohl er nur einen grauen, zerlumpten Kittel und in der einen Hand einen knorrigen Stock trug. Da trat Laya zu ihr und bat sie, ihr zu folgen, so dass der alte Mann Lisas Blicken entschwand.

Neugierig folgte sie Laya, die auf ein Tor zuging, das den übrigen Teil des Schlosses vom königlichen Wohnbereich trennte. Sie passierten das Tor und Laya führte sie eine Treppe hinauf zu einer schmalen Tür, die sie dann öffnete.

Hinter der Tür war eine kleine Kammer, in der ein Tisch, ein Stuhl, ein Bett und ein Schrank Platz hatten. „Dies ist deine Kammer." sagte Laya, „ Du kannst dich gerne umsehen. In dem Schrank hängen Kleider, falls du andere anziehen möchtest. Dort, hinter dieser Tür, kannst du dich waschen."

Sie wies auf eine kleine Tür, die Lisa zuvor nicht bemerkt hatte.

„Wenn du fertig bist, komm auf den Flur, dann zeige ich dir die Burg." Laya wandte sich zum Gehen, als Lisa, die sich bereits umgedreht hatte, ihr noch ein „Danke" hinterher rief und auf den Schrank zuging.

An der Tür des Schrankes hing ein Spiegel. Ein kurzer Blick genügte, und ihr wurde bewusst, dass sie total verdreckt war. Sie musste über ihr Aussehen lachen - hastig öffnete sie die Schranktür und ihre Augen wurden groß: Der Schrank hing voller Kleider, die mit Perlen und Edelsteinen besetzt waren. Daneben hing Jagdkleidung mit einem Kettenhemd.

Im oberen Fach lag eine Menge kostbaren Haarschmucks und eine Ledermütze. Derbe Lederstiefel fand sie ebenso vor wie feine Damenschuhe. Reithandschuhe, ein Gürtel mit Dolch und Lederbeutel und einige Goldmünzen vervollständigten den Inhalt des Schrankes.

Behutsam schloss Lisa den Schrank wieder und ging auf die schmale Tür zu, hinter der das Bad lag. Gründlich wusch sie ihr Haar, spülte den Schmutz von ihrer Haut und rieb sie mit einer wohlriechenden Flüssigkeit ein. Danach nahm sie eines der Kleider aus dem Schrank. Ihre Wahl war auf ein nachtblaues, langes Kleid mit silbernem Saum und glänzenden, schillernden Sternen gefallen. Nachdem sie es angezogen hatte, legte sie eine silberne Kette mit kleinen, blauen Steinen, die um die Wette funkelten, um ihren Hals. Zu guter Letzt schlüpfte sie in ein Paar weiche Schuhe, bändigte ihr langes, blondes Haar mit kleinen, glitzernden Klammern und betrachtete sich im Spiegel. Sie war zufrieden.

„Es ist wie im Märchen", dachte sie bei sich. „Eigentlich passt so ein Pomp gar nicht zu mir. Hosen sind da viel praktischer. Gut, dass ich zu Hause nicht so herumlaufen muss. Aber es ist schön."

Als sie auf den Gang hinaustrat, wartete Laya schon auf sie. Auch sie hatte sich umgezogen und trug nun ein langes, feuerrotes Kleid, das mit seltsam verworrenen, goldenen Mustern bestickt war. Laya schob Lisa vom Gang aus zu einer Treppe und der Rundgang durch das Schloss begann:

Lisa hatte nie etwas so Wundervolles wie dieses Schloss gesehen. Lange Säle, zum Teil verspiegelt, zum Teil mit Teppichen ausgehängt, auf denen zum einen Landschaften zu sehen waren, bis ins kleinste Detail perfekt dargestellt, so dass es beinahe lebendig wirkte; zum anderen aber auch nur verworrene Muster, deren Betrachtung sie schwindeln ließ ob ihrer Täuschungen für die Augen.

Ahnengalerien, in denen zahlreiche Gemälde in reich verzierten Rahmen hingen, Bibliotheken, groß wie ein ganzes Haus, mit Büchern, die zum Teil fünffach und mehr geschichtet waren, ein Hafen, in dem die schönsten Dinge ein- und ausgeladen wurden. Sie konnte gar nicht genug zu sehen bekommen. Die schlanken Schiffe im Hafen faszinierten sie ebenso wie die starken, wilden Rösser in den Straßen. Das Mobiliar der Räume war einzigartig, jeder Raum für sich eine Faszination von innerer Geschlossenheit.

Sie merkte nicht, wie die Zeit verstrich, und als Laya sie schließlich zum Thronsaal führte war es bereits dunkel geworden. Lisa hielt ehrfürchtig den Atem an, als Laya die Tür öffnete:

Auf dem kunstvoll geschnitzten Thron inmitten des Saales saß der Alte, dem sie bei ihrer Ankunft schon auf dem Markt begegnet war. Jetzt ruhte auf seinem Kopf eine goldene Krone und in seiner Hand hielt er ein langes, goldenes Schwert. Von dem zerlumpten Bettler auf dem Marktplatz war nicht mehr viel übrig geblieben außer diesem freundlichen, wissenden Lächeln, in dem all die Weisheit dieses Herrschers zu erkennen war. Er stellte sich als König Silberbart vor.

Vor dem Thron stand eine prunkvoll gedeckte Tafel; an der hatten bereits zwei weitere Personen Platz genommen.

Zu des Königs Linken saß ein hochgewachsener, spindeldürrer Mann, dessen Kopf ein Kranz aus Blättern schmückte. In seiner Hand hielt er einen Stock, an dessen Spitze ein Blatt angebracht war, das steif nach oben stand, ähnlich einer Speerspitze. Lisa zweifelte keinen Moment daran, dass eine Berührung mit diesem Blatt die gleiche Folge habe wie die Berührung mit einer Speerspitze. Die Kleidung des Mannes war ganz in Grün gehalten und blättergeschmückt, sogar seine Haare schimmerten grün. Der König stellte ihn als Hantor vor, König des Waldvolkes.

Neben diesem Mann saß ein kleiner, drahtiger, etwas gedrungener Mann. Er trug einen Kranz aus Rosen auf dem Kopf; seine braune Robe war mit silbernen Rosen und Dornen bestickt. In der Hand hielt er eine riesige, stachelbesetzte Keule. Er musste Riesenkräfte besitzen, um sie heben zu können. Er war ebenfalls König, und zwar König des Dornenvolkes und hieß Lutran.

Vier Plätze waren jetzt noch frei. Laya ließ sich zu des Königs Rechten nieder.

Der König lächelte Lisa an „Setz dich neben Laya. Du gehörst jetzt zum Rat."

Lisa setzte sich. In dem Augenblick öffnete sich die Tür und Trovok trat ein, gefolgt von Tyro. Der König nannte ihre Namen und Titel. Lisa schrak zusammen, als sie hörte, dass Tyro der Sohn Trovoks, des Königs der Vorak, war und mit seinen fast achtzehn Jahren bereits der beste Jäger und Kämpfer im Land. Während Trovok ihr freundlich zulächelte, zwinkerte Tyro ihr gelassen zu und setzte sich neben seinen Vater. Trovok saß jetzt neben ihr und Lisa fühlte sich unbehaglich unter all diesen Königen. Zu allem Überfluss stellte sich während des Essens dank König Silberbarts Erklärung auch noch heraus, dass Laya ebenfalls Königin war. Lisa überlegte krampfhaft, wie sie sich nun verhalten sollte. Gewiss erwarteten alle nun irgend ein Höflichkeitszeichen von ihr, eine tiefe Verbeugung oder noch schlimmer, vielleicht eine Rede. Doch noch bevor sie mit ihren Gedanken zu Ende war begann König Silberbart übergangslos zu sprechen:

„Wir sind hier zusammengekommen, um Lisa ihre Aufgabe zu erklären und soweit zu erleichtern, wie wir es können. Doch dazu müssen wir zurück in die Vergangenheit."

Mit ernster Miene begann er zu erzählen und alles versank im Dunkel der Vergangenheit:

„Vor vielen, vielen Jahren war unsere Welt noch heil. Heil, damit meine ich: Niemand wusste vom Bösen, niemand tat seinen Mitmenschen etwas zu Leide. Damals war das Land jenseits des Flusses noch grün und fruchtbar. Dort wuchsen Bäume mit den süßesten Früchten, Edelsteine wuchsen aus der Erde, Blumen blühten überall. Nie verdeckten Wolken den Himmel, um Blitz und Donner, Sturm, Kälte und Schnee zu bringen. Wenn es regnete, dann nur zum Nutzen der Pflanzen und Lebewesen dieser Welt. Es war eine Zeit, in der nur Güte, Freundschaft, Liebe und Vertrauen herrschten.

Doch vor hundert Jahren gab es die erste Unterbrechung. Ein alter Mann lag im Sterben. Dies war nichts Ungewöhnliches. Doch kurz vor seinem letzten Atemzug prophezeite er, dass die Zeit des Friedens bald unabänderlich vorbei sein werde. Nur die Zerstörung der Welt könne noch aufgehalten werden. Ein Junge und zwei Mädchen von der anderen Seite könnten dies gemeinsam verhindern. Doch niemand glaubte ihm. Alle hielten es für Phantasien eines alten, sterbenden Mannes und so geriet die Geschichte in Vergessenheit.

Vor 20 Jahren jedoch geschah es. Daimos McCloud tauchte auf und mit ihm eine Horde schwarzgekleideter Gestalten. Er ließ seine Truppen gegen uns marschieren, und obwohl wir nur wehrlose Bauern und Jäger sind, die einer Armee keinerlei Widerstand entgegensetzen können, erschlug und mordete er die Unseren, obgleich es für ihn ein Leichtes gewesen wäre, Morgenstern, Layas Burg, zu erobern, auch ohne Blutvergießen. Viele Menschen starben. Laya und einige der ihren schafften es nur auf Umwegen und nach zahlreichen, verlustvollen Gefechten, zum Fluss zurückkehren. Sie mussten Heim und Hof verlassen. Viele erlagen ihren Verletzungen.

Die Truppen Daimos McClouds scheiterten erst an der Schlucht. Die Brücke konnte auch von uns verteidigt werden. Die Schlucht konnte er jedoch nicht auf anderem Wege überqueren. Wir waren vorerst also in Sicherheit. So glaubten wir. Doch diesmal haben wir gelernt. Was des Sterbenden Warnung nicht geschafft hatte, das bewirkte Layas Bericht. Wir bewaffneten uns, doch Krieger gibt es bis heute nicht genug. Dazu wurden wir auch nicht geboren. Zwanzig Jahre lang konnten wir nur zusehen, ohne etwas tun zu können. McCloud verwandelte das Land in ein Moor, die Seen zu Sümpfen, zerstörte die Wälder, vernichtete Tiere und Menschen, Hab und Gut der Geflüchteten. Er zerstörte die Blumen, die Früchte und die Edelsteine. Er raubte der Natur ihren Atem, verpestete sie mit seinem roten Todeshauch, und tiefes Schweigen legte sich über das Land. Doch es sollte noch schlimmer kommen. Nebel zogen auf und Stürme wüteten im Land. Unwetter begannen dann auch unser verbliebenes Land zu zerstören. Erst vor fünf Jahren legte sich schließlich der Sturm.

Doch nun mussten wir vor fünfzehn Tagen erkennen, dass Daimos McCloud noch immer nicht genug hatte. Er öffnete ein Tor zu eurer Welt, Lisa. Zu spät erkannten wir es und konnten nicht verhindern, dass deine Cousine und dein Cousin von ihm gefangen wurden. Dich konnten wir retten, denn du kamst erst nach ihnen.

Wir wissen, was McCloud vorhat. Er will ein magisches Dreieck konstruieren. Dieses Dreieck öffnet das Tor, das den Feuerteufel festhält. Wenn der Feuerteufel erst einmal freigelassen ist, kommt jede Hilfe zu spät. Dann werden wir dem Erdboden gleichgemacht und niemand weiß, ob dies auch Auswirkungen auf die andere Seite, deine Welt, Lisa, hat.

Es gibt nur noch einen Ausweg. Du, Lisa, musst das Goldene Schwert finden. Niemand kennt seine genaue Funktion. Doch in den Legenden heißt es, wenn der Feuerteufel erst einmal erwacht ist, dann kann nur das Schwert es seinem Herrn ermöglichen, ihn zu besiegen. Keiner von uns kann das tun, denn wir sind von dieser Welt. Doch du, du kannst es tun. Aber du musst das Schwert erst finden und zusammensetzen.

Der Schaft ist an einem Ort versteckt, von dem die Legenden behaupten, er sei der Ort der Zeitlosen. Niemand weiß, wo er liegt. Nur wer den Schaft von den Zeitlosen überreicht bekommt, kann das Schwert beherrschen. Bevor du jedoch zu den Zeitlosen gelangen kannst, musst du die Klinge finden. Sie ist an der Stelle, wo der Dornenwald in den Baumenwald übergeht.

Das ist alles, was wir wissen. Und wir wissen auch, dass niemand dich dazu zwingen kann, diese Aufgabe zu übernehmen. Darum lasse ich dir Zeit, dich zu entscheiden."

Es war, als erwachten alle aus einer tiefen Dunkelheit. Lisa dachte daran, wie dieses Volk gelitten hatte, daran, was Laya alles erlebt haben musste. Sie blickte sich um und sah, dass Layas Schultern zuckten und Tränen in ihren Augen blitzten. Dennoch saß sie aufrecht und gab nicht einmal ein Schluchzen von sich. Lisa bewunderte sie. Sie beherrschte sich sehr, das sah Lisa ihr an. Der König saß gedankenverloren auf seinem Thron, ebenso wie Lutran und Hantor. Trovok, Tyros Vater, starrte vor sich hin, in eine Vergangenheit, die längst vorbei war. Tyro saß verloren neben den anderen und seine Augen waren geschlossen. Er wirkte älter als noch vor wenigen Minuten. Wie viel Leid mochte er schon gesehen haben.

In dem Raum herrschte eine unheimliche Stille. Lisa sah von einem zum anderen. Dabei wurde ihr klar, dass sie diese Leute nicht im Stich lassen konnte und wollte. Sie musste ihnen ebenso helfen wie Christa und Christoph. Ihre Entscheidung fiel in der Stille des Raumes und sie wusste mit nie zuvor gespürter Sicherheit, dass sie die richtige Entscheidung getroffen hatte.

„Ich werde es tun", sagte sie leise.

Diese vier Worte wirkten wie eine Erlösung. Schlagartig kehrte das Leben in die Menschen zurück. Laya lächelte Lisa dankbar an, und der König sagte leise „Danke, Lisa." Diese zwei Worte drückten mehr aus als tausend Worte zu sagen vermocht hätten. Während die anderen sich erhoben und schweigend, aber von neuer Hoffnung erfüllt, den Saal verließen, winkte der König ihr, noch etwas zu bleiben.

Als alle den Raum verlassen hatten, sagte der König: „Ich nehme an, dass du nicht mit Dolchen umgehen kannst, oder?" Als Lisa verneinte, sagte er:„Gut, dann wird Laya dir das beibringen. Außerdem musst du Flora und Fauna unseres Landes kennen lernen. Auch das kannst du von ihr lernen, wenn du willst. Außerdem gibt es hier ein Pferd, das nur auf dich gewartet hat. Es heißt Sternennebel. Du wirst es vor deinem Aufbruch kennen lernen. Sag mir, wer dich begleiten soll; wer auch immer es ist, er wird dir folgen. Bis zur Dornenstadt könnt ihr mit einem der Boote fahren, die in unserem Hafen liegen. Dort wird Lutran euch den Weg zur Klinge weisen, die irgendwo zwischen dem Reich der Dornen und der Baumen zu finden ist. Und jetzt Gute Nacht, Lisa." Der König lächelte ihr noch einmal dankbar zu, dann stand er auf und ging.

Draußen wartete Laya auf sie. Zusammen gingen sie zu Lisas Kammer. Dort angekommen wandte Lisa sich noch einmal an Laya. „Es tut mir leid", sagte sie leise.

„Du kannst nichts dafür. Schlaf schön, Lisa." Leisen Schrittes verschwand Laya weiter den Gang hinauf.

Lisa lehnte sich an die Wand. Was hatte sie erwartet? Alles, nur nicht eine solche Aufgabe. Wenn sie nicht ganz genau gewusst hätte, dass sie wach war, hätte sie geglaubt, sie würde träumen. Hoffentlich hatte sie ihre Fähigkeiten nicht überschätzt. „Ich kann jetzt unmöglich schlafen!" Leise ging sie auf ein Fenster am Ende des Ganges zu und sah hinaus.

Sie sah einen der beiden Monde Silberlichts, den runden. Noch war er eine Sichel, aber bald würde er rund sein. Eine ganze Weile stand sie im Gang am Fenster und sah hinauf zum Himmel, zu den Sternen und dem Mond. Dann dachte sie an ihr eigenes Zuhause. Ihre Eltern fielen ihr ein. Was hatte der König gesagt? Vor fünfzehn Tagen war sie angekommen.

Ihre Eltern werden in Panik geraten sein! Und was war mit Christa und Christoph? Ob es ihnen wohl gut ging? Je länger sie an ihre Familie und ihre Verwandten dachte, desto trauriger wurde sie. Plötzlich rollten dicke Tränen über ihr Gesicht.

Sie war so in ihre Gedanken vertieft, dass sie gar nicht bemerkte, dass jemand hinter sie getreten war; sie fühlte nicht die Hand, die sich sanft auf ihre Schulter legte. Erst als sie angesprochen wurde, schrak sie aus ihren Gedanken auf. Sie drehte sich um. Hinter ihr stand Tyro. Hastig wischte sie sich die Augen trocken, versuchte zu lächeln, doch es misslang kläglich. Sie spürte seine Hand auf ihrer Schulter, und erneut wurden ihre Augen feucht. Was wäre, wenn sie versagte? Sie schämte sich ihrer Tränen, konnte sie aber nicht zurückhalten „Quäle dich nicht", sagte Tyro leise. Das Licht des Mondes erhellte sein Gesicht. Er lächelte schüchtern. „Was hast du denn? Manchmal hilft es, wenn man die Tränen fließen lässt und jemandem erzählt, was einem auf dem Herzen liegt." Sie sah ihn an und stammelte leise und zaghaft:„Ich habe an meine Eltern gedacht, die nicht wissen, wo wir sind, an Christa und Christoph und an Laya. Was geschieht, wenn ich versage, wenn der Feuerteufel nicht aufgehalten wird? Ich hasse eine derartige Verantwortung, ich will sie nicht!" Wieder rollten Tränen über ihre Wangen.

„Warum ich? Warum ich? Warum kann ich mein Leben nicht weiterführen ohne in diese Sache verstrickt zu sein? Ich bin weder besonders tapfer noch in irgendeiner Weise heldenhaft. Warum also ich?" Tyro sah sie an und meinte leise:„Ich weiß, dass alles wieder gut wird. Du magst zwar nicht besonders heldenhaft sein, aber wer ist das schon. Keiner hat meinen Vater oder Laya gefragt, ob sie besonders heldenhaft oder tapfer sind. Die Hauptsache ist, dass man etwas will. Dann schafft man es auch. Also mache dir keine Sorgen." Seine Stimme wirkte beruhigend auf sie ein. Nachdenklich sah sie Tyro eine Weile an.

„Vielleicht hast du recht. Entschuldige bitte." Dann wandte sie sich um und ging wortlos in ihr Zimmer zurück. Nachdenklich sah Tyro nun ihr hinterher. Woher wusste er, dass Lisa die gestellte Aufgabe lösen würde?

Lektionen

Am nächsten morgen erwachte sie schon früh. Die Sonne war soeben aufgegangen. Sie zog geschwind die Jagdkleidung an und trat auf den Flur hinaus. Da sah sie Laya, die auf sie zukam.

„Oh, gut, dass du schon wach bist. Ich wollte dich zum Essen holen. Wie hast du geschlafen?"

„Danke, ganz gut", meinte Lisa, aber ihre müden Augen straften sie Lügen. Noch lange hatte sie wachgelegen, nachgedacht.

Laya lachte und ging voran zu einem großen Saal, in dem es ungeheure Mengen an Essen gab. Erst jetzt bemerkte Lisa, wie groß ihr Hunger war. Sie griff gut zu. Als sie fertig war, sah sie zu Laya hinüber. Diese lachte erneut; sie schien guter Laune zu sein. Da spürte Lisa eine Hand auf ihrer Schulter. Sie fuhr herum, doch schon am Griff der Hand hatte sie bemerkt, wer es war

„Guten Morgen, Tyro", sagte sie, noch bevor sie sich vollends umgedreht hatte. Er lachte. „Guten Morgen, meine Damen", entgegnete er. „Seit wann kannst du mit dem Rücken sehen, Lisa?" Lisa lachte und zuckte die Schultern.

„Fertig zur ersten Unterrichtsstunde?" erkundigte sich Laya. Lisa nickte. Beide erhoben sich und Tyro folgte ihnen. Sie gingen zu einer der Bibliotheken. Dort ging Laya zu einem der Regale und zog ein Buch heraus. Die erste Unterrichtsstunde begann.

„Sehr gut. Soeben bist du gestorben." Lisa ließ den Kopf hängen. „Wie soll ein normaler Mensch all diese Pflanzen auseinanderhalten können?"

„Langsam müsstest du es wirklich können. Aber wenn du es nicht lernen kannst, musst du eben keine dieser Früchte essen." Laya schüttelte den Kopf. „Du hast so schnell gelernt, alle Pilze, Kräuter und Gemüsesorten zu unterscheiden. Auch bei den meisten Obstsorten klappt es ja schon. Also kommt es auf ein paar Pflanze auch nicht mehr an."

Sie standen auf einer Wiese vor dem Schloss. Laya hielt zwei Früchte in den Händen. Nun schüttelte sie den Kopf. Seit fünf Tagen lernte Lisa jetzt die Flora und Fauna ihrer Welt kennen. Da sie schnell lernte, war Laya zufrieden.

„Wir machen am besten Schluss für heute. Wir sind schon fast durch mit den Lektionen. Morgen machen wir einen Spaziergang durch die Gegend und du zeigst uns, was du gelernt hast. Wir haben noch vier Tage Zeit. So. Jetzt gehen wir zum Mittagessen." Lisa folgte Laya lachend in den großen Speisesaal.

Nachdem sie gegessen hatten, kam Tyro zu Lisa und bat sie nach draußen. Sie gingen zu den großen Übungshöfen, wo Tyro Lisa einen Bogen und Pfeile in die Hand drückte. An der Wand bewegte sich ein kleiner Lichtpunkt hin und her. Nach tagelanger Übung schaffte sie es nun, das Ziel annähernd zu treffen. Gut war sie sicher nicht, aber für ihre Zwecke musste es reichen. Auch mit dem Dolch konnte sie jetzt ganz gut umgehen und das Kartenlesen hatte sie vorher schon gekonnt.

So ging es nun schon seit fünf Tagen. Vier Tage blieben ihr noch zum Üben. Sie übte von morgens bis abends, bis sie schließlich todmüde ins Bett fiel.

Am nächsten Tag kam Laya morgens um halb sechs zu ihr und weckte sie. „Los, wach auf. Um sechs musst du im Hof sein." Lisa war noch nie so schnell fertig wie heute. Als sie in den Hof kam, warteten Tyro und Laya schon auf sie. Laya saß auf einem schneeweißen Hengst, Tyros Pferd war braun und sah sehr kräftig aus. Neben ihnen stand ein schwarzes Pferd, eine Stute.

Lisa schwang sich auf den Rücken des Tieres und nahm die Zügel auf. Reiten konnte sie. Laya grinste sie an und sagte: „Nun wollen wir mal sehen, ob du uns ein Frühstück fangen kannst." Dann ritten sie los. Es gelang Lisa, einen Hasen zu erlegen und Kräuter zu finden, ebenso wie einige genießbare Früchte. Sie entfachte ein Feuer und briet den Hasen.

Nach dem Essen lobte Laya Lisa: „Du hast das wirklich gut gemacht. Nun brauchen wir uns keine Gedanken mehr zu machen, was aus dir wird, wenn wir uns auf der Reise verlieren. Deine Aufgabe kennst du. Du musst sie erfüllen, ob wir uns nun verlieren oder nicht, verstanden?" Lisa lachte. Nun war sie vorbereitet.

Die Sonne schien warm und hell vom Himmel herab, als sie den Hof wieder erreichten. Es war nicht einmal die neunte Stunde um. So bat Lisa Laya, mit ihr zur Bibliothek zu kommen. Sie wollte die alten Bücher nach einem Hinweis auf den Aufenthaltsort ihrer Verwandten durchsuchen.

In der Bibliothek nahm sie das erste Buch aus dem Regal und begann, ebenso wie Laya, die Bücher zu studieren. Etwas später trat Tyro in die Bibliothek, um ihnen zu helfen. In der Bibliothek wurde es still. Nur das Umblättern der Seiten war zu hören. Lange Zeit verging, bis Lisa plötzlich aufschrie.

Laya fuhr entsetzt zusammen. Lisas Schrei ließ ihr das Blut in den Adern gefrieren. Tyro starrte Lisa ebenso entsetzt an. Das Buch in Lisas Hand zitterte, bebte. Sie war aufgesprungen und starrte das Buch aus angsterfüllten Augen an und rührte sich auch nicht, als Laya sie ansprach. Laya trat einen Schritt auf Lisa zu.

„Lisa, Lisa, was hast du, was ist denn?" Auch Tyro war aufgesprungen und an Layas Seite getreten. Er packte Lisa an den Schultern und schüttelte sie heftig, während Laya auf den Flur hinaus rannte und kurz darauf mit einem Glas Wasser in der Hand zurückkam. Lisas Augen waren weit geöffnet und sie murmelte leise unzusammenhängende Sätze vor sich hin. Tyro schüttelte sie erneut. Da erwachte Lisa aus ihrer erstarrten Haltung.

Laya drückte ihr das Glas Wasser in die Hand. Wortlos griff Lisa zu. Tyro drückte sie zurück auf ihren Platz, erst dann nahm er ihr das Buch aus der Hand. Er warf einen Blick auf die aufgeschlagene Seite und stieß Laya mit dem Ellenbogen an.

„Sieh mal, was Lisa gefunden hat!" Laya warf nun ebenfalls einen Blick auf die Seite. „Lies vor", bat sie Tyro. Tyro begann, den Text zu lesen:

„Wenn einer nach dem Orte sucht, an dem das Böse haust, dann sei er gewarnt. Mit dem Bösen ist nicht zu scherzen. Verärgere ihn nicht. Doch wenn ein Menschenkind in seiner Hand, dann droht euch Tod und Hass. Manch Leiden wird über diese Welt gebracht. Doch schlimmer ist das Leiden, das trifft das arme Kind, denn wer die Hölle glaubt zu kennen, der ist ein armer Tor. Dann sollte er hoch gehen, zum Felsverlies empor. Dort leidet armes Menschenkind noch schlimmer als der Narr, der von sich selber sagen kann, die Höll erlebt zu haben."

Tyro blickte auf. Lisa hatte sich etwas beruhigt. „Du glaubst, dass dein Cousin und deine Cousine in diesem Felsverlies gefangen sind?" Lisa nickte wortlos mit dem Kopf. Laya griff ihr um die Schultern und sagte leise:

„Nun mach dir keine Sorgen. McCloud braucht deine Verwandten noch. Er wird sie vorerst nicht in Gefahr bringen." Langsam beruhigte Lisa sich wieder.

„Wenn ich gewusst hätte, dass sie an so einem Ort sein können, hätte ich erst gar nicht nach dem Ort gesucht." Laya lächelte.

Tyro klappte das Buch zu und schob es in das Regal zurück. Dann klappte er auch die anderen Bücher zu. „Kommt, lasst uns gehen. Wenn einer von euch aus dem Fenster geguckt hätte, wüssten wir jetzt, dass es längst dunkel geworden ist. Wir haben das Abendessen verpasst. Nun müssen wir die Köchin überreden, dass wir die Speisekammer plündern dürfen."

Laya stieß Lisa an, erhob sich und löschte das Licht in der Bibliothek. Tyro und Lisa gingen schon auf den Flur. „ Ich bin müde", meinte Lisa. „Und Hunger hab ich auch. Aber in der Bibliothek war ich so in die Bücher versunken, dass ich gar nicht gemerkt habe, wie die Zeit verging."

„Ich auch nicht", gestand Tyro schmunzelnd. „Als ich gerade aus dem Fenster schaute, traute ich meinen Augen nicht." Laya trat zu ihnen und gemeinsam gingen sie zur Küche.

Die Köchin wollte gerade abschließen, als sie die drei kommen sah. Sie lachte sie an und drückte Laya den Schlüssel in die Hand „Lasst aber noch etwas für morgen übrig." Tyro lächelte verschmitzt und schob Lisa durch die Tür. Laya war schon vorgegangen. Dann folgte ein Festschmaus.

Es war schon spät abends, am letzten Tag vor ihrer Abreise, als Laya und Tyro zu Lisa kamen und mit ihr reden wollten. Lisa ließ sie eintreten und setzte sich auf ihr Bett. Laya wandte sich zuerst an Lisa

„Du hast in den paar Tagen viel gelernt. Doch überschätze dich nicht. Denk immer daran, dass Davonlaufen keine Schande ist und allemal besser, als wenn du dich erstechen lässt. Also keinen Übermut! Morgen in aller Frühe werden wir starten. Wir bekommen ein kleines Boot, mit dem wir den unteren Silberfluss entlang bis zur Dornenstadt fahren werden. Von dort aus werden wir mit den Pferden durch den Dornenwald reiten bis zu der Stelle, wo das Dornengesträuch von dem Wald getrennt ist. Dort sollst du deine erste Aufgabe erfüllen."

„Wie einfach das alles klingt", dachte Lisa. Sie hatte ein ungutes Gefühl bei der Sache.

„Lisa, jetzt hör mir mal genau zu." ertönte Layas Stimme erneut. „Für den Fall, dass wir uns verlieren und du alleine weiterziehen musst, warte nicht auf mich. Deine Mission ist wichtiger als mein Leben. Dann bist du auf dich allein gestellt. Doch du kannst auch auf dich selbst Achtgeben. Verschwende deine Zeit nicht mit der Suche nach mir. Verstanden?"

„Ja, klar", stimmte Lisa zu. „Auch wenn ich es nur ungern tun würde."

Laya nickte und wollte aufstehen, aber Tyro unterbrach: „Laya, ich würde euch gerne begleiten." Laya blickte Tyro erstaunt an. „Und was sagt dein Vater dazu?" Ihre Stimme klang zweifelnd.

„Besser als nichts zu tun oder darauf zu warten, dass McCloud zu mir kommt."

Laya sah Tyro misstrauisch an. „Das klingt aber nicht nach deinem Vater."

„Also gut." Tyro seufzte. „Es war nicht ganz sein Wortlaut, aber im Sinn stimmt es." Laya nickte ergeben und stand auf. „In der Zeitlosen Namen, wenn es denn sein muss, gut".

Tyro zwinkerte Lisa zu und bat sie, mitzukommen. Lisa erhob sich nun ebenfalls und folgte Tyro. Sie gingen zu den Pferdeställen, aber vorbei an allen Ställen, bis sie an ein kleines Gebäude kamen. Tyro öffnete die Tür und ließ Lisa eintreten. Sie sah sich in dem geräumigen Stall um, doch sie konnte nirgendwo ein Tier sehen. Da stieß Tyro sie von hinten an und sagte:

„Geh auf die Koppel. Dort wird Sternennebel schon stehen." Lisa ging durch den Stall auf die Tür am anderen Ende des Raumes zu, die sie behutsam öffnete. Dann trat sie hinaus auf die Koppel und sah ein wunderschönes Pferd. Es war ein schneeweißer Hengst, dessen Mähne und Schweif so bunt waren wie der Regenbogen. Auf seiner Stirn war ein Stern abgebildet, die Hufe waren golden. Lisa war auf der Schwelle der Tür stehen geblieben. Nun starrte sie das Tier aus weit geöffneten Augen an.

„ Mein Gott, ist das Tier schön!" rief sie aus. Tyro lachte.

„Geh hin. Das ist dein Pferd. Es gehorcht sonst niemandem, nur dem Retter dieser Welt. Darum ist es dein Pferd."

Erstaunt sah Lisa ihn an und ging vorsichtig zu dem Pferd hinüber. Behutsam streckte sie ihre Hand aus und strich über das Fell des Tieres. Es hatte eine gewisse Ähnlichkeit mit dem Einhorn, das sie aus der Burg McClouds gerettet hatte. Das Pferd rieb seinen Kopf an ihrer Schulter, als Lisa plötzlich eine Stimme hörte:

„Menschen, allesamt Stümper. So, ist es mal wieder so weit, dass jemand die Welt retten soll? Hallo, kleines Menschenkind! Wie ist dein Name? Meiner ist wie Schall und Rauch, wie der Wind in den Weiden, wie der Nebel und die Sterne. Du hast die Wahl."

Lisa starte das Pferd an. Dann drehte sie sich um und fragte Tyro:

„Was hast du gesagt?"

„Nichts, warum?"

„Hier bin ich, direkt vor dir", erscholl die Stimme erneut. Lisa sah vor sich. Dort stand Sternennebel. Wenn es nicht völlig unmöglich wäre, hätte Lisa geschworen, dass Sternennebel gegrinst hatte. Sie blickte das Pferd forschend an.

Ob das Pferd zu ihr gesprochen hatte?

„Na klar habe ich das. Ist sonst noch jemand hier, der denken kann? Außer dir natürlich?"

Lisa blickte sich zu Tyro um. Er schien nichts gehört zu haben. Da kam ihr der Gedanke, dass sie die Stimme nur in ihrem Kopf gehört hatte. Verblüfft und misstrauisch sah sie das Pferd an.

„Ha, ha," lachte es in ihrem Kopf.

„Ich muss mir wohl das Wundern abgewöhnen" dachte sie, fuhr mit der Hand noch einmal über den Rücken des seltsamen Pferdes und ging dann zu Tyro zurück, der ungeduldig an den Zaun gelehnt wartete.

„Ein wundervolles Pferd" sagte Lisa leise, mehr zu sich als zu Tyro.

„Ja, du hast recht." Gemeinsam verließen sie den Stall.

„Und du hast wirklich nichts gehört?" fragte sie Tyro. Der sah sie verblüfft an. „Geht es dir gut?"

„Ja, ja, schon", sagte sie geistesabwesend.

Sie fühlte, dass Tyro ihr nicht glaubte und sie aufmerksam musterte. Sie lachte nervös. Wenn sie etwas nicht mochte, dann, dass man sie anstarrte. Tyro schien das zu bemerken, denn er deutete mit dem Finger rasch nach vorne auf eine Mauer und sagte:

„Komm, wir setzen uns auf die Mauer. Von da aus hat man einen guten Ausblick." Lisa nickte. Sie sahen, wie die Sonne unterging. Die ersten Sterne wurden sichtbar und der erste Mond ging auf. Geschäfte wurden geschlossen. Die Menschen eilten zu ihren Häusern. Ein Nachtwächter rief die Uhrzeit aus. Dann sang eine Frau ein Lied.

Lisa hörte gebannt zu. Das Lied handelte von einem Kind, das davon träumte, einmal im Weltraum zu fliegen, so frei wie ein Vogel zu sein, durch die Welt laufen zu können, ohne Gewalt sehen zu müssen, wie ein Delphin der Welt im Wasser entfliehen zu können, und davon, geliebt zu werden. Doch das kann es nie erreichen. Das Lied durchdrang die Stille der Nacht und nahm jeden in seinen Bann. Lisa war tiefst bewegt, als Tyro ihr erzählte, dass die Frau jeden Abend so singe, weil ihr Kind auf der Flucht vor McCloud von dessen Häschern getötet wurde. Da schwor Lisa sich, dass sie McClouds Treiben ein Ende setzen würde. Schließlich sprang sie von der Mauer und wünschte Tyro eine gute Nacht. Dann ging sie schlafen.

Tyro saß noch eine ganze Weile auf der Mauer und starrte zu den Monden hinauf. Wie oft hatte er sich schon gewünscht, der Welt entfliehen zu können, so frei wie ein Vogel zu sein. Doch seine Verantwortung ließ es nicht zu, dass er einfach verschwand. Wie gut Lisa es doch hatte. Wenn sie wollte, konnte sie jederzeit gehen. Doch sofort schalt er sich in Gedanken.

Er wusste genau, was für eine Last auf Lisas Schultern ruhte und dass sie nicht einfach gehen konnte. Seufzend entschied er, schlafen zu gehen. Schließlich konnte er nicht die ganze Nacht auf der Mauer verbringen. Und morgen würde ein schwerer Tag werden. So verließ auch er die Mauer.

Der untere Silberfluss

Lisa wachte davon auf, dass jemand sie heftig an den Schultern rüttelte. Sie öffnete die Augen und stellte fest, dass es Laya war.

„Komm schon. Steh auf. Wir müssen gleich los. Zieh dich an"

Lisa gehorchte taumelnd und verschlafen. Doch als sie gewaschen war, war sie hellwach. Laya hielt ihr eine braune Jagdkleidung entgegen. Nachdem Lisa sich angezogen hatte, flocht Laya ihr die Haare zu einem festen Zopf. Um ihren Zopf wickelte sie ein Lederband. Dann drückte sie ihr einen Gürtel in die Hand, an dem ein Beutel mit Kräutern, ein Dolch und ein Säckchen mit Flaschen hingen. In dem Beutel waren zudem eine Landkarte und ein paar Kupfermünzen. Lisa band sich den Gürtel um, nahm dann den Köcher mit den Pfeilen und hängte ihn sich auf den Rücken. Erst dann nahm sie den Bogen aus Layas Hand.

Laya musterte sie kritisch. Lisa bemerkte, dass auch Laya Jagdkleidung trug. Das war neu. Irgendwie sah sie darin ungewohnt aus. Die Glöckchen waren aus ihrem Haar verschwunden, ebenso wie der Schmuck. Nun waren die Haare ebenfalls geflochten und nur ein Amulett, das einen Vogel darstellte, hing an einem derben Lederband um ihren Hals. Auch sie trug Bogen, Köcher, Dolch und Beutel. Doch an ihr wirkten selbst diese Gewänder wie teure Kleider, fand Lisa.

Laya schien zufrieden mit ihrer Ausstattung zu sein. Sie nickte Lisa zu.

„In den Fläschchen sind die Mixturen, die ich dir gestern gezeigt habe. Sei vorsichtig mit ihnen."

Lisa nickte. Dann trat sie hinter Laya aus dem Raum und sie gingen den Flur entlang in den Hof. Dort wartete Tyro, wie immer in Jagdkleidung. Auch er trug, wie Laya, diese Kette mit dem Vogelamulett um den Hals. Als er Laya und Lisa aus der Tür treten sah, lachte er. Lisa bemerkte, dass er die Pferde schon gesattelt hatte. Sie ging zu Sternennebel und begrüßte das Pferd freundlich.

„Guten Morgen, Lisa. Steig auf, wir wollen los. Der Junge war so freundlich, mich zu satteln."

„Guten Morgen Sternennebel" sanft streichelte sie das Fell des Pferdes. Und zu Tyro gewandt sagte sie:

„Danke Tyro, dass du ihn gesattelt hast. Lasst uns los reiten."

Ohne zu antworten sprang er auf sein Pferd. Laya ging zu ihrem Pferd und stieg auf, wesentlich geschmeidiger und graziöser als Tyro. Lisa stieg auf Sternennebels Rücken. Dann ritt Laya los, hinunter zum Hafen. Dort stand ein Schiff bereit. Laya stieg ab und führte ihr Pferd den Steg hinauf auf das Boot. Tyro und Lisa folgten ihr.

Das Schiff war geräumig. Laya und Lisa hatten eine Kabine, Tyro seine eigene. Die Pferde standen unter einem Bretterdach am Bug. Lisa nahm Sternennebel die Packtaschen ab und ging in ihre Kajüte. Dort legte sie die Taschen auf ihr Bett und lief zur Reling.

Laya hatte sich hinter das große Steuer gestellt. Tyro holte die Taue ein. Die Segel waren gehisst. Lisa sah den König, Lutran, Hantor, Trovok, Tyros Vater, Männer und Frauen, Arme und Reiche. Tyro holte das letzte Seil ein. Sein Vater winkte ihm zum Abschied zu. Tyro winkte zurück, dann trat er neben Lisa. Gemeinsam sahen sie zu der Menge hinab. Der König wünschte ihnen viel Glück. Dann verließ das Schiff langsam den Hafen.

Laya steuerte so geschickt, als wenn sie es jeden Tag täte. Lisa winkte den Menschen zu. Ich werde es schaffen, versprach sie sich leise. Dann verschwanden die Menschen aus ihrem Blickfeld. Lisa drehte sich um und rief fragend zu Laya hinauf: „Darf ich mich auf die Reling setzen?" Laya bejahte ihre Frage „ Aber halte dich fest".

Sie hielt sich an einer schmalen Stange fest und prüfte, ob sie hielt. Dann setzte sie sich auf die Reling und lehnte sich weit hinaus. Entsetzt sprang Tyro hinzu und hielt sie am Arm fest. „Bist du denn wahnsinnig geworden?" schrie er sie an. Lisa lachte nur, ohne zu antworten. Zu Tyros Entsetzen lehnte sie sich nur noch weiter hinaus. Die Gischt spritzte ihr ins Gesicht. Tyro sah ihr fassungslos zu.

„Nun komm schon. Trau dich. Es ist gar nicht so schlimm. Ich halte dich fest." Tyro setzte sich widerstrebend auf die Reling und wollte sich vorsichtig nach draußen lehnen. Doch schon wurde er von Lisa an den Schultern nach draußen gezogen. Entsetzt sprang er wieder auf. Nun saß Lisa freihändig auf der Brüstung. „Halte dich wenigstens fest", rief Laya von oben. Lisa gehorchte. Dann wandte sie sich wieder Tyro zu. Sie blickte ihn fragend an.

„Hast du etwas Angst?" fragte sie lachend. Das konnte Tyro nicht auf sich sitzen lassen. Er schüttelte energisch den Kopf, mehr um sich Mut zu machen, als aus Überzeugung. Dann setzte er sich erneut vorsichtig auf die Kante, weit genug von Lisa entfernt, als dass diese ihn erreichen könnte. Sie würde ihn nicht ins Wasser kippen können. Vorsichtig lehnte er sich nach hinten, dann drehte er seinen Kopf in Lisas Richtung. Sie saß völlig entspannt auf dem Rand und hatte ihr Gesicht in Fahrtrichtung gewandt. Ihre Haare hatten sich zum Teil aus ihrem Zopf gelöst und wehten im Fahrtwind hinter ihr her. Die Gischt spritzte ihr ins Gesicht. Tyro sah ihr fassungslos zu. Sie schien keine Angst zu haben, in den Fluss zu fallen und in den Strudeln, die das Schiff verursachte, zu ertrinken. Er merkte, dass er sich zu sehr verkrampfte und versuchte, seine Angst zu besänftigen. Dann entspannte er sich. Erst jetzt bemerkte er, wie viel Spaß es bringen konnte, fast in den Fluss zu fallen.

„Angst besänftigt?" fragte Lisa. „Ey, Lisa, schau mal voraus" rief Laya. Mit der einen Hand schirmte sie ihre die Augen ab, während sie mit der anderen auf einen Fischreiher deutete, der über ihnen seine Kreise drehte. Lisa schirmte nun ebenfalls ihre Augen ab und sah zu dem Fischreiher hinauf. Sie lachte, als der Fischreiher, eben noch kreisend, nun neben ihr auf der Kante landete. Tyro sah fassungslos zu, wie Lisa sich mit dem Fischreiher zu unterhalten schien. „Diese Frauen", dachte er bei sich. „Da kann die Fahrt ja noch lustig werden".

Der Fischreiher hatte sich wieder in die Luft erhoben und flog auf die strahlende Sonne zu. Lisa schwang sich von der Reling. Doch als Tyro versuchte, es ihr gleichzutun, verlor er das Gleichgewicht und wäre von der Reling ins Wasser gekippt, wenn Lisa ihn nicht festgehalten hätte. Sie lachte und meinte: „Übung macht den Meister!" Tyro grinste verkrampft und ging zu Laya. Er hatte genug davon, sich vor Lisa zu blamieren.

Lisa stellte sich vorne an den Bug und ließ sich den Wind um die Ohren sausen. Sie liebte es, mit Schiffen zu fahren. Für einen Augenblick war sie wieder zu Hause, auf dem Boot ihrer Eltern. Doch ebenso schnell kehrte sie wieder in die Wirklichkeit zurück. Sie sah, dass Laya mit Tyro getauscht hatte und nun auf sie zukam. Sie hielt ein Kartenspiel in der Hand.

Den Rest des Tages verbrachten sie und Laya damit, Karten zu spielen. Abends bemerkte sie, dass der runde Mond fast Vollmond hatte. Dann ging sie in ihre Koje, um endlich schlafen zu können.

Weit von ihnen entfernt, in einer dunklen Grotte, saßen zur selben Zeit zwei Gestalten. Die eine war größer als die andere, und beide saßen zitternd vor Kälte in einer Ecke. Die Größere der beiden hatte die Kleinere in die Arme genommen. Wasser tropfte von den Wänden. Die kleinere Gestalt weinte leise vor sich hin. Den Jungen schmerzte eine tiefe Schnittwunde über der Wange. Das Mädchen blutete aus mehreren Wunden an Armen und Beinen. Ihre Jeans war zerrissen, die Schuhe durchweicht. Auch die Kleidung des Jungen war ähnlich zugerichtet.

„Weine nicht, Christa. Man wird uns schon retten." Seine Worte hallten in der Dunkelheit der Grotte. Ein höhnisches Gelächter ertönte. Der Junge sprang auf.

„Nun gib dich endlich zu erkennen. Was haben wir dir getan? Lass wenigstens Christa gehen." Wie von einem Peitschenschlag wurde er zurück in die Ecke geschleudert. Dann hörte man nur noch das Tropfen des Wassers von der Decke. Das Mädchen kroch zu dem Jungen hinüber. Zusammengekauert saßen sie wieder schweigend in der Ecke.

Der nächste Tag verlief fast genauso wie der vorige. Laya erklärte Lisa die Landschaft, spielte mit ihr Karten, ließ sie über das Deck turnen und „Schweinebaumeln" an der Reling machen. Abends saß Lisa auf der Reling. Heute war der viereckige Mond zum vollen Viereck geworden.

Sie bemerkte nicht, wie sie völlig von der Gischt durchnässt wurde, bis sie plötzlich von hinten angesprochen wurde

„Wenn du hier so stehst, wirst du dich noch erkälten." Lisa entgegnete, ohne sich umzudrehen: „Mir ist nicht kalt." Der viereckige Mond strahlte hell. Der andere war nicht zu sehen. „Die eckigste Scheibe, die ich je gesehen habe", philosophierte Lisa leise. Erst jetzt merkte sie, dass es wirklich kalt war.

„Sieh mal den Mond. Wie hell er strahlt"

„Ja", entgegnete Tyro. „Doch ich fürchte, dass bald großes Unheil über uns kommen wird. Der Mond wird für lange Zeit untergehen."

„Sei still, du machst mir Angst." bat Lisa ihn leise. Die Vorstellung, schon am Beginn ihrer Reise zu scheitern, ließ sie erschauern. Sie hatte ihre Angst bis jetzt erfolgreich unterdrückt, doch nun wurde es ihr mit einem Schlag wieder klar. Die Angst prägte sich in ihr Unterbewusstsein, und sie würde auch vorerst nicht wieder verschwinden.

Sie sah zu dem Mond hinauf, und plötzlich war ihr, als habe ein Schatten für kurze Zeit den Mond verdeckt. Wortlos wandte sie sich um und ging unter Deck. Tyro sah ihr nach.

„Was hast du ihr wieder erzählt, dass sie so traurig geworden ist?" fragte Laya leise. Sie sah von oben zu ihm hinunter. Er schüttelte den Kopf, ging wortlos nach oben und löste Laya vom Steuer ab. Sie überschüttete ihn mit Fragen und Vorwürfen. Doch er reagierte auf keine dieser Fragen oder Vorwürfe. Stumm steuerte er das Schiff. Laya sah ein, dass er auf stur geschaltet hatte. So ließ sie ihn in Ruhe und ging ebenfalls unter Deck.

Tyro machte sich Vorwürfe, so reagiert zu haben. Das war doch sonst nicht seine Art. Doch er sah ein, dass Laya recht gehabt hatte. Er hätte Lisa nichts von seinen Befürchtungen erzählen sollen. Sie reagierte auf seine Vorahnungen immer so. Das hatte er doch schon festgestellt. Was hatte er sich nur dabei gedacht? Stumm steuerte er das Schiff in der Dunkelheit.

Er wusste nicht, wie bald sich seine Prophezeiungen erfüllen würden. Denn die Sonne sollte vorerst nicht wieder aufgehen.

Auf der Flucht

Lisa erwachte davon, dass ein Stoß sie unsanft aus dem Bett warf. Sie erhob sich. Erst jetzt bemerkte sie, dass das Schiff verdächtig wankte. Rasch schlüpfte sie in ihre Kleider. Laya war offenbar schon oben. Lisa rannte rasch an Deck. Sie hatte viel erwartet, doch nicht, von einer Windböe wieder zurück ins Schiffsinnere gestoßen zu werden. Mühsam erhob sie sich wieder und stemmte sich gegen den Wind. Sie sah sich nach Laya und Tyro um. Laya stand am Steuer, ihre Haare wehten im Wind. Sie hatte ein Kleid an, das ihr um den Körper wehte, und sie gab sich Mühe, sich aufrecht zu halten. Tyro kämpfte sich gegen den Wind auf sie zu und löste sie am Steuer ab.

Laya hielt sich an der Reling fest. Lisa stemmte sich gegen den Wind, um zu ihr zu gelangen. Sie hatte Laya fast erreicht, als eine Windböe sie von den Füßen riss und über das Deck fegte. Es gelang Lisa gerade noch, sich an einer der Segelbefestigungen festzuhalten, sonst wäre sie über Bord gefegt worden. Mühsam richtete sie sich wieder auf und begann den Kampf von neuem. Schließlich hatte sie Laya erreicht.

Lisa wischte sich ihre Haare aus dem Gesicht. Der Wind war so stark, dass er sie erneut fast von den Füßen fegte. Sie musste schreien, damit Laya sie verstehen konnte.

„Wo kommt denn der Sturm her? Seit wann ist es überhaupt so stürmisch?"

„Vor fünf Minuten begann es urplötzlich. Ich bin gleich an Deck gerannt. Ich gehe mich jetzt umziehen. Gehe und frage Tyro, ob du ihm helfen kannst. Ich bin gleich wieder da."

Lisa nickte und griff nach dem Seil, das Laya ihr entgegenhielt. Es war an einem Ende des Bootes befestigt. Sie zog sich an dem Seil entlang zum Steuer hinauf. Tyro nickte ihr zu.

„Ich soll fragen, ob ich dir helfen kann!" Sie musste mehrmals schreien, ehe Tyro sie verstanden hatte. Tyro nickte.

„Gib mir das Fernrohr!" rief er durch den Sturm. Lisa lief zum Kartentisch, so schnell, wie der Sturm es erlaubte. Wortlos nahm Tyro ihr das Fernglas aus der Hand, hob mit einer Hand das Glas an die Augen und sah hindurch. Der sonst so wenig ernste Tyro hatte sich vollkommen verwandelt. Lisa stellte mit Schrecken fest, dass es ganz so aussah, als sei er derartige Situationen gewohnt. Sein Gesicht war zu einer starren Maske geworden.

„Geh deine Sachen packen und die Pferde satteln," rief er Lisa zu. Dann heftete er seinen Blick wieder auf die Umgebung. Heftiger Regen prasselte jetzt auf sie nieder, dicker Nebel zog auf. Rasch folgte sie Tyros Anweisung.

Sie sattelte die Pferde und lief dann in ihre Kabine. Dort packte sie in aller Eile ihre Sachen zusammen und trug sie nach oben. Der Sturm erschwerte ihr die Arbeit sehr. Sie sah sich nach Laya um, aber der Nebel war so dicht, dass sie kaum die Hand vor Augen sah.

„Lisa", hörte sie eine Stimme, sehr gedämpft. „Komm zu den Pferden herüber!" Sie gehorchte, als sie Layas ernstes Gesicht sah. Laya nahm ein Lederband und flocht ihr in aller Eile die Haare.

„Das ist kein gewöhnlicher Nebel. Der kommt von McCloud. Ich spüre die Aura und den Atem des Bösen, es kriecht mir den Rücken herauf. Ich halte es an diesem Ort nicht mehr lange aus. Spürst du die Aura nicht?" Sie erschauerte. Auch Lisa spürte diese Aura. Sie strömte Böses, Hass, Angst und Gewalt aus. Sie fühlte sich nicht mehr wohl in ihrer Haut. Der Regen durchnässte ihre Kleider, der Sturm ließ Wellen über die Schiffskante brechen, der Wind pfiff ihnen um die Ohren und der Nebel dämpfte alle Geräusche zu unheimlichem Geflüster.

Lisa war unbehaglich zumute, ebenso wie Laya. Doch plötzlich ging ein Ruck durch das Schiff. Der Nebel verschwand so schnell, wie er gekommen war, die Sicht klarte auf; doch was Lisa statt dessen sah, ließ sie den Nebel zurückwünschen. Vor ihnen stand ein riesiges, schwarzes Ungeheuer.

Es hatte fünf Köpfe und einer war hässlicher als der andere. Seine Augen sahen wie glühende, rote Kohlen aus, sein Atem war wie Rauch und Feuer. Als er die Planke streifte, verrußten und verkohlten diese fast augenblicklich. Nur dem Regen war es zu verdanken, dass das Schiff nicht in Flammen aufging.

Die Krallen waren gut sechs Zentimeter lang, spitz wie Dolche. Um seinen Hals lag ein blutroter Ring. Sein Schwanz zuckte und peitschte wie keine andere Waffe. Neben sich hörte sie Laya nach Luft schnappen.

„Das Degusungeheuer!" rief sie aus. „Oh Gott. Es haust in den Bergen in einer Höhle. Viele tapfere Männer sind schon ausgezogen, um es zu besiegen. Keiner von ihnen kam je zurück. Doch offenbar haben wir Daimos McCloud erneut unterschätzt. Ich möchte nicht wissen, wie viele Menschen er dafür geopfert hat. Man sagt, das Ungeheuer und McCloud seien Seelenverwandte." Die schwarzgekleideten Gestalten an seiner Seite trieben das Ungeheuer immer weiter auf ihr Schiff zu. Und alle trugen ein schwarzes Ei auf ihren Helmen.

Wenn Lisa bis jetzt noch gezweifelt hätte, ob sie vielleicht auf der falschen Seite stand, so war sie jetzt völlig überzeugt, dass sie auf der richtigen Seite stand.

Da fühlte sie einen Stoß, der sie in den Rücken traf. Sie drehte sich um. Laya zog sie mit sich zu den Pferden. „Steig auf" rief sie Lisa zu. Sie sah, dass Tyro das Schiff auf das unbewachte Flussufer zufuhr. Laya sprang auf ihr Pferd, drückte Lisa ihren Beutel in die Hand. Dann ergriff sie die Zügel von Tyros Pferd und jagte Lisas Pferd einen Schrecken ein. Lisa begriff. Sie sollten mit den Pferden über die Reling an Land springen. Sie wollte nicht daran denken, in den Fluss zu den Häschern McClouds zu fallen. So hoffte sie einfach nur, heil anzukommen. Dann fiel ihr Tyro ein. Was sollte aus ihm werden?

Da sprang Sternennebel. Sie spürte einen Ruck, sah sie unter sich das Wasser, wollte schreien, brachte aber keinen Laut über die Lippen. Stumm zählte sie die Sekunden bis zum Aufschlag. Plötzlich gab es einen Ruck und ihr Pferd war gelandet.

Neben sich sah sie Laya landen. „Dort hinüber", hörte sie Laya rufen, die auf einen Buschhain deutete. Lisa spornte Sternennebel an. Als sie den Hain erreichten, sprang Lisa von Sternennebels Rücken. Auch Laya stieg ab. Rasch zogen sie ihre Pferde in den Schatten der Bäume.

Dann sahen sie gemeinsam zu dem Schiff, besser gesagt zu dessen Überresten hinüber. Langsam zerfiel es zu rußigem Staub. Doch wo war Tyro geblieben?

Die schwarzen Männer durchsuchten die Fluten. Ihre Suche weitete sich immer mehr aus. Sie würden nicht mehr lange auf Tyro warten können. Bald mussten sie sich weiter zurückziehen.

Lisa sah zu Laya auf und sah, dass ihr Gesicht unendlich traurig wurde. Ihre Hand lag auf dem Vogelamulett, das um ihren Hals hing. Traurig schüttelte sie den Kopf. „Sie haben ihn wohl erwischt." Lisa fühlte Tränen des Schmerzes, aber auch des Zorns und der Wut in sich aufkommen.

Ein Regentropfen fiel auf ihren Kopf; es begann wieder zu regnen. Sogar der Himmel schien zu weinen. Laya schob sie auf ihr Pferd zu. „Lass uns verschwinden, bevor sie uns noch entdecken." Sie schwang sich auf ihr Pferd.

Da hörte Lisa das Knacken eines Astes hinter sich. Sie fuhr, ihren Dolch in der Hand, herum. Hinter ihr stand Tyro. Erleichtert seufzte sie auf.

„Mein Gott! Ich dachte schon, wir hätten einen Toten zu beklagen." Auch Laya lächelte vor Freude. Doch sie wurde sofort wieder ernst:

„Los, Tyro, steig auf. Wir müssen hier weg." Tyro gehorchte wortlos. Auch er schwang sich auf sein Pferd. Die Jagd begann.

„Iiii!" Lisa schüttelte sich entsetzt und schnippte die dicke, behaarte Waldspinne von ihrem Handrücken.

Sie ritten völlig durchnässt durch den Wald aus Dornenbäumen und -Büschen. Der Himmel hatte seine Tore geöffnet und heftiger Regen durchnässte die drei Reiter schon seit Stunden. Sie hatten nur kurz angehalten, um eine Bestandsaufnahme zu machen. Obgleich ihnen allen die Dolche geblieben waren, so hatte Tyro seine Pfeile, Laya ihren Beutel und Lisa ihren Bogen verloren. So gab sie ihre Pfeile Tyro.

Der Inhalt der beiden übrigen Bündel war vollkommen durchnässt. Auch ihre Kleidung sah nicht mehr ordentlich aus. Sie war verschmutzt, zerschlissen, zerrissen und durchnässt. Dadurch war sie schwer geworden und klebte an ihren Körpern. Die Dornen hatten Kratzer an Armen und Beinen der kleinen Expedition verursacht, Schlangen und Spinnen waren zu täglichen Anblicken geworden.

Seit drei Tagen waren sie nun schon auf der Flucht. Schon zwei mal waren die Häscher des Feindes ihnen bedenklich nahe gekommen. Sie hatten sich aber immer noch rechtzeitig verstecken können, und die Männer kamen niemals mehr als 10 Meter an sie heran. Doch sie waren auf der Hut. Denn ihr Weg war weit und ihre Ausrüstung karg. Einer Übermacht würden sie zweifellos erliegen.

Daimos McCloud tobte. Seine Stirn war vor Zorn gekraust, seine Wangen vor Wut errötet. „Sie ist euch schon wieder entwischt? Ihr seid unfähig! Ein Kind! Ein mickeriges Kind kann vor euch fliehen und entkommen. Ihr seid eine feige Bande, unfähige Idioten. Und ich bin verdammt, auf euch angewiesen zu sein. Geht mir aus den Augen! Bringt mir dieses Kind. Und die Frau und den Jungen gleich dazu. Tot oder lebendig! Tot oder lebendig! Tot oder lebendig!!!!"

Eine Schar schwarzgekleideter Männer zog angsterfüllt die Köpfe ein. Die Worte ihres Herren kamen wie Peitschenhiebe durch den Raum geflogen. „Bringt mir dieses Luder!" gelte seine Stimme durch den Raum. Vor Wut zerschlug er mit der Hand einige Gläser, Gas stieg auf und brodelte.

„Und nun raus hier, hört ihr nicht? *RAUS!!!!!!* " Die Soldaten flohen Hals über Kopf aus dem Raum. „Unfähige Bande von Idioten", heulte er ihnen hinterher.

Lisa fröstelte. Das Feuer wollte sich nicht entzünden lassen. Sie schlug erneut die Steine gegeneinander. Ein Funke sprang endlich auf den trockenen Zunder über. Nur zögernd begann das nasse Holz zu brennen. Dann erlosch die Flamme wieder.

Lisa versuchte es erneut - diesmal brannte es schon länger, bevor es erlosch. Als es endlich brannte, seufzte sie erleichtert und lehnte sich gegen den Felsen. Doch sie stieß sich sofort wieder ab. Der Felsen war eiskalt.

Nachdenklich nahm sie einige Holzscheite und legte sie neben das Feuer, damit sie trockneten. Die Höhle, in der sie sich befanden, war nicht sehr groß, doch hatte sie drei Ausgänge und alle lagen versteckt unter Zweigen. Die Höhle selbst lag unter der Erde. Hier waren sie relativ sicher vor dem Feind, so dass sie in aller Ruhe ihre Sachen trocknen, sich aufwärmen und endlich, seit vier Tagen, endlich wieder einmal richtig schlafen konnten.

Sie hatten den Inhalt ihrer Beutel neben dem Feuer ausgebreitet. Dann hatte Laya sich aufgemacht, um Früchte, Kräuter, Blätter zum Zudecken und Moos zu sammeln. Tyro hatte kurz nach Laya die Höhle verlassen, um jagen zu gehen. Also hatte Lisa sich daran gemacht, das Feuer zu entzünden. Nun hängte sie die Tücher, Beutel, ihre eigenen Schuhe und Stümpfe sowie ihre Jacke zum Trocknen neben dem Feuer an Felsvorsprüngen auf. Die zwei

Wolldecken, die sie noch hatten, legte sie neben die Feuerstelle, dann ließ sie sich neben dem Feuer auf den Fußboden sinken. Kurz darauf kam Laya zurück, die Arme voll Blätter, in die sie Früchte, Kräuter, Moos und Pilze gewickelt hatte.

Sie und Lisa machten sich eben daran, die Dinge auf den Blättern ebenfalls neben die Feuerstelle zu legen, als Tyro, drei Hasen unter dem Arm, die Höhle betrat. In der einen Hand hielt er Stöcke, mit denen er die Hasen aufspießte und über dem Feuer briet. Die Decken waren derweil getrocknet und Laya legte sie über das Moos auf den Fußboden. Dann ließ sie sich darauf nieder. Lisa folgte ihrem Beispiel und gesellte sich zu ihr.

Endlich waren die Hasen gebraten und sie aßen sie mit großem Appetit. Dann legten sich Lisa und Laya auf die Nachtlager und schliefen ein. Tyro hatte sie erste Wache. Laya würde die Nächste übernehmen, dann war Lisa an der Reihe. Sie würden noch zwei Tage in der Höhle bleiben, dann wollten sie ihren Weg fortsetzen. So hatten sie sich geeinigt, denn sie wussten nicht, wann sie erneut ein so gutes Versteck finden würden, um wieder ausruhen zu können. Der Weg würde noch schwierig genug werden. Sie wollten so ausgeruht wie möglich sein.

„So sei doch endlich einmal still", bat der Junge die Stimme, die unaufhörlich lachte. „Es reicht doch wohl, dass wir hier in dieser Höhle gefangen sind, dürfen wir denn nicht einmal schlafen?"

„Nein", hallte die Stimme durch den Raum. „Ihr sollt erst schlafen, wenn ich es erlaube. An eurem Leid ist eure Cousine schuld. Wenn sie nicht immerfort davonlaufen würde, würde ich sie zu euch bringen und ihr könntet zusammen endlich schlafen".

Er lachte gehässig. „Doch sie läuft davon. So muss ich mich rächen, indem ich euch quäle. Das ist doch ganz einfach. Sie tyrannisiert meine Truppen, so tyrannisiere ich euch."

„Vor einem Schicksal wie dem, von dir gefangen zu sein, wäre ich auch davongelaufen, wenn ich gekonnt hätte. Außerdem glaube ich nicht, dass Lisa hier ist. Du suchst nur einen Grund, uns leiden zu lassen," provozierte Christoph in das Dunkel hinein.

„Schweig", donnerte die Stimme durch den Raum

„Nein, ich werde nicht schweigen. Wenn ich schon hier bin, werde ich auch reden, wie ich will."

„Christoph, bitte, reize ihn nicht", bat das Mädchen.

„Zu spät, du armselige Kreatur. Deine Schwester ist wahrlich klüger als du. Du bist genauso widerspenstig wie Lisa. Ihr beiden seid mir ein Gräuel. Wenn ich euch nicht mehr brauche, werde ich mich eurer endlich entledigen können. Christa jedoch kann vielleicht die Chance bekommen, weiter zu leben. Sie ist besonnener als du und deine Cousine. Ihr beide werdet euch noch wundern. Ihr alle werdet euch noch wundern! Alle werden vor meiner Macht erzittern und meine Gnade erflehen. Doch dich und Lisa beißen die Hunde."

Die Stimme des Unbekannten hatte einen derartig drohenden und mordlüsternen Klang angenommen, dass Christoph erschauerte und schwieg.

Lisa legte einen neuen Holzscheit auf das Feuer. Es war schon fast zur Gänze niedergebrannt. Sie fröstelte leicht und rückte näher an das Feuer heran. Müde sah sie zu Laya hinüber, die fest zu schlafen schien. Das war die letzte Wache. Bald würde sie die anderen wecken müssen und sie würden ihre Sachen packen und sich wieder auf die Reise machen, auf der Flucht vor den Häschern, vor Regen und Sturm, immer auf der Flucht, auf der Suche nach der Dornenstadt, um dort die Möglichkeit zu bekommen, sich auf die Suche nach der Klinge des Schwertes zu machen.

Sie starrte in das Feuer. Es bewegte sich wie ein lebendiges Wesen. Seine Flammen flackerten unkontrolliert und warfen geisterhafte Schatten an die Wände. Sie beobachtete dieses Spiel der Schatten an der Wand, doch dann fiel ihr einer der Schatten in die Augen. Er schien nicht zu den Schatten an der Wand zu gehören, auf irgendeine Art und Weise schien er anders zu sein. Da nahm die Schattengestalt für einen Moment Form an und schien auf Lisa zuzugehen. Dabei stieß sie ein lautloses Gelächter aus. Aus ängstlich geweiteten Augen sah Lisa die Gestalt an, die immer näher kam, eine Hand griff nach ihr, Lisa schloss entsetzt die Augen und schrie laut auf. Sie öffnete die Augen, als sie heftig an den Schultern geschüttelt wurde.

Sie blickte in Layas besorgtes Gesicht. Aus schreckgeweiteten Augen sah Lisa Laya an. „Um Himmels Willen, Lisa. Was ist denn?" Doch Lisa starrte sie nur verständnislos an. Sie brauchte Zeit, um zu verstehen, dass sie sich von dem Schatten hatte narren lassen.

„Entschuldige, Laya. Ich bin wohl nur ein wenig eingenickt und habe mich von dem Knistern des Feuers erschrecken lassen". Lisa merkte noch beim Sprechen, dass Laya ihr nicht glauben würde, und so war es auch. Sie sagte zwar nichts, doch ihrem Gesicht war anzusehen, dass sie Lisa nicht glaubte. Lisa fühlte, dass sie skeptisch gemustert wurde, und senkte rasch den Kopf. Sie konnte Laya doch nicht sagen, dass sie vor einem Schatten erschreckt war und sie diesen für lebendig gehalten hatte. Bei vollem Bewusstsein?

Lächerlich! Doch Laya beließ es dabei. Statt dessen wandte sie sich an Tyro, der hinter ihr stand und Lisa mit besorgtem Blick musterte, und bat ihn, die Decken zusammenzulegen. Er gehorchte. Dann wandte sie sich an Lisa.

„Komm, Kind, lösch das Feuer, wir wollen losreiten." Dann machte Laya sich daran, den restlichen Proviant zusammenzupacken. Lisa kam sich überflüssig vor. So begann sie damit, das Feuer mit Sand zu löschen. Sie zertrat die Überreste im Sand auf dem Boden und verwischte ihre Spuren.

„Sicher ist sicher", dachte sie, als sie bemerkte, dass Laya mit dem Packen der Beutel fertig war und sie gerade mit Tyros Hilfe die Pferde belud. „Komm Lisa" bat Tyro. „Wir sollten aufbrechen." Lisa nickte. Laya ging voraus, um zu gucken, ob keine Feinde in Sicht waren, dann rief sie leise ihre Freunde. Gemeinsam ritten sie los.

Der Regen hatte etwas nachgelassen, doch statt dessen war Nebel aufgezogen. Lisa wünschte sich den Regen zurück. In dieser Waschküche konnte man kaum die Hand vor Augen sehen. Doch es hatte den Vorteil, dass es dem Feind wohl genauso ging. Sie mussten nur auf alle verdächtigen Laute hören und selber keine verursachen. Sternennebels Ohren bewegten sich aufmerksam hin und her. Nebel diente als Schalldämpfer, aber wenn man genau horchte, hörte man mehr, als wenn man sich damit beschäftigte, die Umgebung mit den Augen abzusuchen.

„Hoffentlich verschwindet dieser Nebel rasch wieder. Es ist unheimlich. Man muss schon Angst haben, die Hufe voreinander zu setzen. Da war mir der Regen noch entschieden lieber. Wir hätten in der Höhle bleiben sollen, bis der Nebel wieder verschwunden ist."

Lisa hatte sich an das Phänomen, das Pferd sprechen zu hören, bereits gewöhnt. „Nein", dachte sie zurück. „Wir wissen ja nicht, wann der Nebel vorbei ist. Und mit jedem Tag, den wir länger dort verbracht hätten, wäre die Möglichkeit, von McClouds Häschern entdeckt zu werden, gestiegen. Wir sind erst wieder sicher, wenn wir in der Dornenstadt angekommen sind". Das Pferd antwortete nicht, doch Lisa wusste, dass Sternennebel sie verstanden hatte.

Schweigend ritten sie weiter, als Laya plötzlich zischte: „Schnell hinter die Büsche dort. Schnell. Los, hört ihr sie denn nicht?!"

Lisa gehorchte augenblicklich, sprang von Sternennebels Rücken und zog das Pferd mit sich in das dichte Gebüsch. Rasch zwängte sie sich zwischen den Dornen hindurch und legte sich flach auf den Boden. An den Dornen riss sie sich Arme und Beine auf und ein höllischer Schmerz fuhr durch ihre Arme, doch sie achtete nicht auf die Schmerzen, sondern suchte mit den Augen und Ohren die Umgebung ab.

Sie fühlte eine Hand, die sich auf ihrer Schulter abstützte. Mit einem kurzen Blick zur Seite stellte sie fest, dass Tyro sich neben sie auf den Boden legte. Er blickte nur kurz zu ihr, nickte ihr, zum Zeichen, dass alles in Ordnung sei, flüchtig zu und blickte dann wieder angestrengt auf den schmalen Pfad, auf dem sie eben noch geritten waren.

Lisa versuchte, Laya zu erkennen. Doch so sehr sie sich auch bemühte, sie konnte sie nicht entdecken, obwohl sie schon eine ganze Weile in den Nebel starrte. Sie glaubte schon, dass Laya sich getäuscht habe, doch wollte sie sich nicht erheben, bevor Laya in Sicht kam.

Da sah sie plötzlich eine einzelne Person aus dem Nebel auftauchen. In der Annahme, dass dies Laya sei, wollte sie aufstehen und öffnete den Mund zu einem Ausruf, als ihr eine Hand fest auf den Mund gelegt wurde. Eine zweite Hand griff um ihre Hüfte und zog sie in die Deckung des Gebüsches zurück. So lag sie eine Weile zusammengekauert auf dem Boden.

Lisa wagte nicht, sich zu bewegen, bis Tyro leise zischte: „Bist du denn von allen guten Geistern verlassen? Willst du uns verraten?" Vorsichtig nahm er jetzt seine Hand von ihrem Mund, ließ aber die andere um ihre Hüfte liegen. „Was sollte das?", fuhr er sie leise an.

„Nachher" flüsterte sie leise zurück. Dann blickte sie in die Richtung, in der sie Laya vermutete und da begriff sie, warum Tyro so grob gehandelt hatte. Hätte sie gerufen, dann wären sie jetzt schon gefangen. Denn aus den Nebelschwaden tauchten immer mehr Männer auf. Schließlich waren es gut zehn, die sich auf dem Pfad sammelten. Einer der Männer, wahrscheinlich der Anführer der Häschertruppe, fragte: „Habt ihr eine Spur von ihnen entdeckt?" Alle verneinten offensichtlich, denn der Anführer fuhr sie an: „Dann gebt euch gefälligst mehr Mühe. Was meint ihr Einfallspinsel wohl, was der Herr mit uns macht, wenn sie uns schon wieder entwischt? Wenn ihr unbedingt als Hähnchen am Spieß enden wollt, dann gebt euch weiterhin so viel Mühe wie bisher."

Lisa erschauerte. Hähnchen am Spieß. Geschmackvolle Vorstellung. Eigentlich war sie gespannt darauf, McCloud gegenüberzutreten. Was sie bis jetzt gehört hatte, klang äußerst widerwärtig. Er musste ein seltsames Wesen sein. Dann lauschte sie erneut dem Gespräch der Männer.

„Also, lasst uns anfangen. Wir müssen ihre Spur wiederfinden. Wenn nur dieser verdammte Nebel nicht wäre." Der Hauptmann schüttelte den Kopf. „Überhaupt eine blödsinnige Idee, das Mädchen fangen zu wollen. Warum muss er auch das ganze Land haben wollen, die Hälfte bis zum Fluss reicht doch auch." Zustimmendes Gemurmel herrschte unter den Soldaten.

Sie ahnten nicht, dass ihre Beute nur unweit von ihnen entfernt hinter den Büschen versteckt lag. Sie wussten aber auch ebenso wenig, dass einer unter ihnen zu den Spionen McClouds gehörte. Denn McCloud traute seinen eigenen Truppen nicht; er traute niemandem außer sich selbst. Auch seine Spione überprüfte er regelmäßig, denn er konnte mit geschlossenen Augen spüren, wo sie sich befanden. Doch davon wussten sie nichts. Denn McCloud richtete es stets so ein, dass seine Spione fest an ihn glaubten. Alles, was er ihnen befahl, führten sie willenlos aus.

Und so kam es, dass einer dieser Spione nun bei der Truppe war und die Männer so reden hörte. Und sie kritisierten seinen Herrn. So kam er zu der Überzeugung, dass die Truppe ungehorsam sei. Für diesen Fall war ihm befohlen worden, den Anführer auf der Stelle zu töten, was er auch augenblicklich tat.

Die Männer der Truppe bemerkten es erst, als ihr Anführer zu Boden sank. Doch Lisa und Tyro konnten von ihrem Versteck aus alles genauestens beobachten. Lisa sah, wie einer der Männer mit steinernem Gesicht seinen Dolch hob und den Anführer erstach. Das Gesicht des Mörders war eine gefühllose Maske. Sie konnte einen leisen Schrei nicht mehr unterdrücken.

Hastig zog Tyro sie enger an sich und legte ihr die Hand wieder auf den Mund. Auch Lisa hielt entsetzt die Luft an. Wenn ihr leiser Schrei nun gehört worden war? Ängstlich sah sie zu den Männern hinüber, die sich entsetzt über ihren Anführer gebeugt hatten. Offensichtlich glaubten sie, er habe den Schrei ausgestoßen, bevor er tot zu Boden fiel. Doch der Spion befahl ihnen mit harten Worten, die Befehle ihres Herrn zu befolgen und sich zu beeilen. Ob ein Mensch mehr oder weniger, sei egal.

Diese harten, gefühllosen Worte schienen die Männer genauso zu erschrecken wie Lisa, denn sie setzten sich augenblicklich in Bewegung. Erst jetzt nahm Tyro seine Hand von ihrem Mund. Dennoch blieben sie eine Weile in ihrem Versteck liegen.

Schließlich sahen sie einen einzelnen Schatten, der sich der auf dem Boden liegenden Leiche näherte. Der Schatten bückte sich und kniete neben der Leiche nieder. Dann, nachdem er in dieser Haltung einige Zeit verharrt hatte, erhob er sich wieder und stieß einen leisen Pfiff aus. Kurz darauf brach ein Pferd aus dem Dickicht.

„Das ist Laya" flüsterte Tyro. „Komm, wir gehen zu ihr."

„Nein! Bleib, wo du bist", zischte Lisa. Diesmal drückte sie Tyro auf den Boden zurück. „Sieh dir die Figur der Person an. Das ist nie im Leben Laya. Außerdem: was für einen Grund hätte Laya, von dort zu kommen, von wo die Männer auch gekommen sind? Dann hätten McClouds Häscher sie mit Sicherheit gesehen. Nein, das ist nicht Laya".

Und Lisa hatte recht. Denn die Person erhob sich, nahm die Leiche auf und legte sie zu sich auf das Pferd. Dann ritt sie davon.

Kurz darauf löste sich ein Schatten aus dem Nebel ihnen gegenüber. Er bewegte sich vorsichtig und sah sich immer wieder um. Doch Lisa wagte es nicht, sich zu erheben. Sie wollte nicht unbedingt jetzt den Häschern McClouds in die Finger laufen.

Auch Tyro wagte es nicht, auch nur einen Laut von sich zu geben. Lisa beobachtete die Person und durchforschte den Nebel nach anderen Personen, Schatten und flüchtigen Schemen. Die Person auf der Lichtung sah sich suchend um. Dann trat sie zurück zu dem Ort, von dem sie auf die Lichtung getreten war. Kurz darauf kehrte sie mit einem Pferd am Halfter gehalten zurück.

Lisa hoffte inständig, es möge Laya sein. Ihr war kalt geworden auf dem Fußboden. Außerdem war er sehr hart und sie hatten noch einen weiten Weg vor sich. Zu ihrer Überraschung fing die Person plötzlich an, eine seltsame Melodie vor sich hin zu summen. Ganz leise und zaghaft. Lisa spitzte die Ohren. Ebenso Tyro, denn er griff nach ihrem Arm. Lisa kam die Melodie bekannt vor. Sie sagte sich, dass sie diese Melodie gewiss schon gehört hatte. Doch Tyro dachte schneller.

„Lisa, die Melodie, erkennst du sie denn nicht? Das Lied! Auf der Mauer! Die Frau, die um ihr Kind trauert und jeden Abend ein Lied als Andenken singt." Lisa fiel es wie Schuppen von den Augen. Sie nickte Tyro zu und fragte: „Kannst du die Melodie summen?" Tyro nickte stumm. Zuerst leise und zaghaft, doch dann mit zunehmendem Selbstvertrauen begann er, die Melodie zu summen. Die Person auf der Lichtung verstummte augenblicklich. Auch Tyro hörte sofort auf. Seine Hand fuhr an das Messer. Auch Lisa zog den schmalen, aber tödlichen Dolch und umschloss dessen Griff mit ihren Fingern. Sie fühlte sich unbehaglich. Aus zusammengekniffenen Augen sah sie erneut zu der Person hinüber und bemerkte, dass diese langsam auf das Gebüsch, hinter dem sie lagen, zukam und nun einen blitzenden Gegenstand in der Hand hielt. Lisa spannte ihre Muskeln an und fixierte die Person. Sie konzentrierte sich und machte sich sprungbereit.

Tyro spannte seinen Bogen und legte einen Pfeil auf. Sie waren auf jeden Angriff vorbereitet. Die Person näherte sich vorsichtig ihrem Versteck, sie kam näher und näher.....

Lisa sprang auf. Für den Bruchteil einer Sekunde standen sich beide gegenüber und sahen einander an. Dann seufzte Lisa erleichtert und fiel Laya um den Hals. „Meine Güte. Ich dachte schon, jetzt haben sie uns erwischt. Hast du auch den Mann gesehen, der den Anführer erstochen hat. Das war wirklich grauenvoll. Er schaute so gefühllos und stach dann zu." Lisa schüttelte sich. „Warum hat er das getan?" Laya zuckte unwissend mit den Schultern. Tyro hatte sich nun ebenfalls erhoben und die Pferde aus den Büschen geholt. „Kommt, lasst uns hier verschwinden. Ich werde mich erst wieder gut fühlen, wenn wir endlich in der Dornenstadt angekommen sind". Laya nickte Lisa zustimmend zu und zog ihr Pferd zu sich. Lisa stieg auf Sternennebels Rücken und das Pferd schnaubte glücklich, sie wieder bei sich zu haben. Es hatte sich offensichtlich ebenso unwohl gefühlt wie Lisa.

Auch Tyro war aufgestiegen. Er breitete eine große Karte auf seinem Schoß aus und sagte: „Wenn wir auf dem richtigen Weg sind brauchen wir noch sieben Tage bis zur Dornenstadt." Laya nickte und meinte: „Dann lasst uns keine Zeit verlieren." Sie gab ihrem Pferd die Sporen. Lisa folgte ihr und Tyro bildete den Schluss, während er die Karte zusammenfaltete und zurück an seinen Gürtel steckte. Lisa hielt sich dicht hinter Laya, um ihr auf dem Weg zu folgen, ohne von Schlangen, Spinnen oder anderem Getier angefallen zu werden. Nur allzu oft bahnte Laya sich einen Weg durch dichtes Gestrüpp und Ranken, und Lisa musste ihr Pferd auf genau dem selben Weg halten.

Regen und Wind durchnässten sie, Dornen und Gestrüpp zerkratzten die kleine Gruppe, sie handelten sich Stiche, Schrammen und blaue Flecken ein. Zu allem Überfluss bekam Lisa auch noch eine Erkältung. Schlaf war unmöglich, denn sie kamen auf ihrer Flucht immer weiter von ihrem Weg ab. Schließlich, nachdem sie drei volle Tage geritten waren, waren sie zu Tode erschöpft, als ein Pfeil plötzlich nur dicht an Layas Kopf vorbei zischte.

Laya schrie erschrocken auf und sie fuhren herum. In einem der Bäume entdeckte Lisa schließlich den Schützen. Er trug schwarze Kleidung und legte gerade einen neuen Pfeil auf; er zielte erneut auf Laya. Lisa schrie auf und rief:

„Runter, Laya!" Laya gehorchte augenblicklich. Der Schütze schoss in demselben Augenblick wie Lisa schrie. Doch der Pfeil erreichte sein Ziel nicht. Denn Laya duckte sich gerade noch rechtzeitig. Da sah Lisa, wie Tyro einen Pfeil auflegte. Dann hörte sie nur noch das Zischen eines Pfeils und den Todesschrei eines Menschen. Der Mann stürzte von dem Baum herunter und war sofort tot.

Lisa starrte Tyro erschrocken an. Er war bleich und zitterte leicht, während er seinen Bogen auf den Rücken zurück hängte. Wortlos drehte er sein Pferd wieder um. Lisa wollte absteigen, um zu dem Mann zu gehen, doch Laya hielt sie zurück.

„Komm, wir müssen hier weg. Da werden gewiss noch mehr in der Gegend sein und unsere Schreie waren sicher weithin hörbar".

„Wir können ihn doch nicht einfach so liegen lassen!" meinte Lisa kleinlaut.

„Er ist der Feind! Selbst wenn wir ihm helfen könnten, würde ich es nicht tun. Wenn wir uns nicht beeilen, wirst du bald noch mehr Tote zu sehen bekommen, durch Tyros und meine Hand und vielleicht wirst auch du gezwungen sein zu töten. Wenn du das willst, kannst du ja hier bleiben, aber ich gehe jetzt." Lisa erschauerte bei dem Gedanken, jemanden umbringen zu müssen. So stieg sie rasch wieder auf, und sie ritten weiter, noch bevor einer der Soldaten in Sicht kam.

McCloud starrte vor sich hin. Seine Gedanken kreisten um Lisa. Dieses Mädchen war ausgebuffter als er gedacht und erwartet hatte. Er hatte sie für ein typisches Mädchen gehalten. Doch er musste sich eingestehen, dass er sich geirrt hatte. Es gelang ihr immer wieder, seinen Männern zu entwischen. Sicher halfen ihr die beiden anderen, aber...

Soeben hatte er die Meldung erhalten, dass einer seiner Schützen tot im Wald gefunden worden sei. Er sei mit einem Pfeil erschossen worden. McCloud schüttelte gedankenschwer den Kopf. Dieses Mädchen war ein Problem. Sie durfte das Schwert auf keinen Fall zusammensetzen. Seine Gedanken wanderten weiter zu den beiden Kindern im Verließ. Der Junge war äußerst widerspenstig. Er war sehr klug und mit seiner ewigen Fragerei erreichte er sehr viel. Er wusste im Prinzip schon viel zu viel. Das Mädchen war erträglicher, obwohl ihre Besonnenheit ebenso bewundernswert war wie der Stolz, von dem beide immer noch geleitet wurden.

Seine Gedanken kehrten zurück zu dem Mädchen, das auf der Suche nach einer Waffe, von deren Fähigkeiten sie nicht die geringste Ahnung hatte, war. Sein Finger verfolgte ihren Weg auf der Landkarte. Stumm schlug er schließlich mit dem Finger auf einen Punkt auf der Karte. Es war der Ort, an dem der Schütze aus dem Baum geschossen worden war. „Lisa", dachte er, „ich werde dich das Fürchten lehren!"

In diesem Moment kroch die Person, an die McCloud gedacht hatte, gerade unter einem umgestürzten Baumstamm hindurch, das Pferd hinter sich herziehend. Sie war müde und völlig fertig, ihr Haar hing ihr wirr und nass ins Gesicht. Laya sah ähnlich zugerichtet aus, ebenso Tyro. Sie waren nun seit vier Tagen unterwegs und Lisas Schnupfen war noch schlimmer geworden. Sie hustete und ihre Augen glänzten manchmal fiebrig auf. Laya machte sich ernsthafte Sorgen um ihre Freundin, die gar nicht gut aussah. Allzu oft schüttelte sie sich. Ihr war kalt, obwohl es an sich erträglich war, aber bis jetzt hatte sie durchgehalten. Sie hatte nie darum gebeten, eine Pause einlegen zu dürfen, sie folgte aufs Wort und bemühte sich, alles richtig zu machen. Doch Laya hatte das dumme Gefühl, dass es ihr schlechter ging, als sie zugab. Sie ritten in einem zügigen Tempo und schweigsam dahin, Pausen legten sie nur dann ein, wenn die Pferde erschöpft waren.

Lisa fühlte sich elend, doch sie wollte nichts sagen. Sie hatte furchtbare Kopfschmerzen. In ihrem Kopf mussten kleine Männchen sitzen, die mit Spitzhacken in ihrem Schädel herumschlugen. Ihre Nase wollte gar nicht mehr aufhören zu laufen, und in ihrem Hals kribbelten Tausende von Ameisen. Sie musste sich beherrschen, um bei den gelegentlichen Schwindelanfällen nicht vom Rücken ihres Pferdes zu fallen. Zu allem Übel regnete es auch noch und ein kräftiger Wind pfiff. Lisa nieste heftig, in ihrem Inneren verfluchte sie McCloud.

„Dieser dreimal verfluchte Hurensohn" schimpfte sie vor sich hin. „Wenn der nicht schlechte Laune verbreitet hätte, wäre ich jetzt nicht hier, Christa und Christoph nicht in Gefahr, Laya und Tyro in Sicherheit und ich nicht auf der Suche nach diesem vermaledeiten Schwert, ich hätte keinen Schnupfen und würde vor Müdigkeit nicht vom Pferd fallen....."

Ihr fielen noch tausend andere Punkte ein. Sie fluchte leise vor sich hin. Da rief eine Stimme sie an „Hey, Lisa, träume nicht." Sie schrak zusammen und ihr wurde schwindelig. Sie griff mit beiden Händen an ihren Kopf. Hände griffen sanft nach ihr und eine Stimme redete leise auf sie ein. Sie schüttelte benommen den Kopf. „Mir ist so schlecht", war das Einzige, was sie hervorbrachte. Sie schüttelte erneut den Kopf. Endlich konnte sie wieder klar sehen. Sie drehte sich um. Neben ihr ritt Tyro, eine Hand immer noch auf ihrer Schulter.

„Geht es dir wieder gut?" fragte er besorgt. „Ja, ja" wimmelte sie seine Hilfe ab. „Es geht mir gut. Ich bin wohl auf dem Pferd eingeschlafen. Mir geht es echt gut", fügte sie rasch hinzu, denn sie sah sehr wohl, dass Tyro ihr nicht glaubte. Doch sie sah ihn bittend an, und so wandte sie sich wieder ab. Sie wusste, dass er von nun an ein wachsames Auge auf sie gerichtet haben würde.

Am nächsten Tag, gegen Mittag, scheute Layas Pferd plötzlich. Lisa, die gerade mit einem Schwindelanfall zu kämpfen hatte, bemerkte es nicht. Sternenebel bemerkte dies gerade noch rechtzeitig. Dennoch hielt er nicht schnell genug an, und Lisa fiel durch die Wucht auf den Hals ihres Pferdes und schlug hart mit dem Kopf auf dem Boden auf. Benommen rappelte sie sich wieder auf, hielt sich an dem Sattelknauf ihres Pferdes fest und versuchte zu erkennen, warum Layas Pferd gescheut hatte. Da sah sie es.

Vor ihnen teilte eine breite, tiefe Schlucht den Boden. Sie trat vorsichtig an den Rand der Schlucht und blickte hinab. Das Ende der Schlucht war nicht mehr erkennbar. Kleine Nebelfelder lagen in der Schlucht. Sie nahm einen Stein und warf ihn in die Tiefe. Eine kleine Ewigkeit verging, als endlich ein leiser Aufschlag an ihr Ohr drang.

Sie fröstelte. „Müssen wir diese Schlucht unbedingt überqueren?" fragte sie entsetzt. Tyro nickte. Sie blickte ihn gequält an. „Und wie sollen wir das hinkriegen?" Er zuckte mit den Schultern und deutete auf Laya. „Frag sie." entgegnete er kurz angebunden. Lisa sah Laya fragend an. Diese zuckte ebenfalls die Schultern. Lisa stöhnte genervt auf.

„Und wie habt ihr euch das bitte vorgestellt?" Laya zuckte erneut mit den Schultern. Die beiden schienen resigniert zu haben. Lisa blickte in den Abgrund. Wie um alles in der Welt sollten sie mit den Pferden dort hinüber kommen? Sorgsam besah sie sich die Schlucht genauer. Da entdeckte sie eine Art schmalen Steg, ganz aus Stein, der von diesem Ende der Schlucht bis weit in die Schlucht hineinragte. Vielleicht bestand ja die Möglichkeit, dass sie mit etwas Geschick so weit zum anderen Ende der Schlucht balancieren konnten, dass sie auf die andere Seite zu springen vermochten. Sie machte die anderen auf diesen vermeintlichen Überweg aufmerksam. Da sie keine andere Wahl hatten, stimmten sie Lisas Plan zu. Und so ritten sie zu dem Steg.

Er war schmaler, als Lisa gedacht hatte. Sie bat die anderen, zu warten, bis sie von der anderen Seite her rief. Da es schließlich ihre Idee gewesen war, wollte sie vorangehen. So betrat sie vorsichtig den Steg. Sie prüfte, ob der Steg ihr Gewicht auch tragen konnte, dann setzte sie langsam einen Fuß vor den anderen. Sternennebel folgte ihr vorsichtig und mit großem Abstand. Lisa sandte rasch ein Stoßgebet zum Himmel, sie möge jetzt keine Schwindel- oder Hustenanfälle bekommen. So ging sie langsam immer weiter.

Der Steg wurde immer schmaler und dünner. Schon schalt sie sich in Gedanken für diese Idee, als sie das Ende des Steges erreichte. Sie konnte die andere Seite gut erkennen. Es mochten höchstens anderthalb Meter sein. Sollte sie den Sprung wagen? Sie zögerte nur ganz kurz und dann sprang sie. Sie hatte die andere Seite in ihrem Kopf fest verankert. Ganz instinktiv streckte sie die Hände aus, als sie landete, um ihren Sturz abzufangen. So landete sie recht sanft knapp neben dem Abgrund. Erleichtert atmete sie auf. Kurz darauf landete Sternennebel neben ihr auf dem Plateau.

Mühsam zog sie sich an Sternennebels Sattel in die Höhe, steckte zwei Finger in den Mund und stieß einen lauten, weithin hörbaren Pfiff aus. Dann wartete sie auf ihre Freunde, sich in der Hoffnung tragend, sie mögen genauso heil landen wie sie selbst.

Das Warten wurde zur Quälerei, zu einer Ewigkeit. Dann endlich sah sie eine Person auf dem Ende des Steges stehen. Sie sah, wie die Person Anlauf nahm und dann zum Sprung ansetzte. Dann sah Lisa ein Pferd hinter ihr auftauchen, dass ebenfalls zum Sprung über die Schlucht ansetzte. Lisa hielt den Atem an. Sie erkannte Laya. Ihr Sprung war genau richtig berechnet. Sie sprang geschmeidig wie eine Katze und setzte auch ebenso geschmeidig neben ihr auf.

Lisa half ihr auf und Laya klopfte sich den Staub von ihrer Kleidung. Lisa musste über Layas krampfhafte Bemühungen, die Kleidung sauber zu klopfen, lachen, denn sie sahen alle beide ohnehin so aus, als wenn sie im Moor gebadet hätten. Sie sauber zu bekommen, das war schlichtweg unmöglich. Dann schüttelte sie ein krampfhafter Husten. Laya sah sie besorgt an, sagte aber nichts. Statt dessen steckte sie nun ihrerseits zwei Finger in den Mund und stieß einen schrillen Pfiff aus. Lisa war sich sicher, dass es in Kürze auf der anderen Seite von Feinden wimmeln würde. So hoffte sie nur, dass diese ebenso lange brauchen würden wie sie selbst und dass sie bis dahin in Sicherheit wären.

Sie starrte hinüber und entdeckte Tyro. Seine Schritte waren hastig, immer wieder blickte er über die Schulter zurück. Er hielt nicht an, er lief einfach weiter und sprang.

Doch Lisa sah sofort, dass der Sprung zu kurz berechnet war. Im Gegensatz zu seinem Pferd würde Tyro den Rand der Schlucht wohl nicht stehend erreichen. Und sie hatte recht. Tyro schrie entsetzt auf, als er bemerkte, dass er den Rand nicht erwischen würde. Er streckte beide Hände aus und griff nach dem Rand der Schlucht.

Nur mit Mühe gelang es ihm, sich festzukrallen. Kleine Steine sprangen ab und rieselten unter seinen Händen in die Schlucht hinab. Verzweifelt klammerte er sich fest und blickte voller Panik in die Tiefe, um zu versuchten, die Tiefe der Schlucht abzuschätzen. Seine Finger bohrten sich in das Gestein und ließen es unter seinen Fingern wegbrechen. Lisa sprang hinzu und griff nach seinen Händen. Auch Laya eilte hinzu und hielt Lisa fest, indem sie ihre Arme um ihre Hüften schlang. Lisa zog nun nach hinten, doch auch mit vereinten Kräften gelang es ihnen nicht, Tyro aus der Schlucht zu ziehen, zumal Lisa sehr geschwächt war. Sie bemerkte, dass seine Hände den ihren langsam, aber sicher entglitten.

„Laya, hilf mir. Ich kann ihn nicht mehr lange halten!" *„Warte, ich werde dir helfen"* ertönte eine Stimme in ihrem Inneren. „Ja, bitte, aber schnell!"

Sternennebel kam sofort angetrabt. Sie griff mit ihren Zähnen nach Layas Lederjacke und zog nun ebenfalls daran. Mit vereinten Kräften gelang es ihnen schließlich, Tyro aus der Schlucht zu ziehen. Er taumelte direkt in Lisas Arme. Lisa fing ihn auf, stürzte dabei aber selbst zu Boden. Langsam und erleichtert richtete sie sich wieder auf, zog sich an Sternennebel hoch, rieb ihren schmerzenden Kopf an Sternennebels Hals und vergrub ihr Gesicht in seiner Mähne. Mehr als alles andere wünschte sie sich jetzt ein Bett herbei. Sie drehte sich um. Tyro hatte sich mittlerweile erhoben und stand nun neben Laya. Er bedankte sich mit einem langen Blick bei ihnen.

Lisa wollte schon aufatmen, sie wähnte sich bereits in Sicherheit, als ihnen plötzlich völlig unerwartet ein Pfeilhagel um die Ohren pfiff. Lisa duckte sich entsetzt und sah zur anderen Seite. Dort standen, sauber in einer Reihe aufgestellt, die Häscher McClouds und richteten ihre Pfeile auf sie, während die ersten sich gerade anschickten, die Schlucht auf eben demselben Weg, den sie kurz zuvor benutzt hatten, zu überqueren. Und sie würden nicht halten, um ihre Kameraden zu retten. Ein neuer Pfeilhagel trieb sie zur Eile an. Noch lagen die Pfeile ungenau, wegen der großen Entfernung, doch es würde nicht mehr lange dauern, bis sie schließlich trafen. Lisa sprang auf ihr Pferd und dachte zu Sternennebel: „Los, nun lauf doch. Reite zu den Bäumen dort vorne!" Das Pferd rief ihr eine Antwort zu und ritt, so schnell es konnte, zu den Bäumen hinüber. Lisa drehte sich um und suchte mit ihren Augen ihre Freunde. Laya ritt dicht hinter ihr und Tyro folgte ebenfalls, auch wenn der Abstand etwas größer war. So ritten sie hastig dahin. Bald hatte Tyro sie eingeholt und nun preschten sie ohne Rücksicht auf Getier oder Dornen durch den Wald. Als Lisa sich noch einmal umdrehte, sah sie, dass der erste Reiter soeben erfolgreich die Schlucht überquert hatte und nun seine Männer zu sich her winkte. Sie trieb Sternennebel noch stärker an. Laya bemerkte mit steigender Unruhe, dass Lisas gesundheitlicher Zustand sich zusehends verschlechterte. Sie schwankte oft auf dem Pferd und nur allzu oft plagten sie heftige Schüttelfrost- und Hustenanfälle. So fegten sie dahin, weit in die Nacht hinein.

Heftiger Schmerz zuckte durch seine Schulter. Christoph schrie vor Schmerz, Wut und Zorn laut auf. Der Unbekannte wollte ihn demütigen, ihn zwingen, sich zu ergeben, doch er würde nicht aufgeben

„Ist das eine Art, Menschen zu behandeln? Fürchtest du deine Gefangenen so sehr, dass du sie verprügeln musst?" schrie er, nach Atem ringend in die Leere des Raumes. Er wusste, dass er den anderen reizte, aber das wollte er auch erreichen. Mit Grausamkeit konnte er ihn nicht besiegen. Ein weiterer Stoß traf ihn und er brach ohne einen Laut auf die Knie herab. „Ich werde nicht schreien, niemals! Diesen Gefallen tue ich dir nicht. Ich gebe nicht auf. NIEMALS!"

Das Mädchen hatte seine Hände vor ihr Gesicht geschlagen und weinte leise in sich hinein. Sie musste hilflos mit ansehen, wie ihr Bruder unter heftigen Schmerzen litt. Man hatte sie weit genug voneinander entfernt an die Wände gebunden, dass sie einander nicht erreichen konnten, doch ihr Bruder hörte trotz ihrer Bitten nicht auf, den Unbekannten zu reizen. Sie bewunderte die Stärke ihres Bruders und wünschte sich, er wäre nicht so weit weg von ihr.

Lisa schüttelte benommen den Kopf. Ihre Augen tränten und sie hörte ihr Herz in den Ohren rauschen. Sie blutete aus unzähligen kleineren und größeren Wunden. Wasser war ein Luxus, den sie sich nicht leisten konnten, und ihre Kehle war ausgetrocknet. Ihr Atem rasselte heftig und Laya machte sich große Sorgen um Lisa. Sie saß schwankend auf ihrem Pferd und nur allzu oft hatte Laya das Gefühl, sie würde gleich vom Rücken ihres Pferdes stürzen. Doch sie konnten es nicht riskieren, irgendwo zu halten, denn überall konnte der Feind lauern. Sie rechneten stündlich mit einem Angriff, doch bis jetzt hatten sie den Feinden immer noch ausweichen können. Dennoch war sie sich sicher, dass sie bei Lisas Zustand früher oder später würden halten müssen und sie dann den Feinden in die Hände fallen würden. Noch ein Drei-Tage-Ritt bis zur Dornenstadt. Doch dort würden sie nicht mehr ankommen, wenn sich Lisas Zustand nicht bald besserte. Gedankenschwer ritten sie vor sich hin. Laya war entschlossen, ihr Leben für Lisas Sicherheit zu opfern.

Der Weg führte steil nach oben. Die Pferde scheuten, doch es blieb ihnen nichts anderes übrig, als den Weg zu reiten. Lisas Zustand hatte sich immer weiter verschlechtert. Laya konnte nichts für sie tun. Sie brauchte das einzige, was sie nicht hatten, nämlich Ruhe. Doch sie wollten nicht eher anhalten, bevor sie in Sicherheit waren. Das hatten sie sich fest vorgenommen. Laya starrte auf den Rücken ihres Pferdes. Sie hatten den Gipfel des Berges fast erreicht. An sich war er nicht sehr hoch, doch für die müden und erschöpften Pferde war der Weg hinauf eine Qual. Laya sah sich erneut um, wie sie es in der letzten Zeit schon so oft getan hatte. Sie fragte sich immer wieder, warum sie noch nicht angegriffen worden waren. Denn obwohl sie nicht auf einen Angriff hoffte, wäre ihr wesentlich wohler gewesen, wenn der Feind sich gerührt hätte. Wenn ihr Instinkt sie nicht täuschte, dann brüteten die Feinde irgend etwas aus. Sonst hätten sie sich gerührt, dessen war Laya sich sicher. Und die Ungewissheit war schlimmer als jeder Angriff. Sie sah zu Tyro hinüber. Er saß immer noch hoch aufgerichtet auf seinem Pferd und ritt voraus, seine Augen suchten die Umgebung wie Adleraugen ab. Auch ihn schienen ähnliche Gedanken zu bewegen.

Sie hatten den Gipfel des Berges erreicht. Nun begannen sie mit dem Ritt hinunter. Immerhin, dachte Laya, haben wir den Berg schon überquert. Der Berg war der einzige im Dornenwald. Nun war die Dornenstadt nur noch eine Tagesreise von ihnen entfernt. Doch bei dem Zustand, in dem die kleine Truppe sich befand, würden sie wohl noch länger brauchen, dessen machte Laya sich nichts vor.

Sie blickte sich nach Lisa um. Doch zu ihrem Entsetzen musste sie nun feststellen, dass Lisa endgültig erschöpft war. Sie war ohnmächtig geworden und ihr Kopf ruhte auf Sternennebels Rücken. Laya riss ihr Pferd herum und ritt an Lisas Seite. Das Mädchen hatte die Augen geschlossen, doch Laya entdeckte, dass sie sich wie im Fieber schüttelte. Offensichtlich ging es ihr noch schlechter, als Laya angenommen hatte. Sie phantasierte leise vor sich hin. Laya nahm ihre Hand und befühlte ihre Stirn. Erschrocken zog sie sie sofort wieder zurück - Lisa kochte vor Fieber. Verzweifelt schüttelte Laya den Kopf.

„Wie geht es ihr?" fragte Tyro entsetzt, der soeben an ihre Seite geritten kam. Laya brauchte nur den Kopf zu schütteln. Tyro senkte den Kopf und sagte leise:
„ Wenn jetzt nur kein Angriff erfolgt."
„Wart´s ab, er wird kommen, dessen bin ich mir sicher", entgegnete Laya gelassen. „Meinst du allen ernstes, dass sie warten werden, bis wir in der Dornenstadt sind? Nein, so dumm sind sie nicht, denn dann haben sie keine Chance mehr. In der Dornenstadt wimmelt es von erfahrenen Jägern und Bogenschützen. Nein, die einzige Chance, unserer habhaft zu werden, ist die, uns noch vor der Stadt anzugreifen." Laya schüttelte den Kopf. Eine Weile hing jeder seinen Gedanken nach, dann sagte Laya: „Komm, wir reiten weiter." Sie nahmen Sternennebel in die Mitte und ritten so schnell sie konnten weiter.

Zwischen den Fronten

Der Angriff erfolgte ohne jedes Anzeichen. Nur Tyros schneller Reaktion war es zu verdanken, dass nicht schon die ersten Pfeile ihnen den Tod brachten. Er hatte fast augenblicklich reagiert. Als der erste Pfeil flog, hatte er Layas Ärmel mit der einen, Lisas Arm mit der anderen Hand ergriffen und sich fallen lassen. Sowohl Lisa als auch Laya waren aus ihren Sätteln gerissen worden. Während Laya sich jedoch mit den Händen abfing, konnte die bewusstlose Lisa hingegen dies nicht tun. Sie schlug hart mit dem Kopf auf dem Boden auf und blieb so liegen, während sie aus einer Platzwunde heftig zu bluten begann. Die Pferde waren im selben Moment auseinandergelaufen, und Tyro zerrte Lisa mit sich hinter einen der großen Steine am Wegesrand. Laya war schon hinter einem der Steine in Deckung gegangen. Die Falle des Feindes war zugeschnappt, und sie waren blind hinein gelaufen. Sie waren die Maus, die mit der Katze Verstecken spielt, ohne jedoch ein Mauseloch zu haben. Die Falle war genial geplant.

Hinter ihnen war der undurchdringliche Dschungel aus Dornen, die Straße war von Feinden umlagert. In den Bäumen auf der anderen Seite saß der Feind. Sie hätten durch den Dschungel fliehen können, doch dann hätten sie Lisa zurücklassen müssen. Und das kam nicht in Frage. Das musste der Feind gewusst haben.

Laya fluchte so laut, dass Tyro vor Schreck zusammenfuhr. Sie hatte ihren Bogen gespannt und einen Pfeil aufgelegt, ebenso wie Tyro. Doch wo sollten sie anfangen? Sie hatten keine Chance, sich einen Weg frei zu schießen. Es waren zu viele Gegner. Doch sie würden ihr Leben so teuer wie möglich verkaufen. Und sie würden Lisa mit in den Tod nehmen, dafür würde Tyro sorgen. Sorgsam strichen seine Hände über den Bogen, prüften die Stärke, dann nahm er die Sehne aus dem Beutel und befestigte sie an dem unteren Ende des Bogens, schlang dann den anderen Zipfel um das obere Ende des Bogens und legte einen Pfeil auf. Er nickte Laya zu und dann richtete er sein Augenmerk auf die Feinde. „Für Silberland!" so laut er konnte, und ließ den ersten Pfeil fliegen. „Tyro von den Vorak für Silberland!" Während der Pfeil traf, ließ auch Laya ihren Pfeil fliegen. Auch ihrer traf. Rasch legten beide erneut je einen Pfeil auf und so ging es weiter. Dann, als beide keine Pfeile mehr hatten, legten sie die Bogen beiseite und Tyro zog sein Messer. Traurig sah er auf Lisa herab.

„Es tut mir leid, Lisa, aber ich muss das jetzt tun. Ebenso wie du habe auch ich meine Pflicht zu tun."

Und zu Laya gewandt: „Ich habe noch nie jemanden mit einem Messer erstochen, schon gar keinen Freund." Laya nickte. Ihre Miene war wie versteinert. Sie hatte ebenfalls ihren Dolch gezückt und nun streckte sie Tyro die Hand entgegen.

„Er hat verloren. Er wird das Dreieck nicht beenden können. Wenigstens das weiß ich."

Sie versuchte, ein Lächeln zustande zu bringen, doch es misslang kläglich. Tyro hob das Messer. Doch nach einigen schrecklichen Sekunden schüttelte er den Kopf.

„Ich kann es nicht tun, Laya, hilf mir! Ich kann sie nicht töten!" flehte er sie an. Layas Augen waren nass. Sie atmete tief ein.

„Ich auch nicht", entgegnete sie. „Aber nein. Wir müssen es tun. Tyro, wir müssen es tun", brach es aus ihr hervor. Er nickte. Doch noch bevor er etwas entgegnen konnte, hörten sie laute Hörner. Laya blickte über den Rand der Steine. „ Die Dornenjäger!" rief sie aus. „Tyro, wir sind gerettet!" Tyro ließ sein Messer fallen und schrie laut auf. „Gerettet" war alles, was er hervorbrachte.

Mit Tränen der Freude in den Augen fiel er Laya um den Hals. Dann sahen sie beide über den Rand der Steine hinweg den Dornenjägern zu, wie sie den Feind vertrieben, wirkungsvoll, aber mit nur wenigen Verletzten oder gar Toten. Sie veranstalteten kein Blutbad. Dann kam Tarol, der Anführer der Dornenjäger zu ihnen herüber. Laya lächelte ihm zu. Sie hatte sich erhoben und ging nun auf Tarol zu.

„Ihr seid gerade noch im allerletzten Augenblick gekommen. Wir hatten schon geglaubt, dass wir beiden uns und Lisa das Leben nehmen müssten. Aber woher wusstet ihr, dass wir hier waren?" Tarol lachte und entgegnete. „Nun hol` aber noch Luft. Sonst erstickst du noch an deinem eigenen Redeschwall."

Laya und er umarmten sich wie alte Weggefährten. Tatsächlich kannten sie sich seit frühester Kindheit. Ihre Eltern waren Blutsbrüder gewesen, und so hatten sie sich oft gesehen. Tarols Vater hatte auch eine Weile bei ihnen im Schloss gewohnt. Daher war es selbstverständlich gewesen, dass ihre Kinder, die fast gleichaltrig waren, oft im Schlosspark Kriegen, in der Küche Leckerbissen stibitzen oder andere Spiele und Streiche gespielt hatten. Nur allzu oft waren sie an einer Tracht Prügel knapp vorbei geschlittert. Doch nach dem frühen Tod von Layas Vater hatte diese den Thron übernehmen müssen. Sie war keinen Tag älter als vierzehn gewesen. Daher hatte sie keine Zeit mehr für ihre Spielkameraden gehabt, und so hatte sich diese Freundschaft gelöst. Drei Jahre später hatte McCloud seinen Angriff begonnen. Damals hatten sie sich dann nach Layas Flucht auf Schloss Silberlicht wieder getroffen. Sie waren wieder Freunde geworden. Doch schon fünf Jahre später war Tarol zum Führer der Dornenjäger ernannt worden. Nun standen sie einander auf dem Kampfplatz gegenüber. Laya, die müde und erschöpft war, sank in Tarols Armen halb bewusstlos zusammen. Tarol rief nach einer Trage und bettete Laya darauf.

Dann sah er sich um. Die Schwarzgekleideten hatten erbitterten Widerstand geleistet. Einige seiner Männer lagen bereits auf Tragen, andere wurden gerade aufgeladen. Tarol ging zu Tyro hinüber. Dieser hatte Lisa, nachdem Laya gegangen war, vor die Felsen getragen und sich neben ihr auf dem Boden niedergelassen, Lisas Kopf auf seinen Schoß gebettet. Er hatte sich von einem der Männer ein Tuch bringen lassen, Lisas Kopf mit Hilfe eines Arztes verbunden und die Blutung gestillt. Nun saß er da und wartete auf die Trage für Lisa. Sternennebel stand hinter ihm und blickte auf Lisa hinunter. Auch die anderen Pferde waren wieder aufgetaucht. Die Männer mit der Trage hoben Lisa auf und brachten sie zu den anderen Verwundeten.

Tyro lehnte sich erschöpft an sein Pferd und sah Tarol an, der ihm entgegenkam. Dieser nickte Tyro freundlich zu und rief einem seiner Leute zu, er möge eine Flasche mit Wasser bringen. Dann bat er Tyro, mit ihm zu einem der Feuer zu kommen, die seine Jäger entfacht hatten. Nur allzu gern folgte Tyro dem Jäger. Unterwegs musterte er ihn. Er mochte ungefähr siebenunddreißig sein, war groß, schlank, aber muskulös, hatte schwarze, glatte Haare und ein feines, schlankes Gesicht. Er schien stets ein Lächeln auf den Lippen zu haben. Tarol hielt an und breitete eine der Wolldecken auf dem Boden aus. Dann bat er Tyro, sich zu setzen und ließ sich neben ihm auf dem Boden nieder. Tyro runzelte die Stirn, als er zu den Verletzten hinüber sah. Es waren nur wenige, aber es würde noch einige Arbeit geben, bevor sie aufbrechen konnten. Suchend sah er sich um. Er konnte Laya nirgends entdecken. Als er Tarol nach ihrem Verbleib fragte, erwiderte er:

„Wenn du zu Lisa gehst, wirst du sie finden." Tyro sah ihn fragend an, doch als Tarol nicht antwortete, erhob er sich mit der Bitte, zu den Kranken gehen zu dürfen. Er sei gleich zurück, fügte er noch rasch hinzu. Tarol sah ihm hinterher. Tyro ging zu den Kranken. Er trat an Lisas Trage und blickte auf sie hinab und strich ihr eine Strähne aus dem vom Fieber nassen Gesicht. Dann nahm er ihre kleine Hand in seine Hand und flüsterte sanft: „Du bist bald wieder gesund."

Dann sah er sich nach Laya um. Zu seinem Entsetzen fand er sie schließlich auf einer Trage liegend, das Gesicht schneeweiß. So schnell er konnte rannte er zu dem nächsten Pfleger hinüber, der in sein Blickfeld geriet. Hastig ergriff er dessen Ärmel und zog ihn mit zu Layas Trage.

„Was hat sie?" fragte er entsetzt. Der Pfleger sah Laya kurz an und entgegnete: „Sie ist nur erschöpft. Morgen wird es ihr sicher wieder besser gehen." Tyro atmete erleichtert auf. Dann ging er zu Tarol zurück, der ihn schon erwartete.

„Hast du sie gefunden?" empfing er ihn. Tyro nickte bejahend. „Warum habt Ihr mir nichts von ihrem Schwächeanfall gesagt?" fragte er.

„Du wärest so oder so zu ihr gegangen," war die Antwort. Tyro nickte. Da fiel ihm etwas ein. „Woher wusstet ihr von unserem Hier sein?"

„Unsere Burg wurde von McClouds Schergen seit zwei Tagen bewacht. In der Umgebung streiften Patrouillen. Dann, heute Morgen, wurden sämtliche Soldaten aus unserer Umgebung abgezogen. Ich ließ sie von zwei meiner Jäger unbemerkt verfolgen. Dann ritt ich mit meinen Gefolgsleuten hinter ihnen her. So schnell wir konnten, griffen wir in den Kampf ein. Das ist, hoffentlich, was du wissen wolltest."

Tyro nickte. Ein Mann brachte einige Früchte. Tyro suchte sich die nahrhafte Lutigafrucht aus. Während er aß, starrte er vor sich hin. Auch Tarol schwieg. Schließlich brachte der Mann noch einen sehr heißen, wohlschmeckenden Kräutertee, den Tyro schon immer gerne getrunken hatte. Ein anderer Jäger reichte ihm eine dicke Decke. Tyro nahm sie dankbar entgegen und wickelte sie sich um den Leib. Dann trank er in vorsichtigen Zügen den Tee. Von außen und innen erwärmt wurde er sehr müde. Nun fiel ihm auf, wie zerschlagen er sich fühlte. Jetzt rächte es sich, dass er so wenig geschlafen hatte in letzter Zeit. Sein Körper tat weh, seine Schultern waren verkrampft und sein Kopf dröhnte, als wenn jemand mit einem Schlegel auf ihn eingeschlagen hätte.

Tyro rollte sich in der Decke zusammen. Kurz darauf war er eingeschlafen. Tarol blickte gütig auf den schlafenden Jungen herab. Eine Weile saß er einfach nur da und starrte vor sich hin. Er beneidete ihn nicht um seinen Auftrag. Tarol seufzte laut auf. Er musste an Laya denken. Er hatte sie so lange nicht mehr gesehen. Wie in einem Traum wanderten seine Gedanken zurück in die Vergangenheit. Er hatte sie immer gemocht, das kleine Mädchen mit den Zöpfen. Wie oft hatten sie gemeinsam die Küche ausgeräumt oder den Garten verwüstet. Das Kindermädchen war oft schreiend geflüchtet. Sie hatte ihr einmal einen Frosch in die Schürzentasche gesteckt. Die arme Frau hatte so laut geschrieen. Wie oft war Laya vor Wut rot angelaufen und hatte das halbe Haus zusammen geschrieen. Er schüttelte den Kopf. Dann erhob er sich, warf noch einen Blick auf den schlafenden Tyro und ging zu den anderen Jägern, die soeben die Wachen einteilten.

Christa fror. Ihr linker Arm war gebrochen. Sie hatte ihn nur notdürftig verbinden können. Nun saß sie auf dem Boden und sah zu ihrem Bruder hinüber. Er saß zusammengekauert auf dem Felsboden und schien eingeschlafen zu sein. Auch der Unbekannte schwieg. So war es still in der dunklen Grotte, nur das Tropfen 144des Wassers von den Wänden war zu hören. Christa fröstelte. Die Stille war bedrückend. Doch der plötzliche Aufschrei des großen Unbekannten ließ sie zusammenfahren. Ihr Bruder fuhr hellwach in die Höhe. Sie begegnete seinem Blick und dann sahen sie beide zur Decke empor. Von dort schien die Stimme immer zu kommen.

„Nein, schon wieder entkommen!" schrie der Unbekannte auf. Dann schwieg er eine Weile. Christa glaubte schon, er habe sich beruhigt, doch dann prasselte ein wahrer Hagel von Schlägen auf sie herab.

„Laya, steh auf", rief eine Stimme. Laya öffnete nur widerwillig die Augen und sah zu der Person empor. Tyro stand neben ihrem Bett und sah sie an.

„Los, los, nur keine Müdigkeit vorschützen. Wir wollen schnell weiter reiten. Lisa geht es sehr schlecht. Die Ärzte geben ihr, ohne die richtigen Heilmittel, nur noch einen Tag. Und die Heilmittel sind, wenn überhaupt, nur in der Dornenstadt vorhanden. Also steh auf, los, mach schnell, sonst war alles um sonst."

Laya verstand nur die Hälfte von alle dem, was Tyro in Sekundenschnelle hervorbrachte. Doch dieses Feuerwerk der Worte war noch nicht zu Ende.

„Sie wurde unterwegs von einer der seltenen Lurchspinnen gebissen. Sie hat es offenbar nicht bemerkt. Auch deswegen müssen wir uns jetzt beeilen. Tarol hat schon die Pferde vorbereitet, die Verwundeten auf den ersten Wagen geladen und Lisa und die Ärzte in den Zweiten. Jetzt wird nur noch das Lager geräumt. Wenn du jetzt nicht augenblicklich aufstehst, musst du alleine hier bleiben. Jetzt komm schon, steh auf!" Er zerrte an ihrem Ärmel.

„Langsam, langsam. So schnell kommt ja niemand mit. Ich stehe ja schon auf. Aber du musst mir alles noch einmal erklären. Ich habe nämlich so gut wie nichts verstanden."

Nur mit Mühe entging sie dem Stiefel, der nun haarscharf an ihrem Kopf vorbei flog. Sie grinste Tyro an. Dann griff sie nach ihrem Beutel und dem Gürtel, zog die Stiefel an und sah sich suchend um. Tarol hatte sich umgedreht und war zu den Wagen gegangen. Laya rannte hinter ihm her und bat ihren Freund um wenigstens einige wenige Erklärungen. Der nickte ergeben und antwortete: „Wenn du neben mir reitest, werde ich dir alles erklären." Danach wollte sie zu ihrem Pferd gehen, um dann auf das Zeichen zum Losreiten zu warten.

Tyro hielt entsetzt die Luft an, als er in Lisas Gesicht blickte. Das Mädchen lag, schweißgebadet, auf dem Wagen, und ihr Gesicht war kalkweiß. Die Augenhöhlen lagen tief. Sie sah beinahe aus wie der Tod. Tyro schüttelte sich entsetzt. Dann ging er zu den Ärzten.

„Wie geht es ihr?" fragte er. Die Ärzte warfen einander unmerklich Blicke zu. Tyro bemerkte dies. Von da an war ihm klar, dass die Ärzte nicht die volle Wahrheit sagen würden. Trotzdem wartete er, bis einer der Ärzte antwortete.

„ Sie hat noch Zeit. Wenn wir in der Stadt sind, dann ist sie gerettet. Im Moment geht es ihr verhältnismäßig gut. Sie brauchen sich keine Sorgen zu machen." Der Arzt versuchte, seine Stimme beruhigend wirken zu lassen, um ihn von der Richtigkeit seiner Antwort zu überzeugen.

„Er weiß ja nicht, dass ich ihn längst durchschaut habe und er mich nur noch mehr beunruhigt", dachte Tyro verärgert. Er nickte dem Arzt zu, ließ ihn stehen und ging zu seinem Pferd hinüber, um es aufzuzäumen. Dann lehnte er sich an das Pferd und sah den Jägern bei ihrer Arbeit zu.

Sie waren in Eile. Die Jäger rannten schwer bepackt hin und her, und in dieser geschäftigen Eile bemerkt keiner von ihnen, dass einer der Späher McClouds sie beobachtete. Er hatte nun von allem Kenntnis, er wusste, was das Ziel der Reise war, und er wusste um den Gesundheitszustand Lisas. Mit diesem Wissen bepackt machte er sich auf den Weg zu McCloud, um endlich eine Chance zu bekommen, dass Wohlwollen des Herren zu erringen.

Laya saß auf ihrem Pferd und ritt zu Tarol nach vorne. Tarol hatte soeben das Zeichen zum Aufbruch gegeben. Seine Jäger handelten genau nach Plan. Der Wagen mit Lisa rollte direkt hinter ihnen, von Jägern umsäumt. Auch Laya und Tarol wurden von zwei bärenstarken Jägern flankiert. Einer der jüngeren Jäger ritt vorneweg, nach ihm folgten Laya und Tarol mit ihren Beschützern. So gesichert begann Tarol damit, Laya über Lisas wahren Gesundheitszustand aufzuklären. Nach ihnen folgte der Wagen mit Lisa und den Ärzten, dann kamen die übrigen Jäger und der Wagen mit den leicht Verletzten, der Verpflegung und dem Gepäck. Den Abschluss bildeten drei gepanzerte Jäger, die einzigen, die auf der Flucht vor McCloud eine Rüstung hatten erobern können. So ritten sie dahin. Tyro befand sich mitten unter den Jägern. Schweigend hörte er zu, wie die Jäger sich die schmutzigsten Witze erzählten und darüber stritten, was sie tun würden, wenn ihnen McCloud in die Finger fiele. Er wurde überhaupt nicht beachtet, wogegen er nichts einzuwenden hatte. Es gefiel ihm nicht, überall dort, wo er gesehen wurde, im Mittelpunkt der Öffentlichkeit zu stehen. Diese Jäger beachteten ihn kaum und machten sich einen Spaß daraus, vor seinen Ohren über die einzelnen Königshäuser und deren Herrscher zu streiten. Ihr eigener Herr stand ganz oben auf der Beliebtheitsskala, Laya wurde allgemein bedauert und über das Waldvolk wurde viel gelacht, aber nie gespottet. Offensichtlich hatte sich zwischen diesen beiden Völkern eine Art Hassliebe entwickelt; man verstand sich aber recht gut. Tyro hörte aufmerksam zu. Schließlich kam einer der Männer auf die Zeitlosen zu sprechen. Tyro staunte über das, was er zu hören bekam. Er hatte zuvor noch keine genaueren Berichte über die Zeitlosen gehört. Er hatte zwar gewusst, dass die Zeitlosen ewig lebende Wesen sind, dass sie in den Bergen leben und dass sie über die Welt wachten, aber nicht, dass auch nur einmal einer von ihnen unter ihrem Volk war und die Menschen besuchte, dass sie über Zauberkräfte verfügten und dass sie das Wissen über alles besaßen. Man sagte ihnen nach, sie seien die Götter, die die Welt beherrschten, bevor sie sich zurückzogen, um neue Figuren zu kreieren für ihre Spiele. Nun ward ihm auch gewahr, warum in jeder Burg ein Standbild stand, das einen Berg zeigte. Es war der Berg der Zeitlosen. Warum hatte ihm sein Vater nichts von diesen Dingen erzählt? Da fiel ihm ein, dass er einmal gesagt hatte, die Erklärungen für den Berg könne er erst dann verstehen, wenn er das vollständige Standbild sehe. Vielleicht bekam er ja bald die Chance dazu.

Während Laya und Tyro sich, jeder auf seine Weise, Informationen besorgten, ging Lisa am schmalen Grad des Todes. Die Steine begannen bereits, unter ihren Füßen weg zu brechen. Sie wurde immer schwächer. Sie wollte umkehren, doch es gelang ihr nicht. Sie war allein, ganz allein. Ihr Leben hing an einem seidenen Faden. Wenn die Steine weiter weg brachen, würde sie in die Tiefe stürzen und der seidene Faden würde reißen. Und sie bot ihre ganze Kraft auf, um nicht weiter gehen zu müssen. Denn der Weg wurde immer schmaler. Doch sie konnte nicht, sie war zu schwach. Es wurde immer dunkler um sie herum. Langsam aber sicher erlosch ihr Lebenslicht.

Nun ritten sie schon seit Stunden. Sie hatten die Stadt immer noch nicht erreicht. Lisa fieberte immer stärker. Die einzige Hoffnung war, dass Lutran ihr helfen konnte. Tyro war zu Tarol und Laya an die Spitze des Zuges gekommen und nun ritten sie schweigend dahin. Jeder hing seinen Gedanken nach und zählte die Sekunden, bis sie die Stadt endlich erreichten. Noch nie hatte sich Laya so sehr gewünscht, dass die Zeit doch schneller verrinne. Sie sehnte sich nach einem Bad, sie wollte endlich einmal wieder richtig schlafen, und neue Kleidung wünschte sie sich auch. Doch wichtiger war, dass Lisa wieder gesund würde. Tyro ritt wie ein Häufchen Elend neben ihr. Er sah verloren aus und schien sich ebenso große Sorgen um Lisa zu machen wie sie selbst. In Tarols Gesicht zu lesen war schwer, doch Laya konnte dies. Und sie sah auch in seinem Gesicht die Sorge um Lisa und auch die Sorge um ihr Wohlergehen, denn sie sah nicht wesentlich besser aus als Lisa. Nur war ihr Gesicht nicht so eingefallen.

Laya schloss die Augen, um wieder klar denken zu können, als sie neben sich Tyro laut aufschreien hörte. „Laya, so schau doch! Die Dornenstadt!" Laya öffnete die Augen und sah die Dornenstadt. Sie hatten ein Drittel ihres Weges überwunden und waren noch halbwegs am Leben. Jetzt konnten sie nur noch hoffen, dass Lisa noch zu retten war.

Der Spion ritt schneller als der Wind. Er trieb sein Pferd zur Eile an und schonte es nicht. So kam es, dass er schon gegen fünf Uhr nachmittags die Schlucht erreichte. Es ließ sein Pferd im Schatten der Bäume zurück und überquerte die Schlucht vorsichtig. Wenn nur die Bewohner des Silberlandes nicht bemerkten, dass McCloud eine Brücke besaß, über die seine Häscher in das Reich Silberbarts eindrangen. Leider war der Steg extrem schmal und konnte nur eine Person zur Zeit tragen. Deshalb hatte sich eine Vorbereitung zur Übernahme des Landes nicht gelohnt. Sie konnten keine Pferde mitnehmen und waren darauf angewiesen, die Pferde der Bauern zu stehlen oder das Degusungeheuer einzusetzen. Doch das Degusungeheuer nützte nur im Flachland, denn im Wald hätte es die Gegner nicht finden können und wäre außerdem eine Gefahr für die Häscher McClouds gewesen. So mussten sie wohl oder übel auf die Methode des Feuerteufels zurückgreifen. Der Spion hatte nun die Brücke überquert und trat auf das Rad der Magie zu. Es war ein Tor, das in der Burg endete, direkt neben McClouds Thron. Er hatte es selbst erschaffen. Der Spion trat an den Rand des Rades. Kritisch betrachtete er es, dann trat er hindurch. Von einer Sekunde zur anderen stand er vor McClouds Thron. McCloud saß auf seinem Thron und starrte seinen Spion überrascht an.

„Was willst du?" McClouds Stimme durchschnitt die Luft wie Peitschenhiebe. Der Spion warf sich vor dem Thron auf die Knie und sah auf den Boden.

„Herr, ich bringe Neuigkeiten. Ich habe herausgefunden, wohin Lisa, Laya und Tyro zu gehen gedenken. Ich belauschte nach dem Kampf hinter Büschen versteckt einige Gespräche. Lisa ist todkrank. Und nun zu dem Weg, den sie zu gehen gedenken. Also......."

Die kleine Kolonne hatte die Stadt endlich erreicht. Lutran und sein Hofstaat kamen ihnen schon entgegen. Lutran grüßte knapp und eilte dann weiter zu Lisa. Kurz darauf hörte man ihn Befehle erteilen und der Wagen wurde rasch an ihnen vorbeigezogen. Tyro blickte Laya an und nickte mit dem Kopf Richtung Wagen „Ich reite hinterher", sprach er und ritt auch schon davon. Laya ritt gemeinsam mit den Jägern zu den Ställen, wo sie ihre Pferde in den Boxen versorgten. Tarol hatte sein Pferd einem der Stalljungen übergeben und hob Laya nun aus dem Sattel. „Komm, ich zeig dir dein Zimmer." Sie nickte und folgte Tarol zu einem der Räume. Dort verließ Tarol sie, damit sie sich in aller Ruhe erholen konnte. Er ließ sie jedoch wissen, dass er sich zu Lutran begebe. Laya nahm ein heißes Bad und kleidete sich neu ein. Dann ließ sie sich auf ihr Bett fallen und fiel in tiefen Schlaf.

Derweil hatte Lutran Lisa auf eines der Zimmer bringen und sich eine Schale mit Eiswasser, einige Kräuter und andere Dinge holen lassen. Nun saß er neben Lisa auf einem Hocker und rührte einen Honigbrei zurecht. Er hatte Tyro von einem der Diener in einen anderen Raum bringen lassen wollen, doch der Junge wollte nicht. So hatte Lutran ihn in den Waschraum nebenan geschickt und einen Diener nach neuen Kleidungsstücken für den Jungen gesandt. Tyro hatte den Befehl erhalten, sich wenigstens sauber zu machen, wenn er sich schon nicht ausruhen wollte. Diesem Befehl hatte Tyro sich schließlich widerwillig gefügt. Er hatte erkannt, dass Lutran es ernst meinte.

Soeben hatte Tarol das Zimmer betreten. „Na, der Dame beim Entkleiden behilflich gewesen?" fragte Lutran spöttisch.

„Wo denkst du hin. Und zieh mich nicht immer auf. Ich wollte nur fragen, ob ich dir behilflich sein kann. Aber ich kann ja wieder gehen." In Tarols Augen blitzte es vor Zorn.

„Schon gut, entschuldige. Ja, gib mir das Kräuterbündel dort, auf dem Tisch." Tarol reichte es ihm. Wortlos zog er sich dann einen Schemel heran und setzte sich.

Stumm arbeiteten die beiden Männer, versuchten, der Krankheit Einhalt zu gebieten. Tyro hatte sich in die hinterste Ecken des Raumes verkrochen. Von dort aus starrte er stumm und mit großen Augen zu den beiden Männern hinüber, die versuchten, seine Freundin zu retten. Der Abend verging, ebenso die Nacht. Keiner der drei hatte auch nur einen Bissen zu sich genommen. Tarol half Lutran dabei, Lisa die Mixturen einzuflößen, die dieser hergestellt hatte, doch bis Mittag trat keine Veränderung ein. Lutran begann sich ernsthafte Sorgen zu machen. Erst am Nachmittag gelang es ihm endlich, mit Hilfe seiner Zaubertränke, ihr Fieber zu senken, doch sie erwachte nicht aus ihrer Ohnmacht. Ihr Gesicht war immer noch fahl wie der Tod, ihr Atem ging stoßweise und röchelnd. Lutran konnte die Stelle, an der die Spinne Lisa gebissen hatte, nicht finden. Nur dann hätte er mehr für sie tun können. So konnte auch er nichts tun als abzuwarten.

Laya hatte mehrmals die Tür um einen Spalt geöffnet und kurz hereingeschaut. Doch war sie immer wieder verschwunden. Nun lugte sie wieder in den Raum, aber diesmal öffnete sie die Tür ganz und trat ein. Sie trug ein Tablett bei sich, auf dem eine Kanne mit heißem Tee, vier Becher und einige Früchte standen. Sie schenkte den drei Männern ein. Lutran dankte ihr mit einem Kopfnicken. Die Zauberei hatte ihn ausgelaugt. Und keiner der Tränke schien zu helfen.

Alle Dornen besaßen ein wenig Zauberkraft, doch Lutrans Familie stellte den König, denn in seiner Familie Adern floss die größte Zauberkraft. Es war nicht übermäßig viel und die Kraft reichte keinesfalls aus, McCloud auch nur ein wenig Schaden zuzufügen. Doch zum Brauen von Zaubertränken mit Heilwirkung reichte sie aus.

Tyro lehnte zuerst ab, doch Laya drohte ihm, sie würde ihm das Gebräu andernfalls mit einem Trichter einflößen. So nahm auch er den Tee. Dann verschwand Laya wieder. Lutran trank erschöpft seinen Tee. Dann machte er sich erneut an die Arbeit.

Der Abend war längst vorbei, als Laya erneut zur Tür herein kam. Diesmal hielt sie eine kleine Schüssel in der Hand. Sie bückte sich zu Lutran hinunter und drückte ihm die Schüssel in die Hand. „Lass Lisa diese Suppe trinken."

Lutran sah sie fragend an, doch Laya antwortete nicht. Sie nickte nur mit dem Kopf in Lisas Richtung. Lutran zuckte ergeben die Schultern. Dann bückte er sich nach vorne und flößte Lisa das Getränk ein. Zuerst geschah gar nichts, doch dann begannen Lisas Wangen, sich leicht zu röten. Ihr Atem wurde ruhiger. Die Blässe ihrer Haut ging zurück und sie lag schließlich still und ruhig. Lutran rief nach Dienern, die das Bett abzogen und ein neues herrichteten. Dann hörte er Lisa die Brust ab und stellte fest, dass sie wieder frei atmen konnte. Jetzt schlief sie nur noch. Sie war geheilt.

Lutran fiel todmüde in den nächsten Sessel. Tyro war aufgesprungen und schrie vor Freude laut auf. Dann lief er zu Lisas Bett und setzte sich auf die Kante. Tarol war aufgesprungen und Laya hatte sich, vor Freude weinend, in seine Arme geworfen. Jetzt stand Lutran auf und stellte Laya die unvermeidliche Frage. „Was war das für eine Suppe?" Laya lächelte.

„Ein uraltes Rezept meiner Ur- Ur- Ur- und was weiß ich Großmutter. Sie hat es immer gegen jegliche Krankheiten verwendet. Das Rezept ist seit langer Zeit in unserem Besitz und wird von Generation zu Generation weitergegeben. Wenn du es gebrauchen kannst, werde ich es dir gerne geben."

„Da sieht man einmal mehr im Leben, dass die Vorfahren doch nicht so dumm und weltvergessen waren wie man heute allgemein behauptet." Lutran seufzte lächelnd. „Ja, es wäre nett von dir, wenn du mir das Rezept verraten würdest." Laya nickt und verließ den Raum. Lutran schickte nun auch Tarol und Tyro zu Bett. Als sie endlich gegangen waren, ließ er sich in den Ohrensessel fallen und nahm ein Buch zur Hand. Er wollte noch nicht schlafen gehen, denn noch wollte er bei Lisa wachen. Sie musste erst ganz gesund werden, bevor er sie ohne Aufsicht lassen konnte. Er hoffte jedoch, dass seine Anwesenheit nicht mehr allzu lange erforderlich sei. Dann begann er, in dem Buch zu lesen; doch schon nach nur wenigen Minuten war er vor Erschöpfung tief und fest eingeschlafen.

Er erwachte von einem riesigen "Rums". Augenblicklich fuhr er aus seinem Sessel empor. Er war sofort hellwach. Suchend blickte er sich um, als er Lisa auf dem Fußboden sitzen sah. Sie grinste ihn schwach an, rieb sich den Kopf und verzog das Gesicht. Offensichtlich war sie mit dem Kopf zuerst aus dem Bett gefallen. Lutran half ihr auf. Dann saß Lisa auf dem Bett und starrte Lutran an. „Wie lange war ich bewusstlos?" war ihre erste Frage.
„Ungefähr sechs Tage."
Lisa riss die Augen auf. „Sechs Tage" keuchte sie. „Wahrscheinlich habe ich wie immer alles verpasst. Wir sind in der Dornenstadt, oder?" Lutran nickte. Dann befahl er ihr, sich wieder hinzulegen. „Du bist noch zu schwach. Ruh dich aus, sonst war unsere Arbeit ganz umsonst."
„Oh nein, Doktor." widersprach sie. „Mir geht es gut. Ich habe einen Bärenhunger. Außerdem bin ich nicht schwach. Ich kann sehr wohl alleine zur Küche gehen. Und das werde ich jetzt auch tun." sprach sie und stand auf. Soweit man es als Aufstehen bezeichnen konnte. Sie schwankte und brach dann in die Knie. Wenn Lutran, der damit gerechnet hatte, nicht sprungbereit neben ihr gestanden und sie aufgefangen hätte, dann wäre sie unweigerlich auf dem Boden zusammengebrochen. Lutran bugsierte sie auf das Bett zurück und sagte gar nichts. Statt dessen ging er auf den Gang und kam kurz darauf mit einem großen Kissen wieder. Das schob er ihr hinter den Rücken, während er sagte: „Lehne dich an. Ein Diener bringt gleich eine Suppe. Wenn du die gegessen hast, werde ich Laya und Tyro holen lassen. Die erzählen dir dann, was du versäumt hast. Und dann kannst du entscheiden, ob du froh darüber bist oder nicht."
Lisa lehnte sich in das Kissen, als der Diener mit der versprochenen Suppe kam. Während Lisa aß, las Lutran in seinem Buch weiter. Schließlich hatte Lisa aufgegessen und blickte Lutran an. Der König rief einen seiner Diener und befahl, die Suppenschale wegzubringen und dann Laya und Tyro zu holen. Der Diener gehorchte und eilte sich, nach einem unterwürfigen „Ja, Majestät" seine Arbeit augenblicklich auszuführen.
Lisa starrte Lutran an. „Ihr seid der König?" rief sie erschrocken. „Ich muss mich wohl für mein lausiges Benehmen entschuldigen. Ihr seid ganz anders, als ich es mir vorgestellt hatte!"
Lutran lachte herzhaft.
„Nun werde bloß nicht ehrfürchtig." Da kamen Laya und Tyro endlich und befreiten sie aus ihrer peinlichen Lage. Laya lächelte sie an. „Gut, dass es dir wieder besser geht", meinte sie. Lisa grinste schelmisch. Tyro strahlte wie ein Nordlicht. Lutran wies Laya und Tyro zwei Stühle zu und bat sie, sich zu setzen. Beide gehorchten. Dann begannen sie, Lisa zu erzählen, was sie versäumt hatte.

„Gut, sehr gut." Christoph horchte auf. „Jetzt ist es nur noch eine Frage der Zeit, bis mir das ganze Land gehört. Eure Cousine wird in die Falle laufen. Und sie wird mir ganz bestimmt helfen. Und ihr auch, ob ihr nun wollt oder nicht. Das ist das Einzige, was ihr in eurem verruchten Leben noch tun werdet. Dann könnt ihr die Blumen von unten betrachten. Wenn mein Herr und Gebieter mich erst einmal befreit hat, werde ich für ihn die Welt erobern. Das ist dann mein Dank. Dann bin ich endlich frei. Nach all den Jahren."
Ein schauriges Heulen erklang „Es wird schön sein, wieder Leid und Tod zu verbreiten. Macht ist etwas wundervolles. Macht!"
Er lies das Wort auf der Zunge zergehen. „Macht. Ihr habt ja gar keine Ahnung, ihr nutzloses, unterentwickeltes Gewürm."

Der Unbekannte lachte hohl. Christoph erschauerte immer noch vor diesem Gelächter. Es klang so brutal, mordlüstern und hart, gnadenlos. Wenn sie hier je wieder heil herauskämen, würde er sicherlich nie wieder kleinere oder schwächere Menschen ärgern. Das nahm er sich vor. Er wollte nicht, dass andere so über ihn dachten wie er über den Unbekannten. Und er wollte eher sterben, als dem Mordlüsternen zu helfen.

„Du wolltest mich erstechen? Im Ernst? Ohne mich vorher zu fragen? Du bist wohl von allen guten Geistern verlassen. Na warte, mein Freund, das bleibt nicht ungestraft."
Lisa starrte Tyro wütend an. Sie nahm sich vor, ihrem Freund in naher Zukunft einen großen, glitschigen Grasfrosch ins Bett zu stecken. Laya beherrschte sich mustergültig über Lisas Wut. Lutran liefen die Tränen schon über die Wangen. Tyro versuchte, entschuldigend und ernst zugleich zu gucken. Doch es gelang ihm nicht. Schließlich begann auch er lauthals zu lachen. Nun konnte Laya auch nicht mehr an sich halten und lachte ebenso laut wie die beiden anderen. Lisa schaute sich beleidigt um. Das war nicht fair. Sie drehte sich um und zog die Bettdecke über den Kopf. Dadurch konnte sie die anderen nur noch undeutlich verstehen. Sie hoffte, dass die anderen endlich gehen würden. Sie wollte alleine sein. Noch eine ganze Weile hörte sie die anderen rumoren, dann war alles still.
Vorsichtig lugte sie unter der Decke hervor. Die anderen hatten den Raum verlassen. Das war ihr recht. Nun setzte sie sich auf und schwang die Beine über die Bettkante. Dann stützte sie sich an der Kante und den Pfosten des Bettes ab und ging langsam auf und ab.
Sie hatte keineswegs vor, die nächsten Tage im Bett zu verbringen. Sie musste schnellstens wieder beweglich werden. Nachdem sie eine Weile mit dem Bett als Hilfe geübt hatte, versuchte sie es ohne. Sie stand zwar noch eine bisschen wackelig auf den Beinen, aber nach einigem Üben stand sie sicher. Nun probierte sie es mit Kniebeugen, doch da versagten die Muskeln ihren Dienst. „Aller Anfang ist schwer," dachte sie bei sich. „Man sollte es nicht übertreiben."
So legte sie sich schließlich wieder auf das Bett und schlief rasch ein.

Die Dornenstadt

Als sie am nächsten Tag erwachte, stand die Sonne kaum am Himmel. Draußen hörte sie die Vögel zwitschern. Langsam erhob sie sich und trat an das Fenster. Heute konnte sie sich schon wieder besser bewegen. Suchend sah sie sich nach einem Waschbecken um und trat vor den Spiegel. Auf einem Stuhl daneben lag ein Stapel Kleider. Sie musterte die Kleidungsstücke kritisch und nahm einige in die Hand. Dann drehte sie sich zu dem Becken um, nahm eine Bürste und kämmte sich die Haare. Langsam wusch sie sich und zog eines der Kleidungsstücke an.

Es war recht bequeme Kleidung, ähnlich der Pagenkleidung. Nun fühlte sie sich wieder sauber und damit auch wohl. Sorgfältig steckte sie sich die Haare hoch und setzte sich auf einen Hocker, um sich die Schuhe zu schnüren.

Danach stand sie auf und ging, noch etwas unsicher, zur Tür, um sie zu öffnen. Mit der Absicht einen kleinen Spaziergang zu machen und sich die Stadt anzusehen, trat sie hinaus auf den Gang. Vorsichtig lugte sie um die Ecke und huschte hinaus. Aufrecht, als gehöre sie seit Jahr und Tag hierher, ging sie den Gang entlang, grüßte höflich und tatsächlich nahm niemand besondere Notiz von ihr.

Schließlich gelangte sie an eine Tür, deren Rahmen mit kostbaren Steinen geschmückt war. Lisa musterte die Steine aus zusammengekniffenen Augen. Ein goldenes Schild schmückte die Mitte der Tür. Darauf stand, in Edelsteinen geschrieben, Bibliothek. Lisa zog die Augenbrauen hoch. Eine so prachtvolle Tür hatte sie noch nie gesehen.

Langsam drang sie immer weiter in das Gewirr aus Gängen vor. Immer häufiger begegneten ihr Menschen, die sie kurz musterten, dann weiter gingen, ohne sie zu beachten. Überall sah sie Türen, ebenso geschmückt und beschriftet wie die Bibliothek, eine schöner als die andere. Staunend ging sie immer weiter, bis sie sich im Gewirr der Gänge verirrt hatte.

So strich sie ziellos durch das Gebäude, lugte mal hier, mal dort in einen Raum, begutachtete einen Stand, Verzierungen an Boden und Wänden. - Und alles war aus Edelsteinen. Sogar Vasen, aus einem einzigen Edelstein geschliffen, sah sie. Bei ihr zu Hause würden die unbezahlbar sein.

Schließlich kam sie auf einen Hof. Der war prachtvoll verziert mit Edelsteinen aller Art, Skulpturen und Pflanzen. Staunend blickte sie sich nach allen Seiten um. Dann sah sie ein Tor, das, wie alles in dieser Stadt, mit Edelsteinen verziert war. Als sie hinaus trat, fand sie sich vor einer großen Wiese wieder, auf der Tausende von Edelsteinen "blühten." Im wahrsten Sinne des Wortes. Sie waren auf kleinen Stielen befestigt und ersetzten die Blüten der Blumen. Sie sah große und kleine, einige mit noch geschlossenen Blüten, Edelsteine in allen Farben und Formen. Einige Frauen waren damit beschäftigt, die Steine zu pflücken. Einige Männer karrten die Steine in riesigen Schubkarren davon.

Den Lärm veranstalteten diese Dornen, denn sie schwatzten und lachten ausgelassen untereinander. Einige Kinder spielten zwischen den Erwachsenen mit Bällen und Steinen und bauten kleine Pyramiden aus Diamanten. Eine frohe Stimmung schwebte über alle dem und ließ Lisa vergessen, dass sie einen Auftrag hatte und sich auf einer schweren Mission befand. Sie sah den Arbeitern eine Weile zu und setzte sich in das Gras. Es war schon trocken, obwohl der Sonnenaufgang nicht einmal lange her war.

Schließlich besann sie sich darauf, dass man sie wohl schon vermissen würde. So drehte sie sich um und trat durch das Tor zurück auf den Hof. In sie war Ruhe eingekehrt. Sie war hellwach, zufrieden und gut gelaunt. Nun stand sie mitten auf dem Hof und fragte sich, wie sie wohl zu ihrem Zimmer zurückfinden könnte, als sie einen Diener im königlichen Livree sah.

Sie ging zu ihm hinüber und bat ihn, ihr den Weg zu den Gastquartieren zurück zu zeigen. Dieser ging vor ihr her zu den Quartieren und Lisa bedankte sich.

Nachdem der Diener verschwunden war, öffnete Lisa die Tür ihres Zimmers und trat ein. Sie hatte schon erwartet, dass die anderen auf sie warten würden. So war sie nicht sehr überrascht, Laya und Tyro sowie Lutran und Tarol in ihrem Zimmer vorzufinden. Laya sprang auf, als sie die Tür öffnete.

„Wo bist du gewesen?" fragte sie. Ihre Stimme klang derart zornig, dass Lisa unwillkürlich den Kopf einzog. So böse hatte sie Laya noch nie erlebt. „Entschuldige bitte. Ich bin nur auf den Gang hinau... "

„Ach, sei doch still!" wurde sie angeherrscht. Jetzt wurde Lisa wütend.

„Ich darf mich doch wohl noch frei bewegen. Oder bin ich neuerdings eure Gefangene?" Wütend starrte sie Laya an, die den Blick ebenso zurückgab.

„Nun beruhigt euch, bitte. Lisa, wir haben uns Sorgen gemacht. Laya dachte, die Häscher hätten dich entführt. Darum ist sie so aufgebracht. Sie hat sich einfach nur Sorgen gemacht. Das musst du verstehen. Wo bist du denn gewesen?"

Tyro war zwischen Laya und Lisa getreten und Laya hatte entschuldigend den Kopf gesenkt. Nun antwortete Lisa. „Ich bin durch die Gänge geirrt und an die Wiese mit den Edelsteinen gelangt. Dort habe ich eine Weile zugesehen, ehe ich einen Diener gefunden habe, der mich zurück brachte."

Laya sah Lisa an. „Entschuldige bitte." „Ist schon gut" antwortete Lisa und Laya lächelte matt. „Ich hatte mir einfach zu viele Sorgen um dich gemacht."

Lisa lächelte.

„Lisa". Sie drehte sich zu Lutran um, der bis jetzt geschwiegen hatte. „Ihr werdet morgen weiterreisen. Vorher wollte ich dir aber noch etwas erzählen. Unter vier Augen" fügte er, zu den anderen gewandt, hinzu.

Wortlos verließen die anderen den Raum, während Lutran sich einen Stuhl in ihre Nähe zog. Er bot ihr einen Stuhl an und begann dann zu erzählen.

„Du hast die Edelsteine auf der Wiese ja schon gesehen. Diese Steine umgibt Magie, ebenso wie alle Dornen die Magie beherrschen. Einst waren wir ein größeres Volk. Wir lebten mit denen zusammen, die du als Baumen kennen gelernt hast. Zu der Zeit, als wir noch zusammen lebten, waren die Dornen die obere Volksschicht. Denn wir beherrschten, wenn auch nur gering, die Magie. Die Baumen hatten eine andere Begabung: sie konnten stundenlang Geschichten erzählen. So war unser Volk zu dieser Zeit schon leicht getrennt. Eines Tages trennten sich dann die Wege unserer beiden Völker endgültig.

Die Baumen hatten begonnen, sich selbständig zu machen. Sie zogen in den nahe gelegenen Wald, wo sie sich eine neue Kultur aufbauten. Sie wurden die Reisenden, welche die Geschichten der Völker Silberlands aufschrieben und weitererzählten, und die Händler, die Waren aus allen Gegenden verkauften. Sie gründeten eine Stadt, die Waldstadt.

Wir, die Dornen, blieben in der Dornenstadt und praktizierten weiter unsere Magie. Wir hatten die Edelsteine. Diese Edelsteine haben eine Magie in sich. Sie verbreiten Ruhe und Frieden in jeder Gegend, wohin sie auch getragen wurden. Wir verkauften sie an die Baumen, die sie an alle anderen Völker weiterverkauften. So wurden wir ein ruhiges Land, friedvoll und ohne Streit. Die Baumen bekamen von uns, als Dank, Edelsteine geschenkt, die wir zuvor in Samen für Bäume verwandelt hatten. So lebten wir jahrelang in Frieden. Ja sogar Jahrhunderte lang.

Bis McCloud auftauchte. Ich weiß nicht wie, aber er hat es geschafft, den Zauber der Edelsteine und unseren Zauber zu brechen. Doch unsere Edelsteine vermögen durchaus noch, eine einzelne Person zu schützen. Leider ist das alles, was noch übrig ist von dem Zauber unseres Landes. Darum setzen wir jetzt alle Hoffnungen in dich. Bitte enttäusche uns nicht. Du wirst ganz alleine auf dich gestellt sein. Laya und Tyro können dir nicht viel helfen. Keiner kann das. Auch ich nicht.

Aber ich habe etwas, das dir vielleicht helfen kann. Dennoch, verlasse dich nicht alleine darauf. So groß ist seine Macht nicht. Nimm es hin."

Lutran drückte Lisa einen der Edelsteine in die Hand. Durch ein kleines Loch war eine Silberschnur gezogen. Lisa sah den Stein an. Er war blau, mit einem leichten Stich ins grüne. Im Licht der Lampen gedreht funkelte er leicht in allen Blau- und Grüntönen. Lisa fühlte die Schwingungen der Ruhe, die er ausstrahlte. Sie hängte den Stein um ihren Hals und ließ ihn unter ihrem Hemd verschwinden. Er pochte leicht und vibrierte. Sie spürte die Ruhe, die sie ergriff. Lutrans besonnener Blick fing sie wieder ein.

„Rette unser Land, Lisa, rette uns und bringe uns den Frieden zurück." bat er leise. Dann stand er auf und verließ den Raum, ohne sich umzudrehen. Lisa sah ihm hinterher. „Ich will es versuchen, ganz bestimmt." flüsterte sie.

Dann war sie in dem Raum alleine.

Doch in ihr war das Gefühl, etwas Großes gewonnen zu haben. Wissen, und vor allen Dingen innerliche Ruhe.

Den Rest des Tages verbrachte Lisa damit, sich zusammen mit Tyro und Laya die Burg von Tarol zeigen zu lassen. Wie ein Kind vor dem Weihnachtsbaum starrte sie all die Wunder an, die sich ihr boten. Tyro lachte nur allzu oft über ihr Gesicht, in dem sich Überraschung und Bewunderung offen zeigten. „Da staunst du Bauklötze, was? So etwas wunderschönes gibt es in eurer Welt nicht," hatte er nur allzu oft gesagt, und wohl oder übel hatte Lisa ihm jedes Mal zustimmen müssen.

Diese Welt war etwas besonderes, eine Welt der Freude und Liebe, eine Welt der Ruhe und Besonnenheit, des Glückes, aber nunmehr auch die des Leides. Und das musste sie rückgängig machen. Denn dieses Glück, das diese Welt noch besaß, den Frieden der Menschen, hatte ihre Welt vor langer Zeit verloren. Dieses Schicksal durfte diese Welt hier nicht ereilen. Oder war es dafür schon zu spät? Zu spät, ihnen diese Unzufriedenheit ihrer, Lisas, Welt zu ersparen?

Leise Unruhe beschlich Lisa und sie griff nach dem Stein unter ihrem Hemd. Sie spürte seine Wärme in ihrer Hand und sie wurde wieder ruhig. Ein wundervolles Geschenk, dachte sie. Sie fühlte sich frei. Niemand konnte ihr etwas befehlen. Sie könnte sich daran gewöhnen, hier zu bleiben. Wenn ihre Eltern nur nicht wären. Doch daran wollte sie nicht denken. Morgen würden sie aufbrechen. Lisa nahm sich vor, alles in ihrer Macht stehende für dieses Volk zu tun. Dieses Volk würde sie retten, sofern das noch möglich war. Dieses musste eine Welt des Friedens bleiben. Vielleicht seine letzte Bastion.

Der nächste Morgen war ein verregneter Tag. Lisa wäre liebend gerne im Bett geblieben. Doch Verpflichtung war Verpflichtung. Leider. So erhob sie sich notgedrungen von ihrem Nachtlager und zog sich an. Auf einem Stuhl sah sie Jagdkleidung. Eine grüne Hose und ein ebensolches Hemd. Darüber zu ziehen war ein Waffenrock in Blau. Sie gürtete sich mit dem Gürtel aus Leder, an dem ein Beutel hing und ein Dolch. Sie zog den Dolch und wog die Klinge in der Hand. Sie war gut geschnitten und sehr leicht. Am Schaft war ein Diamant, von dem Strahlen ausgingen; die Waffe besaß eine Kraft, die Lisa nicht beschreiben konnte.

Der Donner grollte und ließ alles erbeben. Heftiger Regen prasselte gegen die Scheiben, perlte herab auf das Fenstersims und bildete kleine Seen. Es war stockdunkel, obgleich schon

Tag. Die kleine Kerze auf Lisas Nachttisch flackerte und zuckte gespenstisch. Die Luft schien wie erhitzt, stickig, voller Macht.

Lisas Augen hefteten sich an den Stein. Ein Blitz zuckte über den Himmel und brach sich in dem Stein und traf dann ihr Auge. Für einen Augenblick schoss Kraft in ihr Auge, und sie fing diese Kraft ein. Der Stein glühte blutrot.

Sie steckte den Dolch zurück und trat an eines der Fenster. Draußen fauchte der Wind und der Donner grollte erneut. Alle Welt schien auf den Untergang zu warten. Der Regen peitschte gegen das Fenster. Ein Blitz zuckte. Dann war alles ruhig. Lisa zog den blauen Stein unter ihrem Hemd hervor.

Steine, die Magie enthielten. Jetzt hatte sie schon zwei Arten kennen gelernt. Und sie fürchtete die Macht, die ihnen innewohnte und damit auch ihr selbst. Dennoch, so schwor sie sich, würde sie notfalls davon Gebrauch machen. Draußen rollte wieder leicht der Donner.

Laya rief nach Lisa. Lisa eilte auf den Gang hinaus zu ihrer Freundin. „Lisa, wollen wir wirklich bei diesem Unwetter reiten?" Tiefes Grollen unterstrich ihre Worte. Sie musterte Lisa genau. Und in deren Augen erblickte Laya schon die Antwort. Sie seufzte. „Also schön. Wir dürfen keine Zeit verlieren," beantwortete sie ihre Frage selbst.

Laya war ebenso wie sie gekleidet, doch hatte sie einen Dolch ohne Stein. Sie gingen gemeinsam hinunter zu den Pferden. Dort trafen sie auf Lutran, Tyro und Tarol. Tarol hielt drei Bogen in der Hand, Tyro hatte einen Köcher auf dem Rücken und zwei weitere in der Hand. Tyro trug ebenfalls Jagdkleidung, nur war seine braun. König Lutran selbst führte die Pferde herbei. Tarol gab jedem einen Bogen, Tyro drückte ihnen die Köcher in die Hand.

Die Pferde waren schon regenfest bepackt mit dem Nötigsten. Alles war perfekt geplant. Ein Diener brachte drei schwarze Umhänge, die die kleine Expedition vor dem Regen schützen sollten. Lisa hüllte sich in den Umhang. Dann trat sie zu Lutran und gab ihm die Hand.

„Danke," sagte sie. „Lebt lange und glücklich. Vielleicht sehen wir uns in einer besseren Zukunft wieder." Lutran nickte und erwiderte den Händedruck. „Gib auf die Steine acht. Und missbrauche ihre Kraft nicht." Lisa nahm sich das zu Herzen. Dann sprang sie auf ihr Pferd.

Tyro verabschiedete sich gerade von Tarol und Laya von Lutran. Sie ritt zu Tarol und beugte sich zu ihm hinunter. „Habt Dank für alles. Vielleicht sehen wir uns einmal wieder." Tarol nickte ihr zu. „Auf Wiedersehen, Lisa. Habe Erfolg". Sie winkte und ritt dann zu Tyro, der soeben auf sein Pferd stieg. Laya ging zu Tarol und umarmte ihren Freund noch einmal. Dann stieg auch sie auf. Tarol und Lutran folgten ihnen bis zum Ende des Unterstandes. Die Wachen öffneten die Tore. Dann ritten sie hinaus. Zurück blieben zwei Männer und eine Stadt, die auf ihren Erfolg hofften.

Der Überfall

Laya ritt voran, denn sie kannte den Weg. Der Wind peitschte ihnen den Regen in ihre Gesichter, es donnerte heftig, Blitze krachten in das Unterholz und Lisa wusste, es würde keine angenehme Reise werden. Sie zog die Kapuze tief in das Gesicht und überließ es ihrem Pferd, direkt hinter Laya zu reiten. So ritten sie mehrere Tage dahin, und es regnete immer noch so heftig wie am Tage ihrer Abreise.

Von den Feinden war nichts zu sehen. Lisa verbrachte die Tage damit, nachzudenken, blödsinnige Wetten mit Tyro abzuschließen und mit Laya über vollkommen belanglose Dinge entweder zu reden oder zu streiten. Nachts schlief sie unruhig, träumte von Ungeheuern, immer wieder denselben Traum, den sie schon zuvor einmal geträumt hatte, als sie im Koma gelegen hatte:

Sie ging wieder auf diesem schmalen Überhang, sah hinab in die Schlucht, und der Überhang brach unter ihren Füßen weg. Ihr Leben hing an einem seidenen Faden. Tyro kam ihr zu Hilfe. Und dann brach der Überhang unter seinen Füßen weg und er stürzte in die Tiefe.

Dieser Teil war neu. Oft wachte sie schwitzend und mit ängstlich geweiteten Augen auf, doch wollte sie weder schreien noch sich irgend etwas anmerken lassen. Im übrigen aber war der Ritt äußerst langweilig. Jeder hing seinen eigenen Gedanken nach und sie achteten nur unzureichend auf ihre Umgebung. Sie fühlten sich sicher, weil sie in dem Glauben lebten, der Feind wisse nichts von ihrem Aufbruch.

So kam es, dass sie die geschickt angelegte Falle nicht rechtzeitig genug bemerkten. Lisa ritt vorne neben Laya. Die beiden unterhielten sich leise. Tyro ritt hinter ihnen und träumte vor sich hin. Vor ihnen tat sich eine Schlucht auf. Ein kleiner Pass.

Laya kannte diese Gegend sehr gut. So achtete sie nicht auf das, was sich außerhalb der Schlucht und an deren Rand abspielte. Lisa hörte gebannt dem zu, was Laya gerade erzählte. Ganz im Gegensatz zu Tyro. Der Junge hatte einen sechsten Sinn, was Gefahren betraf. Er witterte bereits bei ihrem Eintritt in die Schlucht eine Gefahr. So beobachtete er aufmerksam die Felswände der Schlucht. Diesem Umstand alleine war es zu verdanken, dass sie nicht alle umkamen. Denn er sah die Felsbrocken schon, bevor sie endgültig über den Rand kippten.

„Laya, Lisa, Gefahr! Reitet, so schnell ihr könnt!" Noch während er dies schrie, gab er seinem Pferd die Sporen, in dem Augenblick, als ein Hagel aus Pfeilen und ein schwerer Felsbrocken sich dort in die Erde bohrten, wo er kurz zuvor noch geritten war. Laya und Lisa reagierten augenblicklich. Sie preschten los, das Ende der Schlucht fest im Auge. Ein Hagel aus Pfeilen und Felsgestein prasselte auf sie nieder.

Laya schrie auf, als einige der Steine und ein scharfer Pfeil ihre Schulter streiften. Ein blutiger Streifen blieb zurück. Lisa kam relativ unbeschadet durch den Pfeilhagel. Es gelang ihr immer wieder, den Pfeilen und Gesteinsbrocken auszuweichen.

Sie kam als erstes am Ende der Schlucht an. Dann erreichte Laya das Ende der Schlucht. Mit zusammengebissenen Zähnen kämpfte sie gegen den Schmerz an.

Lisa sah sich nach Tyro um. Was sie sah, trieb ihr die Tränen in die Augen. Tyro hatte keine Chance. Sein Pferd war unter einem Pfeilhagel zusammengebrochen. Er versuchte, das Ende der Schlucht zu Fuß zu erreichen. Doch es war ein völlig sinnloses Unterfangen. Lisa sah die große Steinlawine auf ihn zukommen. „Nein!!!!!!" schrie sie auf. Tränen der Verzweifelung traten in ihre Augen. Sie wollte ihr Pferd wenden, um zu ihm zu reiten, doch Laya hielt sie mit erbarmungsloser Gewalt zurück.

Lisa schrie erneut auf. Sie sah, wie Tyro unter den Steinen begraben wurde. Tränen liefen über ihre Wangen, tropften auf den Rücken ihres Pferdes. Sie sah Laya an und in deren Augen schimmerte es feucht. Doch sie beherrschte sich. Und das war ihr Glück. Denn Laya ergriff die Zügel von Sternennebel und gab ihrem Pferd die Sporen. Die beiden Pferde preschten los und Lisa hatte Mühe sich im Sattel zu halten. So zog Laya Lisa durch den Wald. Viele Stunden vergingen. Laya sprach Lisa immer wieder an, doch das Mädchen reagierte nicht. Tränen der Verzweifelung, der Trauer, aber auch der Wut rannen über ihr Gesicht. „Lisa, nimm dich zusammen. Du kannst jetzt auch nichts mehr ändern."
„Nein. Ich hätte es verhindern können. Ich hätte es verhindern können!" schrie Lisa. Zornig trommelte sie mit ihren Fäusten gegen den Sattelknauf. Sie schüttelte den Kopf.
Laya erkannte, dass Lisa sich die Schuld an allem gab. Das musste sie ihr ausreden. Natürlich trauerte auch sie um Tyro, er war ihr ein guter Freund gewesen, doch sie musste sich zusammennehmen. Wenn sie sich jetzt gehen ließ, war alles verloren.
Hart packte sie Lisa an den Schultern. „Lisa, das ist nicht wahr. Du kannst nichts dafür. Und wenn du weiterhin so weinst, werden sie uns auch noch kriegen. Und dann sind alle tot. Komm zu dir. Beherrsche dich etwas, junge Dame. Weinen hilft Tyro auch nichts mehr. Er hätte bestimmt nicht gewollt, das du jetzt so weinst. Tot ist tot, da hilft auch kein Weinen."
„Du bist so herzlos. Er war mein Freund. Warum darf ich nicht weinen, wenn ich weinen will? Sei nicht so kalt. Du bist unmenschlich!"

Das war ein eindeutiger Vorwurf. Und der traf Laya sehr. „Lisa, jetzt bist du sehr ungerecht. Ich habe gar keine andere Wahl. Soll ich mich jetzt auch hier hinstellen und heulen und meinen Tod herbeisehnen? Oh nein, mein Leben geht weiter. Wir müssen an all die anderen Leben denken, die du retten musst. Was zählt da schon ein Leben. Auch wenn es meines oder Tyros ist. Er war sich der Gefahr bewusst. Und trotzdem ist er mitgekommen. Für sein Land. Und für dich. Also mache seine Arbeit nicht dadurch zunichte, indem du hier sinnlos jammerst. Komm schon! Wir müssen uns beeilen. Jetzt, wo wir entkommen sind, werden sie uns bestimmt suchen! Wir haben den Vorteil, dass sie erst unter den Trümmern nach uns suchen werden, bevor sie merken, dass wir geflohen sind. Und wenn sie uns erwischen, dann helfe uns der Himmel!"
Lisa hatte aufgehört zu weinen und saß jetzt still auf ihrem Pferd. Sie würde sich von nun an beherrschen.

„Geschafft. Wahrhaftig. Los, grabt sie aus. Sie sollen uns nicht entkommen. Hoffentlich lebt Lisa noch. Dann ist mein Triumph endgültig. Ja! Ich habe gesiegt."
McCloud lachte auf. Hämische Schadenfreude leuchtete in seinen Augen auf. Da kam ein Bote atemlos hereingestürzt. Er trat vor den Thron. „Sie sind entkommen, Herr! Nur der Junge blieb zurück."
Für einige Sekunden herrschte atemlose Stille. Dann hallte McClouds Stimme wutentbrannt durch die Halle „Neiiiiiiiinnn!! Oh, welchen Narren habe ich bloß an euch erworben. Ihr seid dreimal verdammt, hört ihr, dreimal verdammt!"
Seine Wut war im Raum fühlbar.
„Belagert die Baumstadt!" Seine Stimme drückte aus, dass er dieses mal keine Gnade walten lassen würde. Und keiner seiner Untergebenen wollte mit dem Kommandanten der Mission tauschen.

Die weitere Reise verlief in Trauer. So sehr Laya sich auch bemühte, Lisa blieb untröstlich. Sie gab sich insgeheim immer noch die Schuld. Ihre schlechte Stimmung wirkte sich negativ auf Layas Stimmung aus, und auch sie wurde zusehends schlechter gelaunt. Ihr Arm war nur notdürftig verbunden; er schmerzte und pochte bis in den Kopf. Bis sie dann gegen Abend keine Lust mehr hatte, sich anzuhören, wie Lisa in Selbstmitleid verging. So kam es dazu, dass sie in einen heftigen Streit gerieten.

Laya wollte nicht die ganze Reise mit einer schlecht gelaunten, jammernden und klagenden Person verbringen. Lisa bestand darauf, das sie machen könne, was sie wolle. Durch die gereizte Stimmung wurde der Streit nur noch mehr angeheizt. Bis Lisa schließlich genug hatte und zu ihren Sachen griff.

„Mach doch, was du willst! Du herzlose Maschine!" schrie sie. Mit diesen Worten ging Lisa zu Sternennebel und saß auf. „Vergehe doch an deiner Meinung!" Damit ritt sie davon, einem unbekannten Ziel entgegen.

Laya war aufgesprungen. „Lisa, so bleib` doch, wo willst du hin? So war es doch nicht gemeint. Bleib`, bitte!"

„Lass mich in Ruhe. Du bist nur auf dein eigenes Wohl aus, willst nur deinen Egoismus nähren. Geh` mir aus den Augen." Damit verschwand sie hinter den Bäumen.

Laya sah ihr nach. Das hatte sie nicht verdient. Derartige Vorwürfe passten auch nicht zu Lisa, das wusste sie ganz genau. Doch Lisas Worte gingen ihr zu nahe. „Soll sie doch in einen Abgrund stürzen", dachte sie in einem Moment der Wut.

Im selben Moment jedoch schalt sie sich dieses Gedankens, und Sorge bemächtigte sich ihrer. Wenn Lisa nun wirklich etwas zustieß? Dann war sie, Laya, daran schuld. „Ich hätte sie nicht gehen lassen dürfen", schoss es ihr mit Vernunft durch den Kopf. Während sie noch darüber grübelte, wohin Lisa wohl reiten mochte und wie sie selbst das Mädchen wiederfinden konnte, hallte plötzlich ein Schrei durch die Gegend.

Augenblicklich war Laya in ihrem Sattel, und sie ritt in die Richtung, aus der der Schrei gekommen war. Schließlich kam sie an eine Lichtung, auf der sie Lisa sah, umgeben von acht Feindverfolgern. Die kühle und logisch denkende Laya handelte besonnen und schnell. Sie sprang vom Pferd, der Bogen flog in ihre Hand und sie legte einen Pfeil auf, steckte sieben andere vor sich in den Boden. Dann schoss sie.

Blitzschnell flog der Pfeil und erreichte sein Ziel. Er nagelte einen der Angreifer am Boden fest, und auch der zweite und dritte Pfeil trafen zielsicher ihre Ziele. Lisa zog ihren Dolch aus der Scheide und warf ihn nach einem der Angreifer. Der Stein glühte auf, der Mann taumelte und fiel tot zu Boden. Der Dolch rutschte neben ihm zur Erde. Schließlich lag auch der letzte der Angreifer am Boden und rührte sich nicht mehr.

Lisa hob ihren Dolch auf und steckte ihn zurück in die Scheide. Dann trat sie mit gesenktem Kopf auf Laya zu.

„Ich schulde dir etwas. Entschuldige bitte mein Verhalten." Laya lächelte gequält. „Schon vergessen. Wir sollten doch zusammenhalten". Lisa nickte nun ebenfalls. Dann fielen sie sich in die Arme. „Ich nehme alles zurück. Alles. Das war gemein von mir. Ich wollte dir weh tun, weil du mir weh getan hast. Das war ganz dumm von mir."

„Los. Komm, wir müssen weiter. Sonst erwischt uns der Feind. Noch einen Tagesritt bis zu dem Ort, an dem sich der Dornenwald und der Silberwald voneinander trennen. Dort liegt die Klinge. Wir sollten uns beeilen. Dann erreichen wir morgen Abend unser Ziel." Lisa nickte. Dann ritten sie los.

Die Höhle der Fee

Die ganze Nacht über ritten sie durch unwegsames Gesträuch und Dornen, bis der Morgen graute. Der Himmel wurde klarer und die Bewölkung wurde geringer, je weiter sie ritten. Lisa bemerkte zudem, dass es wärmer wurde. Die Landschaft wurde freundlicher und auch heller, und die Bäume wurden lichter. Das Licht der Sonne traf die Erde wieder und Laya hatte, ebenso wie Lisa, ihr Lachen wiedergefunden.

So ritten sie dahin, wieder frohen Mutes und voller Hoffnung. Bis sie schließlich auf den Eingang einer Felsenhöhle trafen. Lisa stieg ab und sah sich um. Der Pfad, dem sie bisher gefolgt waren, lief weiter in den Berg hinein. Um den Pfad herum waren dichte Dornenbüsche. Sie waren undurchdringlich, das sah man sofort. So sprach Laya dann das aus, was Lisa dachte:

„Ich glaube, wir sollten dem Pfad in den Berg hinein folgen. Er scheint der einzige, vernünftige Weg zu sein. Oder fällt dir etwas anderes ein?" Lisa schüttelte den Kopf. Sternennebel rieb seinen Kopf an ihrem Arm und seine Gedanken drangen in ihren Kopf ein.

„Wenn du mich fragst, dann hat die Menschin recht. Für einen Menschen ist sie erstaunlich klug."

Lisa lachte über den Ausdruck Menschin. Ihr war der unterschiedliche Gebrauch des Wortes Mensch für Frauen und Männer, den das Pferd machte, nie aufgefallen. Laya sah sie verdutzt an. Lisa grinste nur.

Dann nickte sie zustimmend und stieg auf Sternennebels Rücken. Vorsichtig ritt Lisa zuerst in den Eingang des Tunnels hinein. Ob er ein Ende hatte? fragte Lisa sich gespannt. Sie griff nach dem Stein um ihren Hals. Er pulsierte in ihrer Hand und schenkte ihr Ruhe. Mit Adlers Augen beobachtete sie die Umgebung, die Wände des Tunnels und den Pfad. Sternennebel wurde unruhig. Er scharrte mit dem Huf und seine Aufregung gab Lisa zu denken. Sie spürte, ebenso wie das Pferd, die Aura der Magie, die zunehmend dichter wurde, je weiter sie ritten. Vor ihnen musste etwas von großer Bedeutung und Macht liegen. Doch Lisa fasste sich in Geduld.

Sie waren schon eine ganze Weile geritten. Lisas Unruhe wurde zunehmend stärker. Obwohl es keine böse Aura war, hatte sie Angst vor der Macht und der Wucht, welche die Luft zum Vibrieren brachte. Da weitete sich der Tunnel plötzlich und Lisa brachte Sternennebel zum Stehen.

Das Pferd hatte seine Nüster aufgebläht und seine Ohren aufgestellt. Still stand es da und horchte. Lisa spürte eine Unruhe in dem Pferd, sie stieg ab und beruhigte es. Laya hatte sie wieder erreicht und stand nun neben Lisa. Vorsichtig ging Lisa auf das Ende des Tunnels zu. Laya riss sie zurück in den schützenden Gang. „Bist du verrückt? Du kannst doch nicht alleine gehen!" So gingen sie nebeneinander weiter. Lisa schob sich vor. Dann lugte sie um den Rand des Felsens.

Vor ihr lag eine Sandlandschaft mit unzähligen Dünen. Rechts und links erhoben sich hohe Felsen aus dem Sand und ragten meterhoch in den Himmel. Lisa sah nach oben und erblickte einen wolkenlosen Himmel, von dem die Sonne bis auf den Grund der Schlucht herabfiel. Vorsichtig und verwundert ging Lisa weiter. Laya folgte ihr, die Hand am Dolch. Als sie die letzte Düne überwunden hatten, hielt Lisa unwillkürlich den Atem an. Vor ihnen lag eine traumhafte Landschaft. Ein weites Meer erstreckte sich vor ihnen, einige Bäume säumten die Bucht. Auf einem der Steine im Wasser saß eine Art Kobold, mit roter Mütze auf dem Kopf. Eine Nixe saß auf einem anderen Felsen, neben ihr eine zweite im Wasser. Eine dicke Kröte quakte.

Es herrschte eine tiefe Stille. Nur das Gelächter der Meerjungfrauen war zu hören. Ein großer Baum ragte am Rande des Wassers zum Himmel hinauf. Leise plätscherte das Wasser. Sie sahen nach oben und erblickten zwei Elfen, die über ihnen flogen. Da sie in Richtung Wasser blickten, hatten sie Lisa und Laya noch nicht bemerkt. Lisa schlich langsam weiter. Wieder ertönte lautes, aber melodisches Gelächter. Lisa erblickte noch einige andere Gestalten, die ihr nicht aufgefallen waren, als sie am Eingang der Schlucht gestanden hatte, weil sie sie nicht hatte sehen können. Zwei Gnome standen auf einer Erhöhung unter dem übergroßen Hut eines Fliegenpilzes. Eine Weide ließ ihre Zweige bis in das glasklare Wasser hinab fallen. Einige Kletterpflanzen wanden sich die Felsen hinab. Es bot ein Bild des Friedens.

Laya trat hinter Lisa. Gemeinsam sahen sie diesen seltsamen Lebewesen zu. Sie wähnten sich ungesehen. Eine Weile standen sie unter dem Baum und sahen den Lebewesen zu, die ihren Spaß daran zu haben schienen, einander mit Wasser zu bespritzen und sich Witze zu erzählen. Plötzlich erklang eine Stimme: „Warum steht ihr dort unten so herum? Dafür gibt es keine Notwendigkeit." Wie einfach das klang. „Ihr seid hier willkommen, wir hatten euch schon früher erwartet." Lisa kam die silberhelle, klare Stimme bekannt vor. Sie sah sich nach dem Sprecher um. Schließlich erblickte sie eine kleine Fee in der Baumkrone über ihnen. Die Fee erinnerte sie an das Zauberwesen, das sie im Schloss des McCloud auf das schwarze Licht hingewiesen hatte. „Hallo Lisa", grüßte die Fee. „Ich weiß nicht, ob du dich noch an mich erinnerst. Ich bin dir schon einmal auf deiner Reise begegnet." „Ich erinnere mich", gab Lisa zurück. „Ihr wart das Zauberwesen, das mich vor dem schwarzen Licht warnte. Ich bin euch zu Dank verpflichtet." „Deinen Dank verdiene ich nicht. Ich habe versagt. Dreimal habe ich meine Aufgabe nicht erfüllt. Und bei meinem vierten Fehler kam Tyro zu Tode. Nein, wahrlich, deinen Dank verdiene ich nicht." „Oh nein, wärt ihr nicht gewesen, wäre Silberlicht schon längst dem Untergang geweiht," wagte Lisa zu erwidern.

„Du verstehst nicht." Geschmeidig ließ die Fee sich zu ihnen herabsinken. Sie war sehr klein. In McClouds Burg war sie nur fingergroß gewesen; Hier war sie zwar größer, aber trotzdem war sie nur halb so groß wie Laya. Sie schwebte vor ihnen her und ließ sich schließlich auf den Sandboden sinken. Lisa setzte sich neben sie, während Laya sich vor sie in den Sand hockte. Die Sonne schien warm und hell vom Himmel herab. Die kleine Fee erzählte weiter:

„Mir fällt seit tausend von Jahren die Aufgabe zu, unser Land vor Unheil zu bewahren. Und ich bewahre die Geheimnisse dieses Landes. Ich kenne jeden Baum, jeden Strauch. Ich bin eine der letzten Zeitlosen, die auf dieser Welt zurückblieben. Damals nannten wir uns noch schlicht Menschen. Wir hatten noch keinerlei Zauberkräfte. Nur wenige beherrschten die heilende Magie. Meine Mutter war eine von ihnen. Von ihr bekam ich die Meine geschenkt. Doch eines Tages wurden wir, die die Magie beherrschten, von unseren Artgenossen vertrieben. Ich konnte fliehen und blieb zurück, mit der Aufgabe betraut, diese Welt zu beschützen.

Mein Volk zog sich auf eine andere Bewusstseinsebene zurück. Ich erbaute mir in diesem Berg mein Reich. Über viele Jahre hinweg sammelte ich Hilfsbedürftige und Verstoßene um mich. Ich nahm sie in meinem Reich des Friedens auf.

Doch draußen begann der große Krieg. Die Reste meines Volkes, die die keine Magie besaßen, rotteten sich durch jahrelange Kriege gegenseitig aus. Die wenigen, die übrig blieben, verfielen zu Höhlenmenschen. Über die unzähligen Jahre hinweg bewachte ich dieses Land, sah zu, wie sich die Höhlenmenschen entwickelten, wie aus den einzelnen Gruppen Volksstämme wurden. Es war ein Spiel. Ich griff nie ein, denn diese Lebewesen lernten, sich ihrer Macht zu bedienen.

Eine jede Gruppe bekam ihre eigenen Merkmale. Am fortschrittlichsten waren die Dornen, das Dornenvolk, doch damals noch vereint. Und es herrschte Friede. Das Land blühte und gedieh.

Doch es kam der Tag, an dem der Himmel sich verdunkelte und großes Unheil über diese Welt hereinbrach. Es war das geschehen, was diesem Land nun wieder droht. Die Tore zum Reich der Erdenmenschen waren geöffnet worden. Die Tore zu deiner Welt, Lisa." Lisa und Laya lauschten gebannt.

„Damals hieß der Mann Vortral, er war ein Magier, einer der Dornen. Doch das fanden die Dornen nie heraus. Vortral gelang es, das magische Dreieck zu vervollständigen. Der Feuerteufel war erwacht. Doch war er sehr schwach, denn die drei Menschen deiner Welt waren nicht Blutsverwandte, wodurch die Macht des Dämonen ungebündelt war.

Ich griff ein. Das erste Mal seit langer Zeit setzte ich meine Zauberkräfte wieder ein. Der Feuerteufel war das Gegenstück zu unserem Frieden, mit unserem Frieden meine ich den Frieden der frühen Menschheit, der jetzigen Zeitlosen. Doch als der Krieg begann, wurden die ohne Magie zu bösen Ungeheuern. Ihrer Phantasie entsprang der Feuerteufel. Er ist, außer mir, das letzte Überbleibsel unserer Zeit.

Ich musste gegen ihn kämpfen, mein Pferd war Sternennebel. Mein Glück war, dass der Dämon so schwach war. Schließlich konnte ich ihn durch meine Fähigkeiten in seine Zelle zurück verbannen, in der er während des tausend Jahre lang währenden Friedens gelebt hatte.

Darauf fuhr ein Donner vom Himmel herab. Er traf Vortral, der genau dort stand, wo heute der große Fluss der ewigen Trennung fließt. Er spaltete Vortral in zwei Teile und mit ihm unser Land. So kehrte der Friede noch einmal zurück. Aber ich wusste genau, irgendwann würde der Dämon wieder ausbrechen können, stärker und mächtiger als zuvor, und dann werde ich ihn nicht mehr stoppen können.

So schmiedete ich ein Schwert, aus Gold, doch trotzdem hart wie Stahl, in das ich einen Teil meiner Zauberkraft bannte. Der Schaft wurde von den Zeitlosen geholt und mit einem Bann belegt.

Über den Bann weiß ich nicht viel mehr als du. Aber die Klinge ist noch immer bei mir. In ihr steckt meine Zauberkraft. Nur mit diesem Schwert ist es möglich, den Feuerteufel besiegen.

Darauf brachte ich Sternennebel in die Silberburg, damit er demjenigen eine Hilfe sei, der dem Dämon als nächstes gegenüberstehe. Dann war meine Arbeit getan, und ich musste nur noch über mein Land wachen, damit es sich langsam wieder erholen könnte.

Nun, nach unzähligen Jahrtausenden, geschah das Unglück erneut. Doch McCloud ist anders als Vortral. Ihn umgibt eine Zauberaura, die von dem Muster der Zauberkräfte der anderen abweicht. Ich kann mir dies nicht erklären. Darum zögerte ich zu lange, wodurch Christa und Christoph in seine Gewalt gerieten und Tyro zu Tode kam. Ich habe versagt! Nun ist es an dir, diese Aufgabe zu bewältigen."

Lisa sah die Fee nachdenklich an. Trauer hatte ihr Gesicht überzogen. Lisa legte eine Hand auf die schmale, zerbrechliche Schulter der Fee. Diese hob den Kopf und lächelte Lisa dankbar an. Dann stand sie auf.

„Nun sieh mich an. Hier sitze ich nun, mache mir Vorwürfe und vergesse erneut meine Pflicht. Komm, Lisa, die Klinge des goldenen Schwertes gehört nicht länger zu mir. Du musst sie nehmen und diese Welt retten, das tun, was ich nicht noch einmal tun kann, denn ich bin zu schwach. Nun kommt mit, beide."

Sie schwebte neben ihnen auf dem Weg zu einer Höhle in den großen Felsen im massiven Gestein, das das Ende dieser kleinen Insel des Friedens bildete. Sie betraten die Höhle. Goldener Schein durchflutete sie. Lisa sah zu der Quelle des Lichtes hinüber. Das Licht entströmte einer Truhe, bis oben mit Gold, Geschmeide und Edelsteinen aller Art gefüllt. Die Fee schwebte auf die Truhe zu und zog eine goldene Klinge aus ihr hervor. Sie schwebte von der Truhe zurück und blickte nachdenklich auf die Klinge in ihren Händen hinab. Ein heller Lichtschein strahlte von ihr aus. Die Fee streckte ihre Hände, auf denen die Klinge lag, Lisa entgegen, und das Mädchen musterte die Klinge ehrfürchtig. Diese Klinge strahlte eine so große Aura der Macht aus, dass Lisa aus Angst vor der Macht, die sie nun erhalten sollte, unwillkürlich zurückwich.

Aus schreckgeweiteten Augen starrte sie die Klinge an. Musste sie diese Macht wirklich an sich nehmen? Die Fee fing ihren Blick auf und zwang sie, ihr in die Augen zu schauen. Dann nickte die Fee. „Nimm es", sagte ihr Blick. Vorsichtig streckte Lisa ihr die Hände entgegen. Rasch, als fürchte sie, Lisa könnte es sich anders überlegen, ließ die Fee die Klinge in ihre Hände gleiten.

Lisa zuckte vor dieser körperlichen Berührung mit dieser Macht zurück. Doch dann packte sie entschlossen zu. Sie durfte sich jetzt nicht von Angst überwältigen lassen. Fester griff sie zu, und die Klinge wurde zu einem Teil ihrer Hand, die Macht ein Teil von ihr.

Lisa lächelte. Sie hatte diese Macht in sich eingeschlossen. Die Fee war zufrieden. Dann griff sie erneut in diese Truhe hinein und zauberte einen großen Stein zutage. Er war von tiefem Grün, als wenn die Natur selbst in ihm eingeschlossen wäre. Sie drückte ihn auf einen knorrigen Stock, so groß wie Laya. Diesen gab sie Laya in die Hand.

Nun lag der Stein in einer goldenen Fassung. „Der Stein kann dir vielleicht eine Hilfe sein. In ihm liegen Geheimnisse der Natur. Wer sich seiner Macht bedient, kann die Stimmen der Tiere, Pflanzen und aller Lebewesen dieses Landes, nein dieser ganzen Welt, verstehen. Gib gut darauf acht, Königin Laya. Dies ist mein Geschenk an dich. Vielleicht kann er dir helfen, dein Land von allem, was McCloud ihm angetan hat, zu reinigen. Ich wünsche dir viel Glück, Königin Laya. Gebt wohl auf euch acht, ihr zwei."

Lisa lächelte. Laya nahm den Stock an sich und musterte ihn. Dann lächelte auch sie dankbar. Die Fee wandte sich an Lisa.

„Dein Weg ist schwierig, mein Kind. Doch ich weiß, du wirst es schaffen. Und nun wird es Zeit für euch, zu gehen." Sie winkte mit einer Hand und Lisa und Laya standen wieder neben ihren Pferden.

Ein zweiter Weg hatte sich neben den Pferden gebildet. Der Weg zu der Fee war nicht mehr zu sehen.

Lisa stieß Laya an: „Schau einmal dort!" rief sie aus. Laya blickte in die angezeigte Richtung. Zwischen den grauen Wolken schummelte sich ein dünner Strahl der Sonne zu Boden. Laya lächelte. Das war typisch für Lisa. Auf solche Dinge achtete sie viel mehr als auf die gewichtigen Dinge der Reise. Doch schnell korrigierte sich Laya. Vielleicht war er als gutes

Omen zu sehen, der Strahl? Bedeutete er vielleicht, dass es ihnen gelungen war, ein Loch in die Feste McClouds zu schlagen? Mit der Sonne kommt das Leben. Mit dem Loch in der Festung McClouds kommt der Friede. Laya fühlte sich besser. Sie war Lisa dankbar dafür, dass sie sie darauf hingewiesen hatte.
Nun war es schon zwei Tage her, dass sie die Fee verlassen hatten. Laya hielt den Stock in einer Hand. Schon mehrmals innerhalb dieser zwei Tage war es Laya aufgefallen, dass sie den Unterhaltungen der Tiere folgen konnte. Aber eingreifen in die Unterhaltungen konnte sie nicht. Doch hatten die Tiere Schmerzen, dann heilten diese von alleine weg. Zu all dem lag ihr seit zwei Tagen ein tiefes, aber keinesfalls lästiges Brummen in den Ohren. Sie ertappte sich sogar dabei, das sie das Brummen als angenehm empfand. Seltsam, was das wohl war? Trotz dieser geheimnisvollen Wahrnehmungen war sie frohen Mutes.

Seltsam kalt war es geworden. Auch die Stimme war verstummt. Die Ketten schmerzten an den Handgelenken. Es war zu dunkel, um etwas erkennen zu können. Die „Stimme" hatte sich seit Tagen nicht mehr hören lassen. Leise rief er nach seiner Schwester. Das Mädchen antwortete mit einem Schluchzen.
„Mir ist schrecklich kalt." sagte sie. „Und ich habe Hunger." „Weine nicht, kleine Schwester. Er braucht uns noch. Wir werden hier schon nicht sterben. Aber soll er doch machen, was er will, Sohn einer Hexe."
Seine Stimme klang wieder provokativ. Er hatte sich erhoben und zerrte an seinen Ketten.
„Bitte, bitte höre auf, so laut zu schreien." bat das Mädchen. Christoph ließ sich auf den Boden zurück sinken.
Mit Wut kam man hier nicht weiter, das wusste er, doch er hasste die Untätigkeit ebenso sehr wie die Wut. Und Resignation war ein Kind der Untätigkeit. Und die Resignation konnte den Tod bedeuten. Er musste und wollte einen klaren Kopf behalten. Während er noch vor sich hin dachte, schob sich plötzlich eine Wand der Gruft beiseite und zwei Soldaten brachten jemanden in den Raum.
„Du wirst sie nie kriegen, McCloud, hörst du, niemals, und wenn du hundert Jahre nach ihr suchen würdest!"
Die Stimme der fremden Person durchschnitt die Gruft, und Christoph erkannte an ihr, dass die Person ein junger Mann war.
Ketten klirrten, dann gingen die Soldaten wieder fort.
„Ihr seid feige Mörder, misshandelt unschuldige Kinder. Lasst wenigstens Christa gehen, ihr Barbaren" schrie Christoph ihnen nach. Dann war die Wand wieder zugeschoben. Christoph kroch, so weit seine Ketten es zuließen, zu dem Jungen hinüber.
„Hallo, wer bist du?" hallte seine Stimme durch den Raum.
„Falsch Frage, wer bist du?" lautete die hastig gesprochene Antwort. Christoph bemerkte am Klang der Stimme, dass diese Selbstsicherheit des Jungen nicht gespielt war. Hier saß jemand, der mit allen Wassern gewaschen war.
Der Junge zerrte an den Ketten. „Verdammt" fluchte er.
„Ich bin Christoph. Meine Schwester sitzt auf der anderen Seite neben dir. Sie heißt Christa. Und wodurch hast du das Unwollen unseres allzeit geliebten Herrschers errungen?" Christophs Stimme triefte vor Ironie.
„Ich habe Lisa und Laya begleitet. Und ich glaube, dass hat ihm wohl nicht gefallen." war die sarkastische Antwort.
Christa schrie leise auf. Christoph zog vor Überraschung laut die Luft ein. „Lisa ist hier?" fragte er erstaunt. „Ja!" Dann herrschte Stille. „Aber er hat sie wieder nicht gekriegt. Und ich bin für ihn wertlos. Was ist schon mein Leben gegen Silberland. Ihr scheint Lisas Cousine

und Cousin zu sein. Euch wird er noch brauchen, doch meine Tage sind gezählt. Aber ich werde erhobenen Hauptes sterben, hörst du, McCloud, erhobenen Hauptes und ohne ein Wort des Flehens, ohne Angst, ohne dir die Freude eines winzig kleinen Schreies zu gönnen!"

Seine Stimme war immer lauter geworden, sie donnerte regelrecht durch den Raum. Nun wieder gedämpft sprach er zu Christoph: „Und ihr solltet ihm widerstehen, denn sonst seit ihr bald ebenso tot wie ich es sein werde."

Seine Stimme klang hart, und auf ihre Art klang sie endgültig. Christoph ergriff die Hand des Jungen. „Niemand wird sterben, wenn ich es verhindern kann, das verspreche ich dir."

„Und wenn schon" brummte der Junge. „Mich würde so oder so niemand vermissen." Doch das Schwanken seiner Stimme strafte seine Worte Lügen. Er wollte nicht sterben. Doch er wollte dem Bewacher auch nicht zeigen, dass er Angst hatte. Christoph konnte das verstehen. Schließlich handelte er genauso. Doch Christophs größte Sorge war seine Schwester. Er wollte nicht, dass ihr irgend etwas geschah. Er ließ die Hand des Jungen los und zog die Knie zur Brust. Dann schlang er die Arme um die Knie und legte seinen Kopf darauf. Während er noch grübelte, schlief er ein.

Lisas Hand griff zu dem Stein unter ihrem Hemd. Er pulsierte langsam und gleichmäßig. Sie sah hinauf zum Himmel. „Woran denkst du gerade?" erklang die Stimme des Pferdes. „Ich weiß nicht recht. Ich glaube, ich dachte an Tyro. Er fehlt mir." dachte sie zurück. Das Pferd kicherte. „Ich glaube, dass er noch lebt." „Da bist du aber die einzige." Das Pferd schwieg.

Lisa sah zu dem Loch in den Wolken auf. Ob es ein gutes Omen war? Das Wolkenloch kämpfte einen Kampf gegen die Wolken. „Wie ein Loch gegen die Maurer kämpfen würde, wenn es das könnte", dachte Lisa. „Was denke ich eigentlich für Unsinn." Mit diesen Gedanken rief sie sich in die Wirklichkeit zurück. Dann sah sie sich um.

Die Umgebung hatte sich verändert. Wo zuvor noch Dornensträucher gewesen waren wuchsen nun seit zwei Tagen bereits Bäume aus Laub. Die Bäume waren auch höher und gewaltiger als die Dornensträucher. „Und majestätischer", dachte Lisa. Laya hatte gesagt, dass sie in drei Tagen die Baumstadt erreicht haben würden. Wenn sie zuvor nicht angegriffen würden. Und Lisa rechnete mit dem Schlimmsten. Also war sie auf der Hut.

Sie ritten meist schweigend dahin. Lisa war sehr gespannt darauf, die Baumstadt endlich sehen zu können. Nachdem sie in der Dornenstadt schon so viele Wunder gesehen hatte, war sie der Meinung, in der Baumstadt müsse es ebenso sein.

Laya war nicht sehr gesprächig. Meist hing sie ihren Gedanken nach. Der Ritt verlief sehr ruhig. Lisa kam das zu ruhig vor. Sie wurde von Stunde zu Stunde nervöser. Doch dann kamen die Wipfel der Stadt endlich in Sicht. Lisa freute sich schon auf das Badezimmer und ein Bett. Das hatte sie bitter nötig. Sie brauchten Zeit, ihr weiteres Vorgehen zu koordinieren. Und vor allem sich zu stärken. Sie ritten schon viel zu lange. Endlich rückte die Baumstadt in greifbare Nähe und mit ihr die Hoffnung. Lisa war frohen Mutes.

Die Baumstadt

„Du träumst ja mit offenen Augen!" Lisa fuhr zusammen, als wenn sie von einer Tarantel gestochen worden wäre. Laya grinste sie ob ihres offensichtlichen Schreckens breit an. Was zur Folge hatte, dass Lisa, nun vollends verwirrt, nicht darauf achtete, wohin ihr Pferd trat. So übersah sie die Waldschlange, die sich über den schmalen Pfad wand. Laya entdeckte sie und rief: „Lisa, gib Obacht. Eine Schlange." Doch das Mädchen konnte nicht mehr schnell genug reagieren. Sternennebel scheute und versuchte, seine Last von seinem Rücken zu werfen. Da Lisa nicht darauf vorbereitet war, fiel sie aus dem Sattel auf den harten Boden herab. Die Schlange schlängelte sich weiter, in die Richtung des Mädchens. Lisa schrie auf und wollte weglaufen, doch lag sie wie gelähmt auf dem Boden. Die Schlange kam immer näher, streifte mit dem Kopf Lisas Hand und kroch über die Hand hinweg.

Dieser Berührung wegen sprang Lisa dann doch mit lautem Schrei auf und ergriff die Flucht. Laya brach in schallendes Gelächter aus. Lisa schüttelte über sich selbst den Kopf und stieg erneut auf Sternennebels Rücken. Die Reise ging weiter. Schon bald erreichten sie die Straßenkreuzung, die auf der einen Seite Richtung Silberteiche, in der anderen Richtung zur Baumstadt führte.

Ein Zug von Karawanen begegnete ihnen. Sie waren mit Waren aller Art bepackt. Ein Flusslauf schlängelte mühelos neben ihnen her. Lisa schaute einer vorbei reitenden Karawane hinterher. Sie sah zu der Stadt hinüber. Schon von weitem hatte sie imposant gewirkt, doch nun wirkte sie majestätisch. Die Stadt war auf einem Hügel erbaut, gerade so hoch, dass sie über den Wipfeln der Bäume mit ihrem Sockel noch zu sehen war. Es sah so aus, als wäre die Stadt auf dem Dach aus Bäumen errichtet worden. Die riesige Stadtmauer war grün, mit Ranken bedeckt. Türme ragten seltsam anmutend zwischen Baumwipfeln hervor, die auch in großer Menge in der Stadt zu wachsen schienen.

In den Bäumen der Stadt lag ein Schimmer. Lisa nahm sich vor, den Ursprung dieses Schimmers genauer zu erkunden. Während sie langsam weiter ritten, machte Lisa sich ein Bild davon, was sie von der Stadt zu halten hatte.

Sie war überzeugt davon, dass sie ihre kühnsten Erwartungen noch übertreffen würde. Je näher sie kamen, um so harmonischer wurde Lisa zumute. Sie drehte sich um, als Laya einen überraschten Ruf ausstieß.

„Was ist?" fragte Lisa. „Ich höre die Stimmen vieler, unzählig vieler Vögel. Sie scheinen in der Stadt zu leben."

„Ich höre nichts." gab Lisa zu. Laya schüttelte nur den Kopf und trieb ihr Pferd ein wenig an. Jetzt ritt sie vor Lisa. Diese schüttelte lächelnd den Kopf. Es wurde Zeit, dass Laya auf andere Gedanken kam. Seit sie die Fee verlassen hatten, war Laya nicht mehr so fröhlich gewesen. Lisa kam es so vor, als ob sie ständig nachdenken und lauschen würde.

Dagegen musste man etwas tun, fand Lisa. Doch darüber nachzudenken galt es ein andermal. Vorerst gab es ja kein anderes Problem. Und so sollte es hoffentlich auch erst einmal bleiben. Die Probleme würden schon früh genug kommen.

Jetzt hörte Lisa die Vögel auch. Sie lächelte und sah zum Himmel empor. Vor ihnen lag das Wolkenloch und schien auf die Stadt hinab. Die Vögel tummelten sich davor und trieben ihr Unwesen. Es zieht sie zum Licht, dachte Lisa. Doch da wurden ihre Gedanken von einem hellen Glitzern und Trompetengeschmetter abgelenkt.

Ein Zug von Menschen kam aus der Stadt auf sie zu. Lisa musste lächeln, als sie den großen, hageren Hantor erblickte. Mit seinem grünen Umhang schritt er majestätisch vor seinem Gefolge her. Auf seinem Kopf saß die Krone aus Blättern, in seiner Hand hielt er den Stock mit dem Blatt an der Spitze. Seine Haare schimmerten immer noch leicht grün, wie an dem Tag, an dem sie im Thronsaal des Königs Silberbart gestanden hatte.

Er lächelte Lisa an und seine tiefgrünen Augen fesselten sie. In ihnen spiegelte sich Klugheit, Weisheit, Schalk und ein Wissen, von unbeschreiblicher Größe wieder. Lisa ahnte, dass dieser Mann mittels seines Intellektes sogar fähig war, einen Menschen ohne Waffen zu schlagen, nein, eher zu besiegen, korrigierte sie sich schnell in Gedanken.

Hantor lächelte sie noch einmal an, und dann sprach er mit einer Stimme, die so geheimnisvoll wie diese Welt, so sanft wie das Gesäusel der Blätter und so mystisch wie ein Zauber war.

„Hallo Lisa", sagte er. „Nun bist du ja endlich zu uns gelangt. Und wie ich spüre, hast du das erste Drittel deiner Aufgabe bereits erfüllt. Möge dir auch der Rest gelingen." Er nickte ihr zu und wandte sich dann an Laya.

„Hallo Schwester, sei gegrüßt. Es freut mich, dich auch einmal wieder in dieser Stadt begrüßen zu dürfen. Doch wart ihr nicht zu dritt, als ihr euch auf die Reise begabt?"

Lisa fühlte diese Worte wie Messerstiche in den Rücken. Die Erinnerungen an Tyro schmerzten sie immer noch, und Hantor hatte diese erst frisch verheilte Wunde wieder geöffnet. Wenn auch ungewollt, Lisa konnte nicht verhindern, dass ihr die Tränen erneut in den Augen brannten. Langsam rollten sie über ihre Wangen, bis sie schließlich auf das Hemd tropften.

Hantor hatte sofort bemerkt, was er mit seinen Worten angerichtet hatte. Er trat neben Lisa und legte ihr die Hand auf die Schulter. Lisa sah in Hantors Gesicht hinauf, wischte sich die Tränen aus dem Gesicht und lächelte. Hantor nickte ihr zu, dann wandte er sich an seine Gefolgsleute und befahl sanft, die Pferde zu wenden. Nun saß er auf sein Pferd auf.

Laya nahm Sternennebels Zügel und ritt neben Hantor, so dass Lisa nun in der Mitte war. Sie ritten das kleine Stück zur Stadt hinauf, und Lisa fand ihr Lachen wieder. Mit offenem Mund staunte sie über den Anblick, der sich ihr bot. Das große Tor innerhalb der Stadtmauer war so prachtvoll, dass Lisa nur noch staunen konnte.

Es war aus Holz, mit Schnitzereien von Baum und Tier geschmückt, die nur von einem Meister dieser Kunst stammen konnten. Der Torbogen war von grünen Schlingpflanzen umrankt, wodurch das Tor noch mehr zur Geltung kam.

In diesem Moment öffneten sich die großen Torflügel und die Kolonne ritt in die Stadt ein. Die Menschen entlang des Zuges jubelten ihnen zu. Lisa bemerkte, dass die Baumen wesentlich größer und auch schlanker als die Dornen waren. Keiner war unter einen Meter und achtzig groß, viele sogar über zwei Meter. Auch die Frauen waren nicht kleiner.

Sie ritten auf das Schloss zu und in den Hof. Die Stadt an sich war schon atemberaubend schön in ihrer Schlichtheit, nur von Bäumen, Büschen und Blumen übersät, ansonsten ganz aus Holz, doch dieses Schloss war ein Ausbund an Schönheit und Grazie.

Statuen aus Holz zierten den Vorhof, Bäume wuchsen überall und an den Bäumen die herrlichsten Früchte. Lisa bestaunte die vielen Wunder. Von irgendwo her erklang eine leise, liebliche Musik. Die Musik hatte einen wundersamen Klang, sie klang gleichsam falsch und unrein, aber ebenso auch harmonisch und klar, dass Lisa unwillkürlich ein eisiger Schauer über den Rücken lief. Doch zugleich fühlte sie sich auch frei und ungebunden, als ob sie ein Vogel wäre, der durch die Luft flog, vor sich hin sang und niemand konnte ihn halten.

„Seltsam", dachte sie bei sich, „diese Musik". Sie fühlte sich verzaubert.

Dann verließen sie den Vorhof und kamen in den Innenhof, in dem es nur so von Personal wimmelte. Doch war auch hier dieselbe Ordnung, die Lisa schon überall begegnet war.

Riesige Rasenflächen waren im Innenhof, zwischen denen schmale Kieselwege verliefen. Hohe Bäume säumten das Gelände. An ihnen blühten Blumen, von denen eine noch seltsamere Weise ausging als die im Vorhof. Auf einer der Rasenflächen saß eine Frau an einem Brunnen, dessen Wasser in allen Farben des Regenbogens glitzerte. Vögel saßen überall.

Ein Diener eilte auf Hantor zu und nahm das Pferd des Königs. Der König trat auf die Wiese. Die Frau an dem Brunnen hob den Kopf. Auch sie hatte leicht grünliche Haare, die zu einem langen Zopf geflochten waren. Auf ihrem Kopf lag ein Blütenkranz, in ihren Haaren schimmerten winzige Blüten und ihr Kleid war grün, gelb und blau. Ihre Augen glitzerten grün.

Als die Frau Hantor erblickte, sprang sie auf, lief ihm entgegen und fiel ihm in die Arme. Hantor schob sie sanft von sich weg. „Laya, Lisa, darf ich euch meine Frau Luna vorstellen. Luna, das sind Lisa und Laya. Lisa ist das Mädchen von der anderen Seite. Laya kennst du ja schon."

Luna nickte ihnen zu. „Seid gegrüßt." Ihre Stimme war ebenso weich wie die Hantors. Sie lächelte. Laya ging zu ihr hinüber und sie umarmten sich. „Es ist lange her." Luna nickte. Dann wandte Laya sich an Hantor und sagte: „Komm bitte mit, ich muss mit dir reden. Du auch, Luna." Hantor und Luna folgten Laya. Sie gingen zu den Terrassen hinüber, dann entschwanden sie Lisas Blicken.

Lisa kam sich so vor, als wenn sie abgestellt und nicht abgeholt worden wäre. Sie ging zu dem Becken hinüber, an dem Luna gesessen hatte und sah in das Wasser hinein. Erst war es nur farbig, doch plötzlich sammelte sich die Farbe und formte ein Bild.

Vor ihren Augen erschien das Bild eines Mannes im Wasser. Er war groß, ganz in schwarz gehüllt, und er beugte sich über einige Kolben und Röhrchen, durch die eine Flüssigkeit zog. Da trat ein Mann neben den Schwarzen, der experimentierte. Er schien irgend etwas zu sagen. Da holte der Schwarze aus und schlug dem Mann heftig in das Gesicht. Dann drehte sich der Schwarzgekleidete um. Lisa schrie leise auf.

Das Gesicht des Mannes war hart wie Stein, in seinen Augen blitze die Kälte des Todes. Lisa fühlte sich, als wenn die Blicke dieses Mannes ihren Atem gefrieren würde. Sie wollte ihr Gesicht abwenden, doch es gelang ihr nicht. Sein Gesicht verzog sich zu einer hässlichen Fratze des Mordes, als er sie hämisch angrinste. Er zog eine große Sanduhr aus der Tasche und hob sie hoch.

In der Sanduhr schlug ein genaues Abbild von ihr heftig gegen die Wände der Sanduhr, während der Sand auf sie herab rieselte. Der Mann lachte und sagte zu der Figur in der Sanduhr: „Deine Zeit ist bald abgelaufen, denn du wirst verlieren." Dann hob er das Gesicht und sah sie direkt an. „Ja, du wirst verlieren."

Eine Hand griff an ihre Schulter. Die Vision verschwand. Sie sah zu der Person empor. Es war Luna. „Was hast du gesehen?" fragte sie. Lisa war vollkommen irritiert. Sie sah Luna an und fragte stotternd:

„Was ist das für ein Brunnen?"

Luna lächelte. „Dieser Brunnen ist mit einem Spiegel vergleichbar. Er spiegelt Tätigkeiten von Personen wieder, die man sich unterbewusst zu sehen wünscht. Ich war gerade dabei, zu versuchen, einen Blick auf McCloud zu werfen, als ihr kamt. Es ist bis jetzt keinem gelungen, denn er hat einen Abwehrschirm. Nur wenn er den fallen lässt, kann man ihn sehen. Und fallen lässt er seine Abwehr nur dann, wenn er will, dass man ihm zusieht. Also, was hast du gesehen?"

Lisa zitterte am ganzen Leib. „Ihn" antwortete sie ängstlich. „McCloud." Lunas Augen wurden groß. „Nein" hauchte sie. „Was hat er getan?"

Lisa schilderte genau, was sie gesehen hatte. Luna ergriff ihren Arm und zog sie mit sich fort, zu Laya und Hantor. Dort musste sie dann noch einmal genauestens berichten, was sie gesehen hatte. Hantor schüttelte den Kopf.

„Das ist merkwürdig, merkwürdig," murmelte er vor sich hin. Lange schwieg er. Dann sah er Lisa an. „Kind, du hattest gesagt, er sah dir ins Gesicht, als er sagte, du wirst verlieren, stimmt das?" Lisa nickte.

„Dann wusste er, dass du in dieser Stadt bist, und er wusste, dass du an dem Brunnen saßest, nicht meine Frau oder eine der anderen Wächterinnen, die immer am Brunnen sitzen. Also wirst du von ihm beobachtet. Und zwar auch innerhalb dieser Stadt. Und seine Späher können sich jetzt besser orientieren als zu der Zeit, als ihr noch im Dornenwald wart. Sonst hätte er euch sicher längst gefangen, denn damals wart ihr eine bessere Zielscheibe als jetzt. Das heißt aber auch, dass seine Macht größer wird. Ihr werdet noch vorsichtiger sein müssen, wenn ihr weiter reitet."

Lisa fühlte sich nun ängstlich. Da trat ein Diener an den Tisch und fragte, was sie zu essen wünschte. Hantor, Luna und Laya schienen schon ihr Essen bestellt zu haben, denn der Mann wandte sich nur an sie. Lisa zuckte mit den Schultern.

„Ich würde am liebsten Himbeeren mit Eis essen, wenn es so etwas hier gibt." Der Diener nickte nur. Dann verschwand er. Lisa streifte ihre Jacke ab, denn ihr wurde allmählich warm. Es war ihr bereits aufgefallen, dass es hier sehr warm war. Die Baumen trugen alle nur leichte Kleidung.

Dann bat Laya einen Diener darum, ihnen ihr Zimmer zu zeigen. Lisa trottete hinter Laya her. Der Diener teilte ihr ein hübsches, schlichtes, kleines Zimmer zu. Lisa fand ein dünnes, feines und recht hübsches Kleid in ihrem Zimmer.

Nachdem sie angezogen war, lief sie wieder auf die Terrasse hinab. Laya war bereits dort. Als sie Lisa erblickte, zog sie mit dem Fuß einen Stuhl heran. Lisa ließ sich auf den Stuhl fallen. Ein Diener brachte tatsächlich das Eis mit Himbeeren. Während Lisa das Eis genoss, sprachen die anderen weiter.

„Wenn wir aber nicht wissen, wie er seine Soldaten in unser Gebiet einschleusen konnte? Es ist mir ein Rätsel." hörte sie Laya sagen. „Alle Fragen in diese Richtung beantwortet der Spiegel mit einem Grauschleier. Das ist mir noch nie passiert", ergänzte Luna. Hantor enthielt sich jedes Kommentars. „Aber ich weiß es", rief Lisa spontan.

Die Erwachsenen führen herum. „Was weißt du?" fragte Laya.

„Wie McCloud seine Soldaten auf unsere Seite hinüberbringt." Alle starrten sie gespannt an.

„Wie denn?" fragte Luna

„Er wird sich eine Brücke angelegt haben."

„Ach Unsinn." unterbrach Luna sie. Die anderen stimmten Luna bei. So ließ Lisa ihre Idee wieder fallen. Sie wusste nicht, wie nahe sie der Wahrheit schon gekommen war. Doch sie sagte nichts mehr und hörte den anderen zu.

Je mehr man zuhört, desto mehr weiß man. Man muss ja nicht sein ganzes Wissen preisgeben, hatte Christoph immer gesagt. Wie hatte sie sich auf die Ferien mit ihm und Christa gefreut. Es war immer lustig, wo sie auch hingingen, sei es ins Kino, zur Disco, einfach nur Bummeln oder, oder, oder.

Nun war alles verdorben. Sie wünschte sich weg von hier, zu Christa, der ewig besonnenen Christa. Sie war stets sehr schweigsam, obwohl sie ebenso herzlich lachen konnte wie alle anderen. Wie oft bremste sie den Übermut ihres Bruders Christoph. Er war stets gut gelaunt, übermütig und sehr, sehr altklug. Er hatte immer einen blöden Spruch auf Lager. Sie hatte nie ein besseres Geschwisterpaar gesehen als die beiden, obwohl zwischen ihnen drei Jahre Unterschied lagen. Sie selbst, Lisa, lag genau dazwischen.

Nein, an so etwas durfte sie jetzt nicht denken. Gleich würde sie anfangen zu weinen. Rasch lenkte sie ihre Gedanken wieder zur Gegenwart zurück.

Laya erhob sich soeben aus ihrem Korbstuhl. Luna wandte sich an Lisa „Komm, ich zeige dir mein Heim." Laya lachte, während Luna Lisa aus ihrem Sessel zog. „Schau einmal", begann Luna. „Dort drüben sind die Bäume, die... "

Hantor lachte, während Lisa und Luna aus ihrer Hörweite entschwanden. „Ich werde mich jetzt zurückziehen, wenn du nichts dagegen hast." meldete sich Laya.

Hantor nickte bloß. Dann entschwand auch Laya seinen Blicken. Hantor legte sich ins Gras und schloss die Augen. Kurz darauf war er eingeschlafen.

Christa sang leise vor sich hin. Es war so still in der Höhle. Ihr Bruder schlief, und der Junge hatte kein Wort mehr gesprochen. Aus Einsamkeit sang sie diese alte Weise, die sie von Lisa erlernt hatte. Dadurch fühlte sie sich sicherer.

Plötzlich erklang die Stimme des fremden Jungen. „Woher kennst du dieses Lied?" In seiner Stimme schwankte Neugier, aber auch Misstrauen.

„Lisa hat es mir beigebracht." antwortete sie leise. „Doch woher kennst du es?" Er lachte kurz auf. „Von Lisa" war seine Antwort, die traurig resignierend klang. „Sie hat es gesungen, während wir geritten sind. Ab und zu einmal. Sie meinte, sie würde dadurch ruhiger."

Seine Stimme schwankte und er sprach nicht weiter. Er hat Angst, dachte Christa. Um Lisa und sich selbst. Er muss sie mögen. Sie schob sich, so weit sie konnte, zu dem Jungen hinüber. Mit einigen Mühen gelang es ihr, seine Hand zu ergreifen. Der Junge hob den Kopf. Im schwachen Schein, der die Gruft von irgendwo her erhellte, sah sie die Tränen in seinen Augen blitzen.

Dann lächelte er gezwungen. Christa versuchte ihn zu trösten:

„Hier bist du sicher. Er wird dir nichts tun, solange er dich noch braucht. Wenn er dich nicht mehr benötigte, hätte er dich längst töten lassen. Und außerdem kommst du uns sehr gelegen. Erzähle mir, was Lisa geschah. Damit ich weiß, was dieser Kerl will, der uns gefangen hält. Außerdem erleichtert es, wenn man mit jemandem über solches Leid spricht."

Ihre Worte munterten ihn auf und er begann zu erzählen. Christoph war inzwischen erwacht. Nun ergriff er die andere Hand des Jungen. Gemeinsam lauschten sie seinen Ausführungen.

„Diese Bäume sind unser Erbe aus der Dornenstadt. Die Blüten spielen eine Weise, die eine beruhigende Wirkung auf alle Lebewesen dieser Stadt ausstrahlen. Den Brunnen kennst du ja schon. Dieses ist nur die Innerste Burg. Komm mit auf die Mauer. Dann kannst du die ganze Anlage überblicken."

Lisa staunte nur noch. Von der Mauer aus sah sie unzählige Gärten mit Blumen, kleinen Häusern, vor denen die Baumen sich sonnten, in Büchern lasen oder spielten. Alles war grün, ein riesiger botanischer Garten. Ein Gebäude tat sich vor allen anderen hervor. Es glich einem Tempel und hatte den einzigen hohen Turm in der Stadt. Aus seiner Spitze ragte eine Baumkrone.

Sie fragte Luna nach dem Turm.

„Dieser Turm enthält die Geheimnisse unseres Volkes. Hantor besitzt einen Schlüssel und ich auch. Doch die anderen nicht. Hantor sagte aber, dass er selber dir den Turm zeigen wolle." Lisa nickt und sah sich weiter um.

Hatten in der Dornenstadt die Edelsteine dominiert, so dominierten hier grüne Pflanzen und Blumen in allen Farben und mit allen Tönen die Stadt. Lisa war fasziniert. Luna bemerkte dieses. „Komm, wir gehen in die Bibliothek, du suchst dir ein Buch aus und wir legen uns auf die Wiese. Das entspannt."
Lisa nickte lachend. So taten sie, wie Luna vorgeschlagen hatte.

Als es dämmerte, gingen sie zu Tisch. Eine festliche Tafel war gedeckt und reichlich Speise aufgetragen. Lisa fühlte sich wie zu Hause. Nach dem Essen zog Luna sie mit sich auf die Terrasse hinaus. Dort hatten Diener ein Teleskop aufgestellt. Die Königin stellte mit flinker Hand an einem Rädchen herum und trat zurück.
„Sieh hindurch", bat sie. Lisa sah durch die große Öffnung. Ein Schwarm von Kometen und Meteoriten geriet in das Teleskop und Lisa staunte. Den Rest des Abends verbrachte sie mit der Königin zusammen auf der Terrasse auf der Jagd nach Planeten, Kometen, Galaxien und schwarzen Löchern. Dabei fiel ihr zum ersten mal auf, dass dieser Planet noch mehr als zwei Monde hatte. Sie war überrascht.
Langsam wurde es so kalt, dass selbst Luna zu frösteln begann. Sie nahm das Teleskop mit sich hinein und brachte die erschöpfte Lisa auf ihr Zimmer. Lisa fiel in ihr Bett, nachdem sie entkleidet war und schlief augenblicklich ein. Laya sah noch einmal bei ihr vorbei und löschte das Licht. In dieser Nacht träumte Lisa von Blumen, Musik und Tyro.

Wenn ihr früher einmal jemand erzählt hätte, sie sei dazu auserkoren, eine ganze Welt zu retten, Lisa hätte ihn wohl für verrückt erklärt. Alles erschien ihr immer noch wie ein Traum. Ihr Blick fiel auf eine große Messinguhr, die an der Wand hing. Die Uhren in Silberland verliefen anders als die in ihrer Welt. Sie bestanden aus Scheiben, die zwei unterschiedliche Kreise in sich aufwiesen. Außen waren Symbole für jede Zeit des Tages abgebildet. Der eine Kreis hatte einen Sonnenzeiger und der andere einen Mondzeiger. Der Sonnenzeiger wurde durch das Stundenlicht der Sonne betrieben, hatte Luna ihr erklärt. Der Mondzeiger würde durch Stundenlicht des runden der beiden Monde bewegt.
Als Lisa gefragt hatte, was ein Stundenlicht sei, hatte Luna erklärt, das sowohl die Sonne als auch der runde Mond Schwingungen abgaben, die die Uhren antrieben.
Unter den beiden Kreisen befand sich ein viereckiger Kasten, in dem ein Sternbild abgebildet war. Luna hatte ihr erklärt, dass diese Bilder in gleichbleibendem Rhythmus wechseln würden. Die Bilder würden durch die Strahlung des zugehörigen Sternbildes bewegt werden, wie die Monate der Erde.
Wenn der Wolf aus dem Feld rückt und der Drache seinen Platz einnimmt, so hatte Luna gesagt, dann beginnt ein neues Jahr.
Lisa erinnerte sich, dass auch in ihrer Welt die Sternzeichen auf dem Tierkreis eine Rolle spielen. Die Zeichen in dieser Welt waren jedoch anders genutzt und auch anders geartet.
Als Lisa auf die Uhr sah, zeigte der Sonnenzeiger noch Stillstand, während der Mondzeiger 8 Uhr zeigte. Noch vier Stunden und der Mondzeiger würde zum Stillstand kommen, während der Sonnenzeiger sich in Bewegung setzte. Dann würde auch das Leben in das Schloss zurückkehren. Das Kästchen zeigte einen Diamanten. Es war der zwölfte von den vierzehn Monaten, die ein Silberlandjahr besaß.
Lisa stand auf und trat ans Fenster. Dann überdachte sie, was sie über Silberland, McCloud und ihre Verwandten wusste.
Silberland, so stellte sie fest, war ein Land, das immer wieder neue Überraschungen für sie bereit hielt. Im übrigen wusste sie nicht viel. Sie kannte Silberlands Geschichte, ja, aber sie wusste nicht, was sie weiterhin zu tun hatte. Und sie hatte festgestellt, dass niemand etwas genaues über die anderen Lebewesen Silberlands wusste. Alle kannten die Geschichte der

Lurer, des Baumvolkes, des Dornenvolkes, der Vorak und die von Layas Volk. Sie selbst kannte diese auch, bis auf die von den Vorak, aber diese Station würde ihre Reise wahrscheinlich noch nehmen, vermutete sie.

Aber keiner wusste genaues von den Zeitlosen, keiner kannte die Fee und ihr Geheimnis, keiner wusste um McClouds wahre Identität. Wobei sie bei dem zweiten Punkt ihrer Überlegungen angelangt war.

McCloud war ihr immer noch ein Fragezeichen. Aber das würde sich schon noch ändern. Bis jetzt wusste sie nur, dass er die abscheulichste, grausamste, gemeinste und unheimlichste Person war, der sie je begegnet war. Er hatte Christoph und Christa in seiner Gewalt. Und das allerschlimmste war, dass er Tyro auf dem Gewissen hatte. Dafür schwor sie McCloud Rache.

Über Christa und Christoph wusste sie nur, dass die beiden an dem wahrscheinlich schlimmsten und einsamsten Ort der Welt gefangen gehalten wurden. Bei dem Gedanken daran kochte die Wut immer in ihr hoch.

Einerseits verachtete sie McCloud, ganz gewiss, und das würde sich garantiert nicht ändern, andererseits. ?

Sie war gespannt darauf, ihm endlich zu begegnen. Wer er wohl war und woher er wohl stammen mochte? Sie wusste nur eines. Er war die Inkarnation des Bösen. Ob sie ihn wohl besiegen konnte? „Ich muss", dachte sie, „Ich muss einfach." Nur dadurch würde sie ihre Schuld an Tyros Tod begleichen können.

Sie hatte nicht gemerkt, wie schnell die Zeit vergangen war. Sie war so in Gedanken versunken, dass sie erschrocken zusammenfuhr, als es plötzlich an der Tür klopfte.

„Herein", rief Lisa. Schwungvoll drehte sie sich um. Im Rahmen der Tür stand Laya, die ihr zuwinkte und lachte. „Komm her. Wir werden von Hantor erwartet. Er will dir etwas zeigen." Als Lisa sich nicht rührte, fuhr sie fort: „Steh nicht herum und starre mich an, als ob ich ein Gespenst wäre." Tatsächlich starrte Lisa in Layas Richtung. Doch starrte sie nicht Laya an, sondern eine Person, die wie ein Schemen hinter Laya aufgetaucht war.

Es war ein hochgewachsener Mann, ganz in schwarz gekleidet. Sein Gesicht war eine Fratze aus Grausamkeit. In seiner Hand lag eine Sanduhr. In der Sanduhr schlug die Figur immer noch mit den Fäusten gegen die Glaswandung. Der Sand rieselte auf sie herab. Lisa erkannte den Mann. Keine Frage, es war der selbe Mann, den sie in dem Zauberbrunnen gesehen hatte. Er grinste die Sanduhrfigur gehässig an, hob dann den Kopf und blickte Lisa genau in die Augen. Er hatte Augen aus eiskaltem Stahl, zu keiner positiven Gefühlsregung fähig, schoss es durch Lisas Kopf. Er lachte ein höhnisches, lautloses Gelächter.

Lisa stand wie gebannt, während der Mann immer noch höhnisch lachte und die Sanduhrfigur langsam in dem letzten Rest des Sandes erstickte.

Laya trat zu Lisa und schüttelte sie heftig, wovon Lisa nicht allzu viel bemerkte. Erst als eine schallende Ohrfeige sie traf und der Schmerz an den Nervenzellen ihres Gehirnes anlangte, erwachte Lisa aus ihrer Starre. Sie rieb sich die Wange und tastete nach einem Stuhl.

„Was ist, Lisa, so sag doch was! *Lisa!* " Lisa starrte Laya nur verständnislos an.

„Wie ist der hierher gekommen?" stammelte sie.

„Wer denn, Lisa, wer denn?"

„McCloud", hauchte Lisa.

„Was? Wovon sprichst du? Es war niemand hier außer dir und mir. Wirklich" „Nein. Ich habe ihm in die Augen gesehen, Laya. Es war McCloud. Glaub mir. Er stand direkt hinter dir. Er lachte höhnisch und hatte eine Sanduhr in den Händen. In der Sanduhr steckte ich, verkleinert zwar, doch ganz deutlich: ich. Der Sand lief ab. McCloud hob den Kopf. Er sah

mich an.........." Lisa erschauerte „Der Mann kennt keine Gnade. Er wird diese Welt ohne zu zögern vernichten. Mein Wort drauf. Das wird ein schwerer Kampf."
Laya hauchte erschüttert: „Bist du ganz sicher, dass es McCloud war? Meine Güte, wie ist der hier herein gekommen. Das darf nicht sein. Lisa, ich habe das Gefühl, das wir uns beeilen sollten. Die Zeit läuft uns davon. Wir müssen sofort weiter. Wir reiten gleich morgen. Komm mit, wir müssen zu Hantor. Vielleicht weiß er Rat. Er wollte uns so oder so sprechen. Oh, mir schwirrt der Kopf."
Lisa lächelte trotz des Schrecks, der ihr noch in den Gliedern saß, über Layas Verwirrung. Sie erhob sich und folgte Laya, die schon aus dem Zimmer hinaus in den Flur gestürmt war. Lisa begann zu rennen, bis sie neben Laya ankam. Das Tempo verringerte sich nur wenig, so dass Lisa fast über den Saum ihres Kleides stürzte. Laya hastete weiter, Treppe auf, Treppe ab, durch endlose Korridore, so dass Lisa bald die Orientierung verlor. „Aber das bin ich ja schon gewöhnt", dachte sie.

Als sie endlich an dem Garten angelangt waren, in dem sie die letzten Tage gesessen hatten, war Lisa unruhig, sie fühlte sich enttäuscht, vollkommen überflüssig. Laya stieß sie ziemlich grob auf einen Stuhl, während sie selbst Luna und Hantor eilends erzählte, was Lisa gesehen hatte. Luna sprang auf, einen Ausdruck des Schreckens in ihrem Gesicht. „Ist das wahr?" fragte sie. Lisa nickte stumm. Sie sah in die schreckensgeweiteten Augen Lunas und ein Schauer lief ihr über den Rücken. Noch nie hatte sie jemanden so entsetzt gesehen.
„Ihr müsst hier sofort wieder abreisen. Ihr seid hier nicht mehr sicher." stöhnte sie. Auch Hantor erhob sich jetzt. „Ja, Luna hat recht. Ihr müsst von hier fort. Aber zuerst muss ich euch noch etwas zeigen. Luna, regle du alles, damit die beiden morgen in aller Frühe abreisen können. Noch bevor der Sonnenzeiger seinen Lauf beginnt müssen sie von hier fort sein."
Während Luna davoneilte, erhob sich Hantor aus seinem Stuhl und sagte: „Folgt mir. Ich werde euch ein Geheimnis zeigen. Vielleicht hilft es euch auf eurer weiteren Reise." Wortlos folgten Lisa und Laya ihm zu einem Gebäude mitten im Herzen der Stadt.
„Die heilige Stätte!" Hantors Stimme klang plötzlich ehrfürchtig. „Hier werden seit Jahrtausenden die Geheimnisse unseres Stammes von König zu König weitergegeben. Ihr seid die ersten Fremden, die die heiligen Hallen betreten."
„Die Hallen sind ringförmig angelegt. Es sind drei Ringe und ein Kreis. Die äußerste Halle ist eine riesige Bibliothek, in der unsere reisenden Geschichtenerzähler sich mit Daten versorgen oder ihre Lehrlinge ausbilden.
Die mittlere Halle ist ein Planetarium, eine riesige Zentrale.
Die Innerste der Hallen ist nur noch den Herrschern zugänglich. Dort werden alte Zauberformeln und längst vergangenes Wissen sowie Fragmente aus längst verstrichenen Tagen aufbewahrt. In dem Innersten Kreis aber ist eine Bibliothek, die winzigste, die man sich vorstellen kann. Dort steht das, was von den Zeitlosen übrig geblieben ist. Dorthin werde ich euch jetzt bringen. Folgt mir, aber vergesst nicht: absolute Ruhe. Es darf nur geflüstert werden." Laya und Lisa nickten. Dann folgten sie Hantor.
Lisa staunte nicht wenig über die riesigen Regalwände, die mit Büchern schier überfüllt zu sein schienen. Lange Leitern standen an den Regalen und ermöglichten auch den Zugang zu den höchsten Regalen. Die Halle selbst war kreisförmig, die Decke aber war über fünfzehn Meter hoch. Die Regale reichten hinauf bis in das Unendliche, zur Decke.
Vor ihnen öffnete sich eine neue Tür.
Hatte es in der Bibliothek noch von Menschen gewimmelt, so waren hier kaum noch welche anzutreffen. Sie begegneten nur zweien, während sie zu der gegenüberliegenden Tür hinüber schritten. Lisa sah sich auch in dem Planetarium gut um. Doch war es zu dunkel, um viele Einzelheiten erkennen zu können.

Hinter der nächsten Tür des Datenarchivs, wie Lisa das Gebäude genannt hatte, denn es erinnerte sie an einen Computer, in dem man die ganze Geschichte eines Volkes eingespeichert hatte, lag der Raum mit den Zauberformeln und den Fragmenten.

Lisa sah sich nur flüchtig um, dann wusste sie, dass sie hier nicht das finden würde, was sie suchte. Dieses stammte alles von den Baumen oder Dornen, aber niemals von den Zeitlosen, an denen Lisa brennend interessiert war. Irgend etwas in ihr sagte ihr, dass die Zeitlosen den Schlüssel zu den Antworten der Fragen, mit denen McCloud sich umgab, bildeten.

Also folgte sie Hantor, der bereits die Tür zu dem geheimen Raum geöffnet hatte. Hinter dieser Tür lag die Bibliothek, in der alles, was man über die Zeitlosen wusste, aufbewahrt wurde. Sie sah sich um.

Der Raum war winzig. Ein Tisch mit zwei Stühlen stand in der Mitte, darauf eine Petroleumlampe, die Hantor jetzt entzündete. Der Schein warf gespenstische Schatten an die Wände.

Lisa wandte sich ab und musterte die Sammlung an Dingen, die sich in diesem Raum befand. Ein Dutzend Bücher, mehrere Gefäße und Werkzeuge, ein Kleid und Schmuck. Lisa berührte vorsichtig das Kleid. Als ihre Finger den Stoff berührten, zuckte sie erschreckt zurück. Er wirkte ganz leicht, wie aus Wind gewebt. So etwas hatte sie noch nie berührt.

Danach sah sie sich die Gefäße und Werkzeuge genauer an. Sie wirkten fast zart, auf ihre ganz eigene Art zerbrechlich, und trotzdem hatten sie so viele Jahre überstanden. Sie sah nach Laya und Hantor. Beide knieten vor den Büchern und suchten sich ein Buch aus.

„Komm Lisa, hilf uns. Wir werden die Bücher zu dritt studieren. Wenn jemand etwas findet, was ihm wichtig erscheint, sagt er es den anderen." Laya setzte sich auf einen Stuhl, Hantor folgte ihrem Beispiel. Alsbald waren sie jeder in ein Buch vertieft.

Lisa lass eine ganze Menge. Gedichte aus der Zeit, wissenschaftliche Erkenntnisse und andere Dinge, wie zum Beispiel Kochrezepte, doch fand sie keinen Hinweis auf etwas, was ihnen weiterhelfen könnte.

Laya und Hantor erging es nicht besser. Nachdem jeder sein Pensum von vier Büchern auf eines reduziert hatte und Hantor und Laya schon mit ihrem letzten fast fertig waren und sie immer noch nichts gefunden hatten, verzweifelte Lisa schon innerlich. Wohin sollten sie denn reiten, um die Zeitlosen zu finden? Sollte ihre Reise etwa hier schon enden?

Sie holte sich ihr viertes Buch, und als sie es aufschlug, fiel ihr Blick auf die Innenseite des Buchdeckels. Er schien ihr sehr dick zu sein, dicker als gewöhnlich. Rasch zog sie ihren Dolch hervor und dessen Spitze vorsichtig unter den Rand des Papiers. Als sie es abgezogen hatte, erlebten sie eine Überraschung.

Der Pappdeckel war wie eine Schachtel genutzt worden und in ihm lag ein Brief, nicht einmal zwei Seiten lang. Lisa schlug die erste Seite mit zittrigen Händen auf. Dann begann sie vorzulesen.

Wer immer du bist, der das hier liest, ein Rat, bevor du beginnst: lass es nicht in die falschen Hände gelangen. Denn das hier ist mehr wert als alles Gold und Silber der Welt.

Wir sind gezwungen worden, uns zurückzuziehen. Es besteht keine Chance auf Rettung. Mögen die Früchte unserer Arbeit Erfolg haben. Wenn du uns suchst, dann gebe ich dir jetzt vier Hinweise.

Suche dort, wo niemand suchen würde, weil dort niemand lebt. Das Ziel zu erreichen ist eine Gefahr, denn wer weiß schon um die Gewalten der Natur? Und das Ziel ist direkt dort, wo die Gewalten der Natur herrschen.

Suche dort, wo Ungeheuer hausen, die keine Ungeheuer sind.

Suche dort, wo das Herz der Welt steckt und nur einer wohnt.

Suche dort, wo du nichts finden kannst, denn du siehst es nicht, auch wenn du davor stehst.

Mögest du uns finden um deinem Leiden ein Ende zu setzen.

Dakor, Meister der Vögel im Namen Ligaras, Meister der Könige unter unseren Geschöpfen und unsere Königin.

Die anderen hatten ihre unergiebigen Tätigkeiten aufgegeben und ihr zugehört. Lisa hatte Schwierigkeiten damit, den Text zu entziffern. Besonders die Schriftzeile unter dem Text blieb ein Rätsel. Selbst Hantor konnte sie nicht entziffern. Laya jedoch kümmerte sich nicht weiter um die Schriftzeile, sondern versuchte, den gehörten Text so weit es ging zusammenzufassen.

„Ich glaube, das ist, was wir gesucht haben. Wir sollen dort suchen, wo keiner sucht, wo man das, was vor einem liegt, nicht sehen kann, wo die Ungeheuer hausen, die keine Ungeheuer sind und das Herz der Welt liegt. Ganz schöne Auflage", seufzte sie. „Kennt jemand so einen Ort?"

Alle schüttelten den Kopf. „Na, ich auch nicht" sagte Laya zaghaft. „Was nun? Irgendwo hin müssen wir doch!"

„Einfälle lassen sich nicht erzwingen. Lass uns erst einmal darüber nachdenken", schlug Lisa vor.

„Das hast du schön gesagt," lobte Hantor. „Eine gute Idee." Sie erhoben sich.

Doch als Hantor gerade das Licht verlöschen wollte, fiel Lisas Blick auf eine schlanke Karaffe an der Wand, die sie sich noch nicht genauer angesehen hatte. Irgend etwas sagte ihr, dass sie unbedingt hineinsehen müsse. So hielt sie Hantor auf und ging zu der Karaffe hinüber. In ihr lag ein Zettel, auf dem stand:

Du hast keine chance gib auf so lange du noch kannst oder dich erwarten noch einige böse überraschungen ich beobachte dich du kannst das nicht verhindern denk auch mal an andere du weist schon was ich meine dieses ist die letzte warnung bleib in der baumstadt und warte auf meine soldaten und folge ihnen sonst erlebst du eine böse überraschung nach der anderen
du weißt schon wer ich bin

Lisas Hand zitterte. Sie lies den Zettel fallen, der kurz darauf in einer Explosion verging.

Noch lange hatten sie über den Vorfall in der Bibliothek gesprochen. Luna hatte sich, nachdem sie alle Vorbereitungen für eine schnelle Abreise getroffen hatte, zu ihnen gesellt und Hantor hatte die ganze Geschichte noch einmal von vorne erzählt.

Die fast erfolglose Suche nach einem versteckten Hinweis oder einer Hilfe, bis zu dem Dokument in dem Kochbuch, das Lisa zuletzt in die Hand genommen hatte. Nun zog er es aus der Tasche und legte es auf den Tisch.

Luna sah es sich kurz an, dann hörte sie weiter Hantor zu, der nun von dem Zettel in der Vase berichtete. Sie schüttelte entsetzt den Kopf.

„Das darf doch nicht wahr sein, dass McCloud jetzt schon in unsere geheimsten Räume seine Boten einschleusen kann." Entsetzt schüttelte sie gleich viermal hintereinander den Kopf. Erst dann wendeten sie sich alle wieder dem Dokument zu.

„Kannst du entziffern, Luna, was hier in dieser schnörkeligen Schrift unter dem Rest des Dokumentes steht?" Luna sah es sich genauer an. Dort stand:

Dakor, Meister der Vögel im Namen Ligaras, Meister der Könige unter unseren Geschöpfen und unsere Königin.

Luna schüttelte den Kopf. „Das erste Wort könnte „Dakor" oder „Dahor" heißen. Aber das sagt mir nichts. Ich kann nur wenige Buchstaben enträtseln. Es geht weiter mit „M...t. ... ...e. .. ....n L......, M....t.. ... .ö..... ..... uns.... ..s.h....n ... u..... ...i... .
Das ist alles, was ich entziffern kann. Tut mir leid."

Lisa winkte ab. Sie hatte sich einen Zettel geschnappt und die Übersetzung von Luna mitgeschrieben. Sie legte den Zettel neben das Dokument. Hantor hatte währenddessen eine Karte von Silberland besorgt und beugte sich nun darüber.

„Ein Ort, an dem niemand suchen würde, mit Naturgewalten" murmelte er vor sich hin. „Da gibt es leider sehr viele. Wo Ungeheuer hausen, die keine Ungeheuer sind... ? Vielleicht sind damit Drachen gemeint. Aber die gibt es schon seit Jahrhunderten nicht mehr in Silberland. Ich habe noch nie von einer Drachenhöhle gehört. Seltsam.

Ein Ort, an dem das Herz der Welt ist. Und dort soll nur einer wohnen. So etwas gibt es bei uns nicht.

Hmm, hmm, hmm, und einen Ort, an dem man nichts sieht, auch wenn man davor steht? Noch nie davon gehört." Er brummelte weiter vor sich hin. Laya beugte sich über seine Schulter und sah auf die Karte herab.

„Ein Ort, an dem man nichts sieht? Das liegt wahrscheinlich an der Natur. Also vielleicht Nebel? Doch wo in Silberland gibt es Nebel?" Sie grübelte vor sich hin.

Da rief Luna plötzlich in die Stille hinein „Schnee! Schnee ist die Lösung!" Alle sahen sie verdutzt an.

„Was ist mit Schnee?" fragte Laya.

„Na, Schnee. Kein Nebel, sondern Schnee und Eisstürme. Und so einen Ort gibt es hier in Silberland. Die Silberberge im Silbergebirge. Einige sind so hoch, dass sich noch keiner bis dorthin gewagt hat. Dort oben sind Schneestürme. Das ist alles, was wir über diese Landschaft unseres Reiches wissen. Vielleicht hausen dort böse gute Drachen und einer, der ganz alleine lebt. Vielleicht liegt dort das Herz unserer Welt." Hastig sprudelten die Worte aus ihr hervor. Nun sah sie erwartungsvoll in die Runde.

„Klingt logisch." bestätigte Laya und auch Hantor nickte zustimmend. Lisa sah die drei an uns sagte: „Ich glaube, wir sollten unserem Reisegepäck ein paar warme Sachen beifügen. Es könnte kalt dort oben sein." Alle nickten zustimmend.

„Gut. Geh du, Luna, und hole die warmen Decken und Kleidungsstücke. Und ihr zwei geht jetzt schlafen, verstanden?" Alle drei Frauen nickten. Lisa nahm das Dokument und ihren selbst beschriebenen Zettel in die Hand und lief hinter Laya her.

Es herrschte Totenstille im ganzen Palast. Der Mondzeiger zog seine Bahn der sechsten Stunde entgegen. Draußen war es ganz dunkel. An der Wand im Gang flackerte eine Kerze und erzeugte einen kleinen Schatten an der Wand. Der Schatten wirkte aber nicht wie ein gewöhnlicher Schatten. Vielmehr schien er ein Eigenleben zu besitzen. Er wirkte wie ein kleiner Kobold, der verzweifelt versuchte, sich möglichst naturgetreu wie ein Schatten zu bewegen. Doch obwohl seine Bemühungen vergebens waren und man ihn deutlich erkennen konnte, war das nicht weiter schlimm, denn es war ja niemand wach, der den kleinen Schatten beobachten konnte.

Nur wenige Schritte weit von der kleinen Kerze mit dem Koboldschatten entfernt schliefen Laya und Lisa in ihren Zimmern. Laya schlief unruhig. Sie träumte von Knochenmännern, die sie verfolgten und sie erwürgen wollten. Auch Lisa schlief nicht besser. In ihren Träumen verfolgte sie die Wirklichkeit. So kam es, dass ihr sprichwörtlich im Schlaf die Idee kam, die ihnen weiterhelfen konnte.

Mit einem leisen Schrei fuhr sie aus ihrem Schlaf hoch, davon träumend, soeben wie der Brief aus der Karaffe verbrannt zu sein. Sie schüttelte sich, trat an das Waschbecken und trank einen Schluck Wasser. Dann erinnerte sie sich an ihren Traum.
Sie hatte auch von dem Dokument geträumt. Ja richtig, jetzt entsann sie sich. Und was hatte unter dem Dokument gestanden? ...
„Ein Name!" rief sie aus. Die unkenntliche Schrift, das war eine Unterschrift. Die Unterschrift des Verfassers. Barfuss, wie sie war, rannte sie zur Tür hinüber in Layas Zimmer. Dort schüttelte sie Laya wach, und während letztere noch halb schlaftrunken in ihrem Bett saß, erzählte Lisa flink von ihrem Traum und der Unterschrift. Doch Laya stoppte ihren Redefluss.
„Nicht so schnell, junge Dame. Eine alte Frau wie ich ist kein Stehaufmännchen. Bitte, fange noch mal von vorne an." Lisa erzählte nun noch einmal genau, was sie geträumt hatte.
Laya nahm das Dokument aus ihrer Nachttischschublade und sah sich die Unterschrift an.
„Genau!" rief sie aus. „Warum sind wir nicht eher draufgekommen?"
Dann vertieften sie sich in ein Gespräch, das bis in die frühen Morgen hinein dauerte. Der kleine Schattenkobold jedoch verschwand, als die ersten Sonnenstrahlen den Mondzeiger anhielten und der Sonnenzeiger sich in Bewegung setzte.

In der dunklen Höhle hatte der Junge seine Schilderung der Erlebnisse beendet. Nun war es ganz still. Plötzlich tönte ein grausiges Gelächter. Es kam von Nirgendwo und Überall zugleich.
„Ihr werdet euch noch wundern." tönte die grausige Stimme. Dann war wieder alles still, bis auf das Tropfen in irgendeiner Ecke des Raumes.

Lisa war nicht mehr zum Schlafen gekommen. Als Luna Layas Zimmer betrat, um jene zu wecken, starrte sie auf zwei gewaschene, fertig angekleidete und reisefertige Personen, die ihre Köpfe über einige Notizen beugten.
„Was ist denn mit euch passiert?" fragte sie erstaunt. Beide fuhren herum. Luna grinste.
„Eigentlich wollte ich euch wecken. Aber da ihr schon wach seid: nehmt euer Gepäck mit und kommt in den Garten." Mit einem Blick auf Lisas fragendes Gesicht fügte sie hinzu: „Frühstücken".
Lisa und Laya taten, wie ihnen geheißen und standen alsbald mit Sack und Pack im Garten, wo ein herrliches Frühstück auf sie wartete. Sie frühstückten ausgiebig und gingen dann, begleitet von Luna und Hantor, zu den Ställen. Dort warteten die Pferde. Als Sternennebel Lisa entdeckte, kam er auf sie zugelaufen und begrüßte sie mit einem Nasenstüber und den Worten: *„Endlich geht die Reise weiter. Das Seite an Seite mit diesen stumpfsinnigen Vertretern meiner Art ist doch äußerst langweilig."*
Lisa lachte und hielt dem Pferd einen Apfel unter die Nase. Dann schwang sie sich auf Sternennebels Rücken. Luna trat neben sie und hielt ihr ein kleines Ledersäckchen mit Kräutern und anderen Heilmitteln sowie Honigtöpfchen entgegen.
„Man kann nie wissen, was kommt" begann sie den Abschied. Auch Hantor fasste sich kurz.
Dann ritten sie winkend aus der Stadt in den Wald hinaus, dem Fluss folgend auf der Suche

nach einem unbekannten Ort, wo sie Hilfe zu finden hofften auf ihrer langen Suche nach dem Griff des Zauberschwertes.

Keiner von ihnen bemerkte den Schatten, der ihnen folgte und rasch in eine der Packtaschen von Layas Pferd schlüpfte.

Durch den Wald, die Wüste und noch weiter.....

Sie hatten das Ende des Sonnenlochs über der Baumstadt erreicht. In große, weite Umhänge gehüllt, versuchten sie, Regen und Wind zu trotzen. Es war eisig kalt geworden. Lisa, die nur die dünne Jagdkleidung, wie in der Baumstadt üblich, trug, fror erbärmlich. Sie spürte das Pochen des blauen Steines unter ihrem Hemd.

„Ruhe", dachte sie. „Ruhe, ein Geschenk des Himmels." Das war das wichtigste, was sie brauchte. Ruhe und Gelassenheit. Ihre rechte Hand fuhr an den Beutel an ihrer Hüfte. In dem einen lagen die wichtige Klinge, ohne die das ganze Unternehmen scheitern würde, das Pergament, und ihre wenigen Habseligkeiten wie Feuersteine und anderer ziemlich wertlose, für das Überleben in der Wildnis aber unerlässliche Hilfsmittel, in dem anderen die Kräuter von Luna.

An der anderen Seite hing der schmale, schlanke Dolch mit dem feuerroten Edelstein. Hantor hatte für jeden einen neuen Bogen und einen Köcher bereitgestellt.

Alles nützliche Dinge, doch was hätte sie jetzt für ein Strahlengewehr aus einem Science-Fiction Roman gegeben oder auch nur eine Pistole aus dem wilden Westen. Aber mit diesen Raubritterwaffen fühlte sie sich unwohl, so, als würde sie neben sich selbst stehen, obwohl doch zumindest der Dolch eine nicht zu unterschätzende Waffe war. Aber es war eben nicht jedermanns Sache, sich mit einem Dolch in der Hand wie mit einem Faustkeil zu verteidigen.

Der Regen schlug ihr ins Gesicht und riss sie aus ihren Gedanken. Ferner Donner grollte und ein leiser Schauer lief über Lisas Rücken. Dann zuckte, wie zur Bestätigung, ein Blitz und schlug in einen nahestehenden Baum ein. Langsam kippte der Baum zur Seite und blieb liegen - tot.

Lisa war nass und ihre Kleidung war klamm und klebte am Körper. Was gäbe sie für eine Hütte mit Feuer, fragte sie sich. Dabei fiel ihr auf, wie oft sie die "Was gäbe ich für..." Theorie schon betrieben hatte. Das war schlimmer als alles Wenn der Welt, von dem eine Rückkehr in die Realität leichter fiel.

Suchend sah sie sich weiter nach einem Unterschlupf um. Nichts als Baum neben Baum und Strauch neben Strauch konnte sie erblicken, keine Höhle, keinen Blätterhain.

Noch lange ritten sie so weiter, auch als es längst Nacht sein musste. Hätte Laya keine Uhr besessen, Lisa hätte längst jegliches Gefühl für die Zeit verloren. Doch tröstete sie sich mit dem Gedanken daran, dass sie zumindest in diesem Wald schwer zu entdecken waren. Wenn sie erst einmal in der ebenen Wüste anlangten, würden sie ein schönes Ziel abgeben.

Mit Schaudern dachte sie daran. Eisiger Wind schnitt ihr ins Gesicht und trieb ihr die Tränen in die Augen. Endlich hielt Laya an und wies auf eine Felsgrotte, die einen guten Ruheplatz abgeben würde. Der Sturm wurde immer stärker. Endlich erreichten sie die Grotte und konnten von den Rücken ihrer Pferde steigen. Sie rollten ihre Schlafmatratzen aus und legten die Decken darüber.

Laya zauberte ein wenig Obst aus ihrer Tasche und ging dann doch einmal hinaus, um Feuerholz zu holen. Lisa band die Pferde an einem schmalen Stalagmiten fest, dann grenzte sie die Feuerstelle mit Steinen ein.

Sie sah nicht, wie der kleine Schattenkobold aus der Satteltasche huschte und sich im hintersten Teil der Höhle verkroch.

Kurz darauf kam Laya zurück, in ihren Händen Mengen von Feuerholz, leider fast alles völlig durchnässt. Lisa suchte sich die trockensten Hölzer heraus und legte sie in den Kreis aus Steinen. Dann nahm sie ihre Feuersteine und begann mit ihrem Versuch, ein Feuer zu entfachen.

Währenddessen legte Laya das nasse Holz um die Feuerstelle, damit es einigermaßen trocknen konnte. Als Lisa den Holzstoß endlich zum Brennen gebracht hatte, entledigte sie sich ihrer nassen Kleider und zog trockene an. Dann schlüpfte sie in ihre Bettrolle. Laya brachte ihr einige Früchte, dann zog sie sich um und gruppierte die nasse Kleidung um das brennende Feuer. Das Feuer verbreitete angenehme Wärme.

Lisa kuschelte sich gemütlich in ihre Decken und sah hinaus durch den Eingang in den strömenden Regen. Zum Glück lag die Höhle etwas erhöht, wodurch kein Regen eindringen konnte.

Sie legte ihren Dolch griffbereit neben ihr Lager, ebenso ihren Bogen. Bald darauf verrieten ihr tiefe, gleichmäßige Atemzüge, dass Laya tief eingeschlafen war.

Alles war unheimlich still. Zu still, fand Lisa. Die Zeit verging ohne einen Zwischenfall. Sie musste nur ab und zu Feuerholz nachlegen. Sie war froh, als ihre Wachzeit endlich vorüber war. Diese Stille ohne jegliche Beschäftigung, nur das ewige Lauschen, das Warten auf etwas, das hoffentlich nicht kam, das machte sie wahnsinnig. Wenn sie eins hasste, dann war es vergeudete Zeit und das zum Nichtstun verdammt zu sein.

Doch schon bald senkte sich bleierne Schwere über ihre Augen und sie schlief tief und fest ein. Laya sah lächelnd zu ihr herüber. Dann begann für sie die einsame, trostlose Wache.

Lisa erwachte mit fürchterlichem Brummschädel. Stöhnend griff sie sich an den Kopf und sah auf. Neben ihr kniete Laya und hielt den Finger vor die Lippen.

Lisa bemerkte, dass Laya das Feuer gelöscht hatte. Sie sah sie fragend an. „Draußen sind Männer, Männer in schwarzer Kluft," flüsterte sie leise „Ich fürchte, sie kommen von McCloud. Pack deine Sachen, wir müssen hier weg." Lisa gehorchte wortlos.

Laya hatte ihren Stab mit dem Stein, das Geschenk der Fee, bereits unter ihrem weiten Umhang verborgen, ebenso ihre Statue, so dass sie in der Dunkelheit wie einer der Häscher aussah. Nun drückte Laya ihr einen zweiten Umhang in die Hand. Lisa warf ihn über die Schulter und hüllte sich darin ein. Laya musterte sie kritisch und nickte dann zufrieden.

„Komm!" Lisa sah hinaus und gewahrte die Schemen, die sich durch den Regen schoben. Laya stieß sie an, und leise verließen sie die Höhle. Lautlos zwängten sie sich hinter den Bäumen an den Felsen entlang und glaubten sich schon in Sicherheit, als zwei Schwarzgekleidete wie aus dem Nichts vor ihnen auftauchten.

„Halt!" Grollte der eine von ihnen, „wohin wollt ihr?" Laya und Lisa erstarrten vor Schreck. Jetzt müsste eine Antwort kommen. Zum Glück dauerte Lisas Schrecksekunde nicht lange: „Wir kommen von den Hainen dort drüben und haben dort nach den beiden gesucht. Sie sind nicht da." Lisa senkte ihre Stimme zu einem tiefen Grummeln. Die Stimme des Sprechers klang zwar freundlicher, aber lauernd. Er traute den beiden offenbar nicht.

„Ihr seid aber schnell zurück! Seid ihr sicher, dass ihr alles durchsucht habt?"

„Ja, es waren noch zwei von uns da." Lisa versuchte ihrer Stimme einen festen Klang zu verleihen. Nur gut, dass es so dunkel war und man die beiden unter ihren Umhängen nicht von den Häschern unterscheiden konnte.

„Noch zwei von uns? Das glaube ich nicht. Woher sollten die kommen?" Lisa hielt entsetzt die Luft an. Was sollte sie jetzt sagen?! Doch da sprach der Erste schon weiter.

„Ihr Narren! Das sind bestimmt die Gesuchten gewesen. Geht sofort zurück ins Lager und erstattet dem Kommandanten Bericht. Ihr könnt nur hoffen, dass ihr nicht in die Sümpfe geschickt werdet, wenn die uns durch die Lappen gehen. Unser Informant hat vielleicht nie wieder so eine Gelegenheit. Verschwindet!"

„Sein Gebrüll wird man noch in Silberburg hören können" dachte Sternennebel und lachte lautlos.

„ Lass uns hier verschwinden. Die Gesellschaft ekelt mich an."
Lisa stieß Laya vorsichtig an und sie trotteten mit gesenkten Köpfen außer Sichtweite des brüllenden Soldaten. Dann brach es aus Laya mit leisem Gelächter hervor. „Lisa, das war super! Ganz schön dreist, aber super!" Lisa lachte in sich hinein, doch dann wurde sie wieder ernst.

„Komm, sie werden den Betrug bald bemerken." Laya schmunzelte immer noch „Meinst du, sie werden den Soldaten jetzt in die Sümpfe schicken?" Lisa lachte. „Quatschkopf!" Dann ritt sie vor Laya davon.

Sie ritten weitere drei Tage durch den Wald, ohne dem Feind erneut so nahe zu kommen. Regen und Sturm machten ihnen arg zu schaffen. Lisa war nass bis auf die Knochen, als sich am frühen Nachmittag die Bäume zu lichten begannen. Bald darauf ließ der Regen nach und es wurde schwülwarm.
Lisa zog ihren Umhang aus und schüttelte ihn kräftig aus. Sie war froh, dass der Regen endlich sein Ende hatte. Die Sonne kam hervor und es wurde immer wärmer. Gegen Abend erreichten sie das Ende des Waldes; vor ihnen lag die endlos weite Wüste.
Die Sonne war untergegangen aber es war noch angenehm warm. Lisa gähnte herzhaft. „Wollen wir nicht jetzt rasten?" fragte sie. Laya sah sie prüfend an.
„Ich denke, wir sollten lieber nachts weiter reiten, wenn die Sonne nicht mehr am Himmel steht. Sonst verglühen wir am Tag. Oder fällst du schon aus dem Sattel?" Lisa lachte. So ritten sie die ganze Nacht weiter.

Beide hingen ihren Gedanken nach. Lisa dachte an Tyro. Es plagten sie heftige Gewissensbisse. War nicht sie Schuld an seinem Tod?
Laya hielt den Stock der Fee in der Hand und lauschte auf Geräusche in der Wüste.
So waren sie eine sehr schweigsame Prozession. Eine Frau und ein Mädchen zogen auf ihren Pferden bei Nacht durch die Wüste. Die Sterne leuchteten und zwei Monde schienen über ihnen, ein viereckiger und ein runder............

Die Sonne war kaum aufgegangen, als Laya vom Pferd sprang und beide Pferde in den Schatten eines Minigebirges zog. Das Gebirge bestand aus nur drei Felsen, keiner höher als fünf Meter. Sie bildeten ein Dreieck, in dessen Mitte ein kleiner Baum stand, an dem Laya die Pferde festband.
Dann versorgte sie die Pferde mit Wasser. Lisa ließ sich im Schatten des Baumes nieder, um die Satteltaschen auszupacken. Eine Schnitte Brot, ein Stück Käse und eine Apfelart, Lutigafrucht genannt, für jeden. Ein Häufchen Stroh und eine bananenähnliche Frucht für jedes Pferd. Ein Becher Wasser, und das karge Mahl für den Rest des Tages war vorbereitet.
Laya lies sich neben Lisa nieder. Beide aßen und sprachen eine Weile kein Wort. Dann nahm Laya ihren Bogen und ging zu dem einzigen Ausgang des Bergdreiecks. Dort setzte sie sich auf einen etwas erhöhten Felsbrocken und sah hinaus in die Ferne. Lisa sah ihr dankbar nach. Erschöpft rollte sie ihre Schlafrolle aus und legte sich schlafen. Sie war so müde, dass sie sofort einschlief.

Eine Ladung Sand traf ihr Gesicht. Der Sand kroch in die Nase, in die nur halb geöffneten Augen und den Mund. Sie wollte schreien, doch sie schluckte nur Sand. „Was um alles in der Welt ist denn nun schon wieder los", war der einzige Gedanke, der ihr durch den Kopf schoss.

Sie richtete sich auf, doch der Wind stieß sie beinahe wieder um. Rasch lehnte sie sich mit dem Rücken gegen den Wind und wischte sich den Sand aus den Augen. Ein trockener Husten schüttelte sie. Dann sah sie sich vorsichtig um, so weit es ging.

In diesem Moment hörte sie einen lauten Schrei. Erschrocken fuhr sie hoch, sie kannte die Stimme dieses Schreies. Laya. Lisa drehte sich um, doch ein neuer Schwall Sand kam ihr entgegen. Sie nahm ein Tuch, feuchtete es mit Wasser aus ihrer Trinkflasche an und band es sich vor das Gesicht. So ging das Atmen leichter.

Dann nahm sie eine Hand vor die Augen und sah in die Richtung, aus der der Schrei gekommen war. Eine dunkle Gestalt hob sich gegen den Sturm ab. Das konnte nur Laya sein. Sie lag auf einem Felsvorsprung und regte sich nicht mehr. Sie musste den Berg hinaufgeklettert sein, während sie selbst, Lisa, geschlafen hatte. So schnell der Wind es zuließ, rannte Lisa zu den Felsen hinüber, aber Laya lag noch gut anderthalb Meter höher als ihre Arme erreichten.

Vorsichtig stemmte sie sich gegen den Wind und versuchte, sich an dem Berg hinaufzuhangeln. Doch der Wind wollte dies um jeden Preis verhindern, so schien es ihr. Als sie endlich oben war, begann der Sand schon, sich seinen Weg durch das Tuch zu suchen. Dann beugte sie sich über Laya. Sie war bewusstlos, das sah Lisa sofort. An ihrem Hinterkopf blutete sie stark. Lisa sah, dass der Sand die Wunde verkrustete. Laya musste hier herunter, sonst würde sie sterben.

„Nein, nicht noch einen Freund verlieren", dachte sie. Laya war schwer, doch die Not machte Lisa stark, sie zu tragen. Endlich bei dem Baum angekommen wartete eine neue Überraschung auf das Mädchen.

Lisa hatte sich schon gefragt, wohin sie sich verkriechen konnten. Doch als sie den Rastplatz erreicht hatte, waren ihre Sachen und die Pferde verschwunden. Entsetzen lähmte Lisa für kurze Zeit, doch dann sah sie sich um. Weit konnte der Dieb nicht gekommen sein. Er musste hier doch irgendwo sein. Da erblickte sie ein kleines Männchen, das auf sie zu kam. Dann blieb es stehen, winkte und lief, so schnell es konnte, zu den Felsen hinüber.

Lisa hatte keine andere Wahl, sie musste ihm folgen.. Als sie die Felswand erreichten, blieb das Männchen stehen und fuchtelte mit der rechten Hand herum, als ob er irgend eine Rune in die Luft. Da öffnete sich ein kleiner Spalt in der Wand. Das Männchen schlüpfte hindurch und Lisa folgte ihm. Hinter ihr schloss sich die Tür wieder.

Vorsichtig lehnte Lisa die bewusstlose Laya an die Wand. Dann sah sie sich ihrem Gastgeber gegenüber.

Die Rache

Tyro grummelte vor sich hin. Seine Handgelenke schmerzten. Er hatte zu stark an den Ketten gezerrt. Dann sah er zu seinen beiden Mitgefangenen hinüber. Beide schliefen tief und fest. Auch ihr neuer „Herr", wie McCloud sich nannte, ließ nichts von sich hören. So begann Tyro gerade, sich einen Fluchtplan auszudenken, als eine große, steinerne Tür sich quietschend öffnete. Helles Licht fiel in den Raum und blendete Tyro. Er hörte, wie die beiden anderen sich bewegten. Dann hörte er ein Kommando und schwere Schritte, die näher kamen.

Zwei Schatten erschienen im Rahmen des Tores, jeder von ihnen bewaffnet. Für einen Augenblick verdeckten sie das Licht, das durch die Tür flutete, dann schloss sich die Tür und die Wächter verschwanden in der Dunkelheit des Gefängnisses. Nur noch das Tappen ihrer schweren Stiefel auf dem Steinfußboden war zu hören und verriet, wo sie sich befanden.

Tyros Augen durchsuchten die Finsternis des Raumes; doch sie hatten sich an das Licht gewöhnt, das durch die Tür hereingeschienen hatte. Was wollten die beiden hier, fragte er sich.

Plötzlich hielten die Schritte an. Tyro lauschte angestrengt, aber außer des hektischen Atmens der Angst von Christa und der angespannten, kurzen Atemzüge von Christoph ward er nicht gewahr. Seine Augen begannen, sich an das Dunkel wieder zu gewöhnen. Reglos starrte er in den Raum hinein. Und dann sah er sie.

Ganz schwach zeichneten sich ihre Umrisse von dem Dunkeln der Zelle ab. Sie standen ihm schräg gegenüber, genauer gesagt Christa gegenüber. Sie schien die beiden noch nicht bemerkt zu haben.

Dann, mit einem Ruck, gingen beide auf das Mädchen zu. Einer der Beiden ergriff einen Schlüssel, der andere griff nach Christas Arm. Das Mädchen schrie auf.

Grob zerrte der Wächter, der ihren Arm festhielt, sie auf die Beine, während der andere ihre Ketten aufschloss. Klirrend gingen sie zu Boden. Dann ergriff auch der zweite Wächter ihren Arm, und mit Christa in der Mitte gingen sie auf den Ausgang zu.

Sie schrie laut um Hilfe und nach ihrem Bruder. Tyro sah zu Christoph hin, der wie wild an seinen Ketten zerrte und die Wächter beschimpfte, ihnen drohte und einen unschönen Fluch nach dem anderen ausstieß. Das Tor öffnete sich, Licht blendete die beiden Jungen, dann schloss sich die Tür wieder mit einem dumpfen Knall. Christas Schreie verhallten, dann war alles still.

Tyro sah zu Christoph hinüber. Der Junge war zusammengesunken und schluchzte leise. Tyro rückte zu ihm herüber, so weit es ging und legte Christoph eine Hand auf die Schulter. Sie schwiegen eine Weile, bis Christoph plötzlich hervorbrach: "Ich hatte ihr versprochen, ihr würde nichts passieren, solange ich bei ihr bin" sagte er dumpf. „Was werden die jetzt mit ihr tun?" schluchzte er. Tyro zuckte mit den Achseln. „Ich weiß es nicht, Christoph, ich weiß es wirklich nicht."

Lange saßen sie so da, und wieder wurde es still. Das Wasser tropfte von der Decke und auf Christopfs Schuh. „Ich bin wie einer dieser Tropfen, ein einziger Haufen aus Regentropfen, die gleich zerfließen werden und von denen dann nichts mehr zu sehen ist," dachte Christoph.

Tyro war ein wahrhaft guter Freund, er konnte helfen, wenn man ihn brauchte. Christoph verstand, warum Lisa Tyro gemocht haben musste. Aber was sollte das noch bewirken. Traurig schlummerte er ein und fiel in einen tiefen, traumlosen und erlösenden Schlaf. Auch Tyro schlief bald ein, doch jagten ihn Alptraum auf Alptraum und verschafften ihm einen unruhigen Schlaf.

Grelles Licht blendete Christa, als sie ihr Gefängnis verließ, von den Wächtern gezerrt. Sie merkte erst jetzt, dass sie vor Angst schrie. Endlich hatte sie ihre Sinne wieder unter Kontrolle und beherrschte sich mühsam. Aufmerksam sah sie sich um, so weit es möglich war, und gewöhnte ihre Augen an das normale Tageslicht. Was diese groben Kerle wohl von ihr wollten? Plötzlich spürte sie einen heftigen Schmerz an ihrem Hals. Sie brach bewusstlos zusammen.

Als sie wieder erwachte, lag sie in einem kleinen Zimmer auf einem Bett. Sonne schien ihr wärmend in das Gesicht. Vorsichtig richtete sie sich auf und sah sich um. Wo war sie? Eine Weile saß sie ratlos herum. Der Raum war ohne weitere Möbel ausgestattet. Doch die Wände waren verglast, bis auf die Wand, in der die Tür war. Sie hatte schon immer Höhenangst gehabt. Ein Blick aus dem Fenster hatte genügt, sie wieder auf das Bett zu verbannen. Sie fühlte sich schlecht.

Dann endlich, endlos viel Zeit schien verstrichen zu sein, öffnete sich die Tür und ein Mann, ganz in Schwarz gekleidet, trat ein.

„Folge mir!" befahl er. Er trug einen schwarzen Helm, auf dessen Spitze ein Ei ruhte. Axt, Schwert, Morgenstern, Speer, alles war schwarz. Der Mann trat auf den Flur hinaus. Vorsichtig folgte Christa ihm. Dann schritt der Mann voraus, immer darauf achtend, dass sie hinter ihm blieb. Tür auf Tür öffnete sich vor ihren Augen von selbst, ein Labyrinth aus Gängen und Abzweigungen. An den Wänden waren irgendwelche Zeichnungen, doch konnte sie sie nicht deuten. Dann trat der Mann vor eine Tür. Er sprach ein unfreundliches Wort, worauf hin sich die Tür öffnete. Der Mann trat einen Schritt beiseite. Nun blickte Christa in den Raum hinein.

Rotes Licht traf ihr Gesicht, ein höllischer Schmerz durchflutete sie, und dann war alles so schnell vorbei, wie es gekommen war. Das Licht erlosch. Jetzt sah Christa die Gestalt auf dem Thron. Er war doch ihr Herr. Sie warf sich ihm zu Füßen, von einer unbekannten Macht ihres Willens beraubt. Er hob sie auf und geleitete sie zu einer kleinen Kabine nahe der Wand, öffnete die Tür und schickte sie hinein. „Gehe dich umziehen", befahl er.
Sie ging hinein, griff nach den schwarzen, wallenden Gewändern und zog sie an. Auf der rechten Brustseite war ein silbernes Ei abgebildet. Sie löst ihre Haare aus dem Zopf und trat dann aus der Kabine heraus. Alles geschah wie in Trance. Sie bewegte sich wie eine Aufziehpuppe, seltsam steif und ohne Willen. Ihr Herr führte sie zu einem Stuhl neben dem seinen, und sie ließ sich darauf nieder. Dann starrte sie mit leerem Blick ins Nichts.

McCloud sah sie von der Seite an. Er war froh, dass es geglückt war. Sie war schön. Vielleicht würde er sie am Leben lassen, wenn sie ihre Aufgabe erfüllt hatte. Momentan reagierte sie zwar noch wie eine Puppe, aber das würde sich legen, es war nur der erste Schreck. Bald würde man ihr nicht mehr ansehen können, wie sie früher gewesen war. Jeder würde denken, sie gehöre schon immer zu ihm. Er lachte in sich hinein.
Dann griff er nach einer Flasche, in der er Zyankali aufbewahrte, hob die Hand, strich beinahe liebevoll darüber. Er sah in die Flasche hinein. Dann erschien das Bild eines Schattenkobolds in der Flasche. „Überbringe Lisa folgende Nachricht": zischte er den Kobold an. „Das war Nummer eins. Bald ist Nummer Zwei an der Reihe. Und dann sie selbst. Sie wird schon wissen, was ich meine."

„Eurem Schauerlichkeitm, ichm versprechem euchm, diesem Nachtm wirdm fürm siem diem Höllem. Nochm niem inm ihremm Lebenm wirdm siem schlechterm geträumtm habenm."

lachte der Kobold mit eigenartiger Sprache zurück. Dann verschwand sein Bild aus dem Glas. McCloud stellte die Flasche wortlos auf den Tisch zurück. Um seinen Mund lag ein hässliches Lächeln.

Die unterirdische Stadt

Lisa starrte den Mann an. „Sieh ab, sieh an," kicherte der Zwerg. „Ich erlaube mir, überrascht zu sein." Das Männchen zwirbelte an seinem Schnurrbart. Lisa starrte den Wicht an. Er war klein, gedrungen, hatte schütteres Haar und einen alten, knorrigen Stock in der Hand. Auf dem Kopf thronte eine alte, verbeulte, rote Zipfelmütze.

Es war ein komischer Anblick, das alte Männlein auf den Stock gestützt, mit einem gutmütigen, aber stark zerfaltetem Gesicht. Der Zwerg griente Lisa an. Er hatte grüne Hosen, ein blaues Hemd und zwei seltsam anmutende Schuhe an, alle aus dem gleichen Stoff. Am imposantesten war jedoch sein Bart, der schneeweiß war und bis auf den Boden reichte. Er sah aus wie einer der Bilderbuchzwerge, von denen ihre Mutter ihr immer vorgelesen hatte, als sie klein gewesen war.

„Wollt Ihr mir nicht verraten, was Ihr mit Eurem Gepäck in unserem Reich zu suchen habt. Gestattet die Frage, seid Ihr Freund oder Feind? Solltet Ihr letzteres sein, dann geht lieber wieder raus. Dann will ich Euch nicht gesehen haben." sagte der Wicht bestimmend und reckte sein kleines Kinn, um seine Absicht zu untersteichen. Lisa musste unwillkürlich lachen.

„Aber wie kommst du auf die Idee, ich sollte dir feindlich gesinnt sein? Ich weiß nicht einmal, wer du bist, und darum kann ich dir auch nicht sagen, ob ich nun dein Feind bin oder nicht. Zumindest aber müsste ich dich als meinen Feind betrachten, da du ohne zu fragen mein Gepäck und meine Pferde mitgenommen hast. Wo hast du sie überhaupt?"

„Dort entlang, kleines Fräulein." erwiderte das Männlein jetzt schon bedeutend freundlicher. „Und vergesst Eure Last nicht." Er deutete mit dem Stock auf Laya. Lisa nickte wie ein gehorsames Kind, schulterte ihre „Last" und folgte dem Zwerg, der in den Gang hineinhumpelte.

Der Gang führte eine Weile geradeaus, bog dann ab und gabelte sich. Das Männlein nahm den rechten Gang. Lisa folgte schweigsam dem Zwerg, der ein beachtliches Tempo vorlegte. Der Stollen begann sich zu senken, es ging tiefer in das Erdreich. Zugleich wurde es immer wärmer. Nach überall hin zweigten kleine Gänge ab, Türen, teils verschlossen, teils einen Spalt breit offen, waren in die Wände des Stollens eingelassen. Es sah so aus, als ob hier Tausende von Lebewesen unter der Erde verborgen wohnten. Eine ganze Zivilisation vielleicht, Freunde, die ihr helfen könnten......?

Es war seltsam warm und hell in den Stollen, obwohl Lisa sich sicher war, dass sie immer weiter in die Erde vordrangen. Plötzlich hörte Lisa leises Gelächter und Musik. Ihr fiel auf, dass sie die Musik schon eine ganze Weile im Unterbewusstsein gehört hatte, sie sie aber nicht richtig wahrgenommen hatte. Das Männlein rannte immer weiter.

Je weiter sie in den Stollen eindrangen, desto lauter wurden die Musik und das Gelächter. Lisa eilte dem Männchen hinterher, und je weiter sie kamen, umso lauter wurde die Musik und Lisas Laune verbesserte sich. Doch die Sorge um Layas Gesundheit blieb. Es dauerte nicht mehr lange, bis sie den Ursprung des Gelächters erreichten:

Eine riesige Halle lag vor Lisas Füßen, drei Stufen tiefer gelegen. In der Halle brannten viele kleine Feuerherde zwischen hohen, schmalen Stalagmiten. Ihnen direkt gegenüber stand eine lange Tafel, an der Zwerge, alle fast Ebenbilder des Zwerges, den sie getroffen hatte, saßen und einigen Zwergenmädchen zusahen, die sangen und dazu in den komischsten Verrenkungen tanzten, quer durch die Halle, um die Tropfsteine herum. Sie kletterten an ihnen hoch, machten Handstände oder schlugen Räder, um nur einige der Dinge zu erwähnen und zu zeigen, welcher Tumult hier herrschte.

Die Zwerge an den Tischen lachten ausgelassen. Vor ihnen auf der Tafel standen Esswaren aller Art. Der alte Zwerg, der sie hierher gebracht hatte, klopfte fünf mal heftig mit dem Stock auf den Boden. Augenblicklich verstummte die Musik, das Gelächter und der Tanz. Alle starrten zu ihnen herüber. Der Alte nahm seinen Stock fest in die Hand und schritt in die Halle hinein. Lisa folgte ihm. Es war wie ein Spießrutenlauf. Alle Blicke ruhten auf ihr und der bewusstlosen Laya.

Der Alte trat an den Kopf der langen Tafel und blieb dort stehen. Auf einem etwas erhöhten Sessel saß ein Wicht, noch kleiner als der Alte, doch mit noch längerem Bart. Auf seinem Kopf thronte eine überdimensionale Krone.

Der Alte sprach den Wicht an: „Herr, diese Sterbliche fand ich draußen, bei den drei Bergen, als sie gegen einen Sandsturm anzukämpfen versuchte. Ihre Begleiterin ist verunglückt und bedarf dringender Hilfe. Die Pferde und das Gepäck habe ich in den Wohnstollen gebracht, das erlaubte ich mir, und ebenfalls sie mitzubringen erlaubte ich mir, sie sagte, sie komme als Freund. Sie bittet um Eure Hilfe."

„Wir gestatten es gnädigst", entgegnete der Wicht würdevoll mit seiner sonoren Stimme. „Geleite sie zu ihren Zimmern, Arthus, und rufe unseren Medikus, damit er sich um die Erkrankte kümmere."

Der Zwerg Arthus nickte und bat Lisa, ihm zu folgen. Schweigend verließen sie den Saal durch einen Gang, und hinter ihnen brandete das Gelächter und die Musik wieder auf.

Arthus führte sie durch den Gang zu einer kleinen Tür, die in die Wand gemauert war. Er öffnete sie und dahinter lag ein prunkvoller Raum, der prunkvollste, den sie je gesehen hatte. Ein großes, seidiges Himmelbett stand inmitten des Zimmers, ein riesiger Kronleuchter, ein Lüster hing von der Decke, noch mit Kerzen versehen. An den Wänden glitzerten Edelsteine. Beruhigungssteine, wie Lisa mit einem Blick feststellte. Der Fußboden war mit spiegelndem, funkelnden Goldregen ausgelegt.

Arthus bat Lisa, Laya auf das Bett zu legen. In diesem Moment betrat ein anderer Zwerg den Raum, eine große Tasche hinter sich herziehend.

„Gestatten, man nennt mich Medikus," stellte er sich vor. Lisa nickte ihm freundlich zu und folgte Arthus hinaus aus dem Zimmer in das Zimmer nebenan. Es war genauso geschmückt wie das andere, und auch hier spürte Lisa den beruhigenden Einfluss der Steine. Der Wicht zeigte ihr eine kleine Tür, hinter der sich ein Bad versteckte. Es war das Bad eines Königs. Es duftete nach Seifen und Ölen, ein Bad war angerichtet, zwei Zwerge huschten noch mit einem Stapel Handtücher herbei und legten sie auf einem Stuhl bereit, daneben lag ein Gewand.

Arthus wandte sich ihr zu und sprach: „Nehmt ein Bad und ruht Euch aus. Gestattet, ich werde Euch dann abholen und zum König geleiten. Euer Gepäck wird Euch gebracht, Euer Pferd und das Eurer Freundin werden versorgt werden. Wir werden uns um Eure Freundin kümmern. Ihr könnt Euch frei von Sorgen erholen und das Bad genießen. Zu Eurer Verfügung zu stehen erlaube ich mir gnädigst."

Er lächelte sein Kinderlächeln, und dann huschte er zur Tür hinaus. Lisa sah ihm leise lachend nach. Sie waren doch zu drollig, diese Zwerge. Und wie sie sprachen. Lisa bemerkte, dass sie von den Zwergen in der dritten Person angesprochen wurde, und dabei fiel ihr auf, wie unhöflich sie sich benommen hatte. Sie würde sich darin üben müssen, ebenfalls die dritte Person zu verwenden.

Dann sah Lisa sich in dem Badezimmer um. Vor ihr dampfte das Wasser in der überdimensionalen Badewanne aus Achat, und feiner Schaum kräuselte auf der Oberfläche. Auch dieses Bad war mit den Edelsteinen ausgeschmückt, die beruhigende, warme Strahlen aussandten. Aber am meisten faszinierten Lisa die Steine, die das Licht der einzigen Kerze, die den Raum erhellte, reflektierten und das Zimmer in einen warmen Glanz tauchten.

An der anderen Wand war ein gläsernes Waschbecken angebracht, ebenso wie eine Toilette. Neben der Wanne stand ein Stuhl, auf dem die Handtücher lagen. Am unteren Ende der Wanne stand ein zweiter Stuhl. Lisa zog ihre halb zerfetzten Schuhe aus und stellte die ordentlich nebeneinander unter den leeren Stuhl. Dann zog sie die Socken aus und legte sie auf den Stuhl.

Ihre nackten Füße berührten jetzt den Boden und sie bemerkte, dass der Boden ganz warm war. Sie hockte sich hin und fuhr mit einer Hand darüber. Sie erkannte, dass auch der Fußboden aus Beruhigungsedelsteinen bestand, die allerdings geschliffen waren und somit nicht die selbe Reflektionskraft hatten wie die Steine an der Wand.

Lisa erhob sich wieder und sah an sich hinab. Erst jetzt bemerkte sie, wie sandig sie war und wie zerschlissen ihre Kleidung. Doch ihr Gürtel und all die Gegenstände an ihr waren zum Glück unversehrt geblieben. Sie legte den Gürtel über die Lehne und zog auch den Rest ihrer Kleidung aus. Trotz des üblen Zustandes, in dem sie sich befanden, ordnete sie sie und legte sie auf den Stuhl. Nur die Kette mit dem blau-grünen Beruhigungsstein nahm sie nicht ab. Dann stieg sie in die Wanne und begann, sich in dem wohlig warmen Wasser zu entspannen.

Nachdem sie eine ganze Weile ausgeruht hatte, verließ sie die Wanne und trocknete sich ab. Dann sah sie sich nach Kleidung um. Sie hatte nicht vor, wieder in ihre versandeten Kleider zu steigen. Also ging sie zu der Verbindungstür und öffnete sie. Dann trat sie in das Schlafzimmer.

Dort stand, wie schon in dem Zimmer, in das man Laya gebracht hatte, ein großes Himmelbett, und auch hier waren überall die Steine. An der Wand stand eine Kommode, über der ein Spiegel hing und vor der ein Stuhl stand.

Auf dem Stuhl aber lag ein feines, dünnes Kleid in einem zarten Blauton. Sie zog es an. Es fühlte sich wunderbar an. Es war bis zur Taille eng geschnitten, doch nach unten hin wallend, und auch die Ärmel bestanden aus weit geschnittenem, wallenden Stoff. An der linken Schulter war ein Umhang befestigt, dessen anderes Ende an der Taille endete. Ärmel und Umhang waren hauchdünn, durchsichtig und leicht wie Chiffon. Der Rest des Kleides war zwar undurchsichtig und man musste meinen, er wäre schwerer. Doch das war er nicht. Er war genauso leicht und beweglich wie der andere Stoff.

Sie zog ihren Stein an der silbernen Kette unter dem Kleid hervor und ließ ihn offen liegen. Dann entdeckte sie zwei Schuhe, in dem selben hellen Blau wie das Kleid. Sie zog sie an und bewunderte sich im Spiegel. Dann steckte sie ihre Haare zusammen und war zufrieden. Erschöpft legte sie sich auf das Bett und schloss die Augen.

Sie hatte eigentlich nicht vorgehabt, einzuschlafen, doch als sie erwachte, saß Arthus neben ihr auf einem Hocker und las in einem Buch. Als sie den Kopf hob, ließ er das Buch sinken und erhob sich. Lisa setzte sich auf und sah sich um.

Neben der Tür hatte man ein kleines Regal aufgestellt, in das man ihre wenigen Habseligkeiten und zwei weitere Kleidungsstücke gelegt hatte. Auch ihr Gürtel befand sich dort, die Tür zum Bad war geschlossen und alles war still.

Die Zwerge mussten alles heimlich und schnell eingeräumt haben, während sie geschlafen hatte. Sie sah an sich herab und stellte fest, dass sie in ihrem Kleid geschlafen hatte. Erschrocken sprang sie auf und glättete das Kleid. Zu ihrer Überraschung war es jedoch kein bisschen zerknittert. Sie hörte Arthus kichern. „Zwergenseide," nuschelte er. Lisa verstand. Darum war das Kleid so leicht und nicht zerknittert. Sie trat zu Arthus, der immer noch neben dem Bett stand. Dann ließ sie sich auf dem Bett nieder und bat auch Arthus, wieder Platz zu nehmen. Der Zwerg kletterte auf den Stuhl und sah sie aus seinen treuen Augen an. „Habt Ihr Euch erholt, gnädiges Fräulein?" fragte er. Lisa nickte höflich und bestätigte mit einem freundlichen „ja". „Wie lange habe ich geschlafen, wisst Ihr es, Arthus?" Der Zwerg lächelte.

„Nur eine Stunde." Dann lächelte er wieder, zupfte an seinen Kleidern und erhob sich. „Gestattet, ich bringe Euch zu unserem König," sagte er mit einer einladenden Geste. Lisa trat auf den Gang hinaus und überlies Arthus die Führung. „Wie geht es Laya?" fragte sie. Der Zwerg wuselte vor ihr den Gang entlang, nun blieb er stehen und drehte sich um.

„Oh, es geht ihr wieder gut. Unser Medikus ist ein guter Medicus." sprach`s und wuselte weiter den Gang entlang. Lisa folgte ihm. Ihr lag noch eine Frage auf der Zunge.

„Arthus, bis jetzt dachte ich, nur in der Dornenstadt gäbe es Beruhigungssteine. Aber ihr habt auch welche. Woher habt ihr sie? Und woher habt ihr Kleidung in meiner Größe?"

„Ihr seid ein neugieriges Persönchen, wisst ihr, aber sonst wäret ihr ja nicht hier, wäret auf Eurer Reise nicht einmal bis zu uns gekommen. Aber ich werde Eure Fragen beantworten. Gestattet. Die Steine haben wir von Händlern aus der Baumstadt, die sie gegen unseren Stoff, unsere Mixturen und andere Dinge eintauschen. Wir brauchen die Steine nicht unbedingt, aber sie gefallen uns. Darum hat jeder Zwerg sein Zimmer auf irgendeine Weise damit geschmückt, und auch mit unserer großen Halle haben wir schon angefangen. Gestattet mir jedoch, die Antwort auf Eure zweite Frage dem König zu überlassen, wir sind ja baldigst dort."

Lisa nickte und gab sich mit dieser Antwort zufrieden. Dann sah sie weiter den Gang hinab. Von unten herauf ertönte Musik, die sie lebhaft an eine Jazzband ihrer Welt erinnerte, wenngleich es auch ein bisschen nach Swing und Rock ´n´ Roll klang. Jedenfalls gefiel ihr diese fröhliche Musik. Sie hatte festgestellt, dass sie die Zwerge überhaupt mochte. Diese kleinen Gnome brachten sie häufig zum Lachen und hatten einen lustigen Humor. Die Kapelle beendete ihr Stück und begann mit einem neuen, ebenfalls Jazz. Arthus begann zu hüpfen und lachte: „Das ist mein Lieblingslied, gnädiges Fräulein, kommt, tanzt mit mir!" Lisa starrte Arthus an und bevor sie sich versah, hatte Arthus auch schon ihre Hände ergriffen und tanzte mit ihr durch den Gang.

Nachdem der letzte Akkord beendet war, ließ Arthus ihre Hände los, machte eine höfliche, formvollendete Verbeugung und schickte sich an, weiter den Gang hinunter zu wuseln. Lisa folgte ihm ein wenig verdutzt, aber auf jeden Fall amüsiert. Die Kapelle spielte ein neues Lied und schon bald erreichten sie den Tropfsteinsaal, in den Arthus sie gebracht hatte, nachdem er sie gefunden hatte.

Wieder sah sie die tanzenden, singenden und spielenden Zwerge und unbewusst musste Lisa bei deren Anblick an spielende Kinder denken. Arthus brachte sie zum König. Der Zwerg mit dem meterlangen Bart sah sie an.

Obwohl er auf seinem hohen Thron saß, reichte er Lisa nur bis zum Kinn, so dass er zu ihr aufblicken musste. Dadurch rutschte die riesige Krone dem Zwerg in den Nacken und wäre abgestürzt, wenn seine Frau, eine kleine, schlanke Zwergenfrau mit lustigen Augen und einer kessen Nase, die riesige Krone nicht noch im letzten Moment aufgefangen hätte.

Der König setzte seine Krone hastig wieder auf, jedoch völlig schief. Dann wies er Lisa einen Platz an, und griff rasch nach seiner Krone, damit sie nicht wieder herunter falle und rückte sie gerade. Dann erhob er seine Stimme und legte einen sehr würdigen Ton ein. „ Fräulein Lisa, seid herzlich willkommen in meinem Palast. Ich wünsche, wohl geruht zu haben, und trage mich in der Hoffnung, dass Euch Euer Quartier gefällig ist."

„Ich danke für Eure Nachfrage, Majestät. Ich bin sehr zufrieden", entgegnete sie. Der Zwerg nickte huldvoll. „Ich trage mich in der Hoffnung, dass es Eurer Freundin besser gehe." Nun war es an Lisa, mit dem Kopf dankend zu nicken. „Ich entschuldige mich für die Mühe, die ich und meine Freundin Euch bereitet haben."

„Das ist nicht der Rede wert. Wir wissen, warum Ihr unterwegs seid, und da auch wir vor McClouds Tyrannenherrschaft nicht sicher sind, liegt uns an Eurem Unternehmen genauso viel wie allen anderen Lebewesen Silberlands. Erzählt uns von Eurer Reise. Wir haben davon gehört. Für uns sind Geschichten aller Art das höchste Gut. Wir werden Eure Geschichte niederschreiben und für die Nachwelt aufzeichnen. Denn nur Ihr habt die Chance, dieses Land zu retten. Das ist wahrlich das edelste Unterfangen, das es gibt. Bitte, erzählt uns von Eurer Reise, Fräulein Lisa." Zustimmendes Gemurmel erklang im Raum.

„Also gut", entgegnete sie. Augenblicklich verstummte jedes Geräusch, jedes Gelächter, jedes Gespräch und die Musik. Alle Zwerge bildeten einen großen Kreis. Lisa ließ sich auf dem Boden nieder. Zwei der kleineren Zwerge rangelten darum, wer neben ihr sitzen durfte, und schließlich einigten sie sich darauf, dass jeder von ihnen sich an eines ihrer Knie lehnen konnte. Arthus brachte zwei Kissen und gab sie Lisa. Jeder Zwerg besorgte sich eine Unterlage und zwei der Zwerge zündeten in der Mitte des Kreises ein wärmendes Feuer an. Der König und seine Gemahlin stiegen von ihren Thronen und ließen sich rechts neben ihr nieder. Arthus wählte die andere Seite. Es kamen immer mehr Zwerge hinzu, aus allen Gängen, mit Kissen unter den Armen, schweigend, wie Schatten, und ließen sich überall nieder, auf den Tropfsteinen und auf dem Fußboden. Die Tafel war weggeschafft worden, so dass alle Zwerge in der großen Halle Platz fanden. Schließlich war nicht einmal mehr das Rascheln einer Maus zu hören. Alles war still. Und dann begann Lisa von der bewegenden Reise, die hinter ihnen lag, zu erzählen. Alle Augen waren auf sie gerichtet. Alles lauschte gespannt...

Als Lisa geendet hatte, schwiegen die Zwerge lange Zeit tief bewegt. Arthus hatte den Stift weggelegt, mit dem er jedes ihrer Worte mitgeschrieben hatte. Er hatte eine stattliche Menge Papier verbraucht.

Alle saßen noch eine ganze Weile zusammen, ohne dass einer ein Wort sprach. Alle hingen ihren Gedanken nach und dachten über die Geschichte nach, die Lisa ihnen berichtet hatte. Lisa fühlte sich unter all den kleinen Leuten geborgen und sicher. Sie wünschte, sie könnte länger bleiben. Dann brach der König das Schweigen.

„Es tut mir leid um Euren Freund. Aber seid Ihr sicher, dass er tot ist?" Lisas Augen wurden feucht. Sie dachte an die Sekunden zurück, in denen sie in den Hinterhalt geraten waren und Tyro ihnen ihr Leben gerettet hatte.

„Ja" seufzte sie. „Niemand überlebt es, wenn Tausende von Steinen auf einen herabfallen. Ich danke Euch für Euer Mitgefühl, euch allen." sagte sie und strich einigen Zwergenkindern liebevoll über den Kopf. Dann sah sie zu den anderen Zwergen hinüber. Ihr Blick fiel auf eines der schlafenden Babys. Erst jetzt merkte sie, wie müde sie wirklich war. Darum bat sie den König, sich in ihr Zimmer zurückziehen zu dürfen. Der Zwergenkönig nickte und befahl Arthus, sie zu begleiten. Auch die anderen Zwerge verabschiedeten sich und begaben sich zur Ruhe. Arthus führte Lisa zu ihrem Zimmer, und sie folgte ihm schweigsam.

In ihrem Zimmer angekommen setzte sie sich auf einen Stuhl. Arthus wollte sich an der Tür rasch zurückziehen, doch Lisa hielt ihn zurück. Der Zwerg betrat die Kammer und Lisa sagte nachdenklich: „Arthus, es gefällt mir bei euch. Ihr seid so anders als die anderen Lebewesen Silberlands und auch anders als meine Welt. Bei euch sind selbst die Alten noch fröhlich und voller Leben."

„Gnädigste, Ihr habt Recht. Ich bin schon 215 Jahre alt. Für einen Zwerg noch nicht sehr alt, aber alt genug. Und ich glaube, dass jeder von uns tief in seinem Wesen ein Kind geblieben ist. Das ist das Besondere an uns Zwergen. Ich danke Euch für das Lob, das Ihr uns aussprachet."

„Ach Arthus, Ihr seid so lieb. Ich wünsche Euch eine gute Nacht." Arthus wuselte auf sie zu und legte seinen kleinen Kopf in ihren Schoß. „Gute Nacht, Lisa." sagte er und huschte rasch zur Tür hinaus. Lisa zog sich aus und legte ein Nachthemd an. Dann schlüpfte sie in das weiche Bett. Bald schon war sie eingeschlafen und fiel in das Reich der Träume.

Sie stand auf einem dünnen Brett, unter dem ein reißender Fluss tobte. Vorsichtig balancierte sie auf dem Brett weiter, bis sie schließlich das Ende der Schlucht erreichte. Dann sah sie sich um. Ihre nackten Füße standen auf kaltem Felsen. Wasser tropfte von den Wänden. Sie gewöhnte ihre Augen an die Dunkelheit. Langsam hob sich ein Schemen von der gegenüberliegenden Wand ab. Vorsichtig ging sie darauf zu. Immer deutlicher erkannte sie die Umrisse. Schon bald bemerkte sie, dass die Person, die sie sah, an Händen und Füßen mit schweren Eisenketten gefesselt war.
Sie trat noch näher heran und dann erkannte sie die Person. Entsetzt schrie sie auf. Da erhob die Person ihren Kopf. „Lisa!" gellte ein Schrei durch den Raum. „Mein Gott, Tyro, du lebst...! Was ist mit dir, sag doch was!" stammelte sie, rannte auf ihn zu und fiel ihm in die Arme. Dann schob sie ihn sanft von sich und sah ihn an.
„Wo bist du?" fragte sie, während sie mit ihrer Hand nach seiner griff. „Lisa, was machst du hier? Wie bist du hierher gekommen?" Sanft strich seine Hand über ihr Haar.
„Ich war bei den Zwergen und dann habe ich mich schlafen gelegt. Und plötzlich fand ich mich auf einem dünnen Brett wieder, an dessen Ende diese Höhle lag. Mein Gott, ich dachte, du wärest tot." Ihre Stimme zitterte und sie griff nach seiner Hand.
„Nein, ich fiel McCloud in die Hände, nachdem ihr die Schlucht durchquert hattet. Hier ist sein Gefängnis." sagte er düster, „Es ist die Hölle. Aber ich glaube, ich träume. Auch ich habe geschlafen, als du plötzlich hier auftauchtest. Dein Cousin ist auch hier, deine Cousine auch, bis vor kurzem jedenfalls, doch McCloud ließ sie holen. Keiner weiß, was mit ihr ist, Lisa, ich.............."
Seine Stimme wurde immer leiser. Lisa konnte Tyro plötzlich nicht mehr verstehen, ein Schatten schob sich zwischen sie und Tyro, sein Bild verschwamm und entfernte sich immer weiter.
Statt dessen blickte sie jetzt in eine dunkle Fläche, aus der plötzlich McClouds Gesicht herauskam. Sein Gesicht verzerrte sich zu einem hässlichen Lachen. „Sie war Nummer eins. Bald ist Nummer zwei an der Reihe, und dann du selbst. Hahahahaha."
Mit einem lauten Schrei erwachte Lisa aus ihrem Schlaf und sah sich gehetzt in dem Zimmer um. Arthus stürzte herein. Lisa sah ihn mit großen Augen, in denen die Angst schimmerte, an. „Nein", flüsterte sie „Nein, das kann nicht wahr sein, das kann er nicht tun. Nein nein nein...!" Entsetzten lähmte sie und sie umklammerte Arthus Arm. Dann erzählte sie ihm, was geschehen war.

Tyro erwachte mit einem lauten Schrei aus seinem Schlaf. „Nein!" schrie er. „Nein, das darfst du nicht tun, McCloud!" schrie er immer wieder und zerrte an seinen Ketten.
„Oh doch, ich kann" lachte McClouds Stimme. „Du wirst schon sehen, was ich alles kann. Wenn du deine kleine Freundin wiedersehen wirst, dann wird sie ein seelisches Nervenbündel sein, am Boden zerstört." Er lachte hämisch und verstummte dann, während Tyro schluchzend zusammenbrach und nur noch das Nein in seinem Kopf hämmerte. „Nein, nein, nein. Nicht Lisa. Nein....."

Lisa hatte den Rest der Nacht unruhig geschlafen und wachte am Morgen mit starken Kopfschmerzen auf. Sie hatte Arthus erzählt, was sie geträumt hatte. Dann hatte der Zwerg sie beruhigt und sich in einen kleinen Sessel gelegt, den er in ihr Zimmer geschafft hatte, damit sie besser schlafen konnte. Als sie jetzt erwachte, war sie unausgeschlafen.

Arthus schlief in dem Sessel, darum stand sie möglichst leise auf und ging in das Bad. Sie wusste nicht, wie spät es war, aber sie wollte auch nicht mehr schlafen. In ihrem Kopf pochte es wie wild. Sie ging zu der Wanne und ließ Wasser einlaufen. Dann gab sie etwas Schaum hinzu und stieg in das Bad.

Die Hitze durchströmte ihren Körper und sie fühlte sich besser. Die Kopfschmerzen ließen nach und sie konnte wieder klare Gedanken fassen. War das nun ein Traum gewesen oder Wirklichkeit. Es war so real! Sie hatte für einen Moment wirklich geglaubt, Tyros Atem zu hören, seine Stimme, seine Hände zu fühlen.

Doch dann war McClouds Gesicht aufgetaucht. Was hatte er gesagt? „Das war Nummer eins. Bald kommt Nummer zwei an die Reihe, und dann du." Nummer eins? Plötzlich fror sie, obwohl das Wasser immer noch heiß war, als ihr bewusst wurde, WAS McCloud gesagt hatte. Nummer eins war entweder Christa oder Christoph. Einer von beiden. Das war McClouds Rache an ihr. Er ließ andere für sie büßen- eine einfache, aber widerliche Tour. Dieses Ekel. Abscheu stieg in ihr auf. Einem von beiden hatte er also direktes Leid angetan. Aber welchem von ihnen? Christa, schoss es ihr durch den Kopf. Tyro hatte doch gesagt, das ihr Cousin, Christoph, bei ihm sei, ihre Cousine aber nicht mehr.

Oder war das nur einer von McClouds Tricks? Egal, wie auch immer es war, sie musste weiter, die Zeit wurde knapp. Rasch stieg sie aus der Wanne, kleidete sich an und trat wieder in ihr Schlafgemach. Arthus war inzwischen aufgewacht. Er hatte Frühstück besorgt und einen kleinen Tisch.

„Arthus" sprach sie ihn an. „Ich muss wissen, wie es Laya geht. Wir müssen weiter. Unsere Zeit wird knapp, und McClouds Macht wächst. Ich brauche meine Jagdkleidung, in einem Kleid kann ich nicht reiten. Bitte, könntet Ihr nach Laya sehen und mir sagen, wie es ihr geht? Ich werde währenddessen packen."

„Ich werde eilen." sagte Arthus. Schon war er verschwunden.

Lisa trat an das Regal, nahm ihre Satteltaschen und begann, ihre Sachen einzuräumen. Schon bald kam Arthus wieder und berichtete, Laya ginge es gut. Einer Abreise stände nichts mehr im Wege. „Gut", sagte Lisa, als Arthus ihr die Jagdkleidung gab, lief ins Bad, zog sich an, gürtete sich und nahm die Satteltaschen. Dann trat sie auf den Gang hinaus, auf dem Arthus schon wartete.

Sie überprüfte noch einmal rasch ihre Ausrüstung: ihre Kette mit dem Stein, der Dolch, das Kräuterpäckchen und als wichtigstes, die Klinge des goldenen Schwertes. Dann führte Arthus sie zu Layas Zimmer, wo diese schon angezogen auf sie wartete. Gemeinsam gingen sie zum König, dem sie dankten. Er wünschte ihnen eine glückliche Weiterreise. Arthus wandte sich an Lisa.

„Ich werde Euch zum Ende der Wüste bringen, unsere Stollen reichen bis dorthin. Dann kommt ihr nicht erneut in einen Sandsturm. Gestattet, dass ich euch begleite."

Lisa nickte und Arthus führte sie durch ein Gewirr aus Gängen zu ihren Pferden, die bereits aufgezäumt waren. Lisa legte ihren Sattel auf, einige Zwerge luden noch Esswaren und Decken auf. Dann stieg sie auf Sternennebels Rücken. *Guten Morgen. Lange haben wir uns nicht mehr gesehen. Aber die Zwerge sind liebe Wichte. Komm, wir wollen schnell weiter.* Lisa klopfte Sternennebels Hals. Dann gab sie ihm die Sporen. Vor ihnen öffnete sich eine hölzerne Tür, und als sie hindurchritt, bemerkte sie, dass es eine Tür in einem Baum war, der inmitten einer sonnenbeschienenen Steppe stand. Hinter ihr hörte sie Laya durch das Tor reiten. Neben ihr kam sie zu stehen. Die beiden Frauen lächelten sich an. Dann sah Lisa zur strahlenden Sonne empor und sie gab ihr neue Kraft.

„Auf, auf zu unserer nächsten Etappe, auf dass wir das Rätsel um den Ort, zu dem wir sollen, bald gelöst haben." Dann ritten sie los, in die Steppe hinein.

Das nächste Ziel der beiden war die Stadt am Teich des ewigen Lebens. Tyros Heim. Da stand ihnen die schwere Aufgabe bevor, Tyros Vater von seinem Tod zu berichten. Denn Lisa glaubte nicht, dass es wirklich Tyro gewesen war, den sie in ihrem Traum gesehen hatte. Trotzdem begann sie, Laya von ihrem Traum zu erzählen.....

„Und dann sagte er: Das war Nummer eins. Bald ist Nummer Zwei an der Reihe, und dann du. Was er damit wohl.............."

„Warum wartet Ihr eigentlich nicht, gnädiges Fräulein. Habe ich Euer Missfallen erregt? Tragt Ihr Euch in der Absicht, mich den ganzen Weg hinter Euch herlaufen zu lassen? So wartet doch, bitte, Gnädiges Fräulein!!" Lisa hielt abrupt ihr Pferd an und fuhr im Sattel herum.

Hinter ihnen trabte ein Zwergenpferd, mit einem kleinen Gnom auf dem Rücken, der Erschöpfung und dem Zusammenbruch nahe, der wild mit den Armen fuchtelte. Lisa und Laya stiegen von ihren Pferden und gingen dem Zwerg auf dem Pferd entgegen. Als sie bei ihm angekommen waren, erkannten sie, dass es Arthus war.

Er japste nach Luft und rutschte von seinem Pferd, das augenblicklich die Beine einknickte und mit heraushängender Zunge nach Luft rang. Arthus selbst griff nach einer riesigen Feldflasche, trank hastig und hielt dann dem Pferd die Flasche vor das Maul. Das Pferd trank gierig. Dann ließen sie sich beide auf dem frischen Gras nieder und atmeten schwer.

Laya und Lisa setzten sich daneben und Lisa wischte dem Pferd den Rücken trocken. Dann errichteten sie ihr Lager. Nachdem die Schlafsäcke ausgebreitet, das Essen zubereitet und die Pferde alle drei mit Stroh versorgt worden waren, gingen sie zu Arthus, um auch ihm einen Teil des Essens zu geben.

Sternennebel und Layas Pferd hatten das Zwergenpferd zu sich genommen und zu dritt hatten sie sich ein gemütliches Lager errichtet. Laya hatte Arthus Sattel ausgepackt und einige Kissen und Decken sowie eine Unterlage entdeckt. Die hatte sie ausgebreitet, so dass der Zwerg ein Lager hatte, auf dem er sich erschöpft niederließ.

„Warum seid Ihr denn hinter uns hergeritten, Arthus?" fragte Lisa.

„Na, ich will doch das Ende Eurer Geschichte miterleben, und außerdem glaube ich bestimmt, dass Ihr meine Hilfe irgendwann gut brauchen könnt." Der Zwerg schaute treuherzig drein und lächelte mit seinen großen, treuen Augen. Lisa umarmte ihn.

„Du bist uns herzlich willkommen." sagte sie, und da war Arthus auch schon eingeschlafen. Lisa und Laya setzten sich etwas abseits und unterhielten sich noch eine Weile über verschiedene Dinge, und als der eckige Mond aufging, gingen auch sie zu Ruh.

„Morgen sind wir in der Stadt. Das wird ein schwerer Gang," war das letzte, was sie dachte, bevor sie einschlief.

Die Stadt des ewigen Lebens

Am Abend des nächsten Tages erreichten sie die Stadt am Teich des ewigen Lebens. Lisa hatte die Baumstadt gesehen, in der sie nur grün über grün gesehen hatte. Sie waren in der Dornenstadt gewesen, wo die Bäume mit Edelsteinen eine glanzvolle Pracht und Herrlichkeit ausgestrahlt hatten. Sie hatten die Hauptstadt besucht, in der es von fremdartigen, wundervollen Dingen nur so gewimmelt hatte; und nicht zu vergessen: die Stadt der Zwerge mit ihren Tropfsteinzimmern. Doch all das wurde von dieser Stadt überboten.

Lisa staunte nur noch, schon seit sie die Grenzen des Teiches des ewigen Lebens erreicht hatten. Überall sah sie freundlich lächelnde Menschen, die mit Büchern, Manuskripten, Zeichnungen, Skizzen, Modellen und anderen wissenschaftlichen Dingen geschäftig umher eilten. Alle wanderten in Richtung Stadt, denn es wurde Abend, und sobald die Große Glocke die Abendstunde schlug, wurden die Stadttore geschlossen und alle Arbeit beendet, hatte Laya Lisa und Arthus, der die Stadt auch zum ersten Mal besuchte, erklärt. Danach aßen alle Stadtbewohner zu Abend und gingen dann zur Ruhe, lasen oder studierten noch etwas oder pflegten eine Unterhaltung.

Wenn die Glocke die Mitnachtsstunde ausrief, verloschen alle Lichter. Wenn die Glocke die Morgenstunde ausrief, dann erhoben sich alle und aßen zu Morgen, gingen dann auf den Marktplatz, an dem sich alle, auch die königliche Familie, um den Lebensgeber scharten und der Reihe nach auf den morgendlichen Schluck klaren Wassers aus der Quelle des ewigen Lebens warteten. Dann gingen sie zu ihren Arbeiten, um erst am Abend mit der Glocke ihre Arbeiten zu beenden. Doch mehr wollte Laya nicht verraten.

„Welche Arbeiten sie verrichten, werdet ihr schon sehen. Ihr werdet staunen. Verraten tue ich nur noch, dass hier die Mitglieder unseres einzigen Heeres, die „Silbernen Wächter," leben und eine ehrbare Stellung einnehmen. Den Rest an Besonderheiten dieser Stadt werdet ihr alleine herausfinden müssen." hatte sie gesagt. Und nun standen sie vor den Toren, mitten unter den Menschen, die Pferde an den Zügeln, nur Arthus saß auf seinem Pferd, damit man ihn nicht übersah und tot trampelte.

Der Pförtner, ein Mann der „Silbernen Wächter", stand am Tor und prüfte die Karten der Passanten, um mögliche Eindringlinge aus McClouds Reihen aufzuspüren. Als Laya an der Reihe war, erkannte er sie und ein Ausruf der Überraschung floh von seinen Lippen. Dann sah er auch Lisa, der er ein fast ehrfürchtiges Lächeln schenkte und Arthus, den er mit offenem Erstaunen musterte. Dann runzelte er die Stirn und sah sich suchend um.

Lisa wusste, dass der Mann nach Tyro suchte. Ein dicker Klos würgte in ihrem Hals. Doch zu ihrem Glück sagte der Mann nichts, gab einem anderen Wächter einen Wink und bat ihn, die drei zum König zu bringen. Sie durften passieren und folgten dem Wächter durch die Stadt zum Palast. Obwohl es schon dunkel war, konnte Lisa doch einige Dinge dieser Stadt erkennen. Alle Gebäude waren aus weißem Marmor, jedoch verschnörkelt und verziert mit den verschiedensten Dingen als Abschluss eines jeden Hauses.

Da sah sie Zirkel, Bücher, Tiere, mathematische Aufgaben, Abbildungen, Reliefs und sonstige Dinge, die sie aus Physik, Chemie, Biologie, Erdkunde und Philosophie kannte. Doch nicht nur die Dächer sahen so aus, auch Fenster und Türen hatten derartige Formen, und zwar die gleiche Form wie das jeweilig zugehörige Dach.

Es wurde immer dunkler. Dann sahen sie einen Mann, der mit einer langen Stange die Kerzen in den Straßenbeleuchtungskörpern anzündete. Auch diese hatten seltsame Formen, vor jedem Haus stand eine und hatte die selbe Form wie die Fenster und Türen. Die Straße war breit und fast leer.

Der Wächter schritt zügig voran und Lisa konnte nicht alles erkennen. Dann kamen sie an das Schloss. Doch wie sah es aus? Es bestand ebenfalls aus weißem Marmor, es hatte endlos viele Türen und auf jedem Turm, jeder Zinne sah sie eine dieser Formen, keine wie die andere. Lisa vermutete, dass hier jedes Haus der Stadt sein Zeichen irgendwo besaß. Auch die Fenster waren in den unterschiedlichsten Formen, wahrscheinlich ebenso wie die Formen auf Zinnen und Türmen. Dann standen sie vor dem Eingangsturm. Der Soldat klopfte an und eine Frau öffnete.

Der Wächter und die Frau sprachen kurz miteinander, dann nickte die Frau und sie durften passieren. Der Wächter führte sie zu dem Thronsaal, durch geometrisch geformte Gänge, um Ecken und Kurven und über Spiraltreppen.

Die Wände waren in strahlendem Weiß gehalten. An ihnen hingen Hinweisschilder. In kleinen Vitrinen sah sie Gefäße und Instrumente, die ihr aus Chemie und Physik bekannt vorkamen. Langsam begann sie zu ahnen, was das besondere an dieser Stadt war.

Schließlich erreichten sie den Thronsaal, in dem Tyros Vater, Trovok, auf seinem Thron sitzend wartete. Er sah ihnen aus leuchtenden Augen entgegen, in denen sich das ungeheure Wissen widerspiegelte, das dieser Mann besaß, denn sonst wäre er nicht der König dieser Stadt. Lisa schluckte den dicken Kloß herunter, der plötzlich ich ihrem Hals steckte. Hilfesuchend sah sie zu Laya hinüber, doch auch deren Gesicht war blass geworden. Sie fing Lisas Blick auf und trat näher an Lisa heran. Arthus, der wusste, was den beiden jetzt bevorstand, hielt sich wohlweislich im Hintergrund.

Trovok begrüßte Laya mit einer herzlichen Umarmung, wandte sich dann Lisa zu und verbeugte sich vor ihr.

„Willkommen in meinem bescheidenen Reich", sagte er. „Ich bin sicher, dass du müde bist, doch bitte, erzähl mir zuallererst von eurer Reise." Danach wandte er sich an Arthus, den er mit großem Erstaunen begrüßte und über dessen Sprache er sehr verwundert war.

Alsbald führte er sie in seinen privaten Speisesaal, wo bereits für fünf Personen gedeckt war. Für Trovok, seine Frau, Laya, Arthus und sie selbst, wie Lisa glaubte. Lisa lief es kalt den Rücken herunter. Jetzt würde bald die Frage kommen, wo sein Sohn sei. Sie fröstelte. Trovok wies ihr einen Stuhl zu, dann Laya und Arthus, bevor er selbst sich auf einen der Stühle niederließ. Doch es kam niemand mehr, und allmählich braute sich in Lisa eine Ahnung zusammen, deren Gewissheit sie nicht haben wollte. Doch vorerst geschah nichts, und Lisa begann sich zu entspannen. So kam es, dass Trovoks Frage sie vollkommen überraschte. Sie hatte sich gründlich vorbereitet, hatte sich einen Text zurechtgelegt, doch nun versagte ihr Erinnerungsvermögen seinen Dienst.

Sie wollte ihren Kopf heben, doch konnte sie ihm nicht in die Augen sehen, denn sie hatte Angst, dem, was sie sehen würde, nicht gewachsen zu sein. So glitt ihr Blick nur zu Laya, doch auch diese brachte kein Wort hervor.

Trovok bemerkte das seltsame Verhalten seiner Gäste. Plötzlich, mit angsterfüllter Stimme fragte er leise: „Wo ist mein Sohn?"

Lisa hätte in diesem Moment alles dafür gegeben, sich unsichtbar machen zu können. Nun musste einer antworten. Sie sah in Layas Augen und wusste, dass ihre Freundin kein Wort hervorbringen konnte. Schließlich nahm sie allen Mut zusammen. Mühsam brach es aus ihr hervor:

„Er ist tot." Sie sah Trovok dabei nicht an, doch sie konnte spüren, wie ihn diese drei Worte trafen. Nur drei Worte, doch unter ihnen brach Tyros Vater zusammen. Lisa hob den Kopf und blickte ihn jetzt voll an. In seinen Augen standen die Tränen der Verzweiflung. Er erhob sich ohne ein weiteres Wort und entschwand raschen Schrittes.

Laya legte ihr den Arm auf die Schulter. Ein Mädchen erschien, um sie zu ihren Zimmern zu bringen. Es erkundigte sich nach dem Grund dafür, warum der König so verzweifelt sei. Lisa erklärte es ihr, und sie war entsetzt. „Der arme König. Vor zwei Wochen erst kam seine Frau bei einem Kampf gegen McClouds Häscher um. Er hat nun alles verloren." Diese Nachricht versetzte Lisa einen neuen Schock.

Alleine in ihrem Zimmer trat sie ans Fenster und sah in die Nacht hinaus, zu den Sternen am Himmel. Sie griff nach dem Stein an ihrem Dolch. Er leuchtete wie strahlendes Feuer, und sie hob ihn vor ihr Gesicht.

Lange starrte sie den roten Stein an und sammelte all ihre Wut und Kraft in ihm. Und es schien ihr, als würde McCloud in seinem roten Feuer verbrennen, langsam und qualvoll.

„So sollst auch du brennen," flüsterte sie hasserfüllt, „Ja, langsam und qualvoll, und es wird meine Rache für all das Leid, das du über meine Freunde gebracht hast. Ja, brenne, McCloud, brenne!"

Fünf Tage später waren sie zur Weiterreise bereit. In diesen Tagen hatten sie den König nur selten gesehen, und Lisa war froh darüber. Von ihrem Traum hatte sie ihm nicht berichten können.

Auch McCloud hatte sich nicht gemeldet, was wiederum Freude in Lisa aufkommen ließ, aber so richtig konnte sie die trübsinnigen Gedanken nicht aus dem Kopf verbannen. Stundenlang waren sie und Laya durch die Stadt des ewigen Lebens gegangen, hatten die Menschen besucht, ihnen bei der Arbeit zugesehen, und Lisa hatte Stück für Stück die Geheimnisse dieser seltsamen Stadt erkundet.

Die Stadt des ewigen Lebens war die Stadt der Wissenschaft. Noch bevor es das Volk der Vorak oder sonst eines gab, als die sagenumwobenen Zeitlosen noch hier lebten, mussten hier Erfindungen jeder Art gemacht worden sein, denn die Vorak hatten die verschiedensten Dinge in den oberen Erdschichten gefunden, wie zum Beispiel einen Zirkel.

Über der Fundstätte stand nun das Haus mit den Zirkelfenstern. Mit der Zeit hatte man immer mehr Dinge erfunden und die Tradition des Hausbaues so weitergeführt.

Bei ihren Erkundungszügen hatte Lisa jedoch etwas sehr merkwürdiges festgestellt: All die Häuser mit mathematischen Abbildungen standen in einem Gebiet, ebenso die mit chemischen, physikalischen und so weiter.

Als sie sich danach erkundigte, sagte man ihr, man habe immer drei Gegenstände nahe beieinander gefunden, die auch in den selben Aufgabenbereich gehörten. Das habe man beibehalten und all die Häuser für neue Erfindungen um diese drei Häuser herum gebaut, so dass alle Mathematikhäuser zusammenstehen, alle Physikhäuser und so weiter.

Lisa hatte sich darüber gewundert. Was mochten die Zeitlosen damit bezwecken? Lange hatte sie mit vielen der Wissenschaftler gesprochen, alles kluge Männer und Frauen, doch auf diese Fragen hatte ihr keiner antworten können.

Ein weiteres Geheimnis der Stadt hatte Arthus bemerkt, als er früh morgens ganz unverhofft in der Reihe derjenigen, die Wasser aus der Quelle des ewigen Lebens trinken wollten, stand. So erfuhr er, dass dieser Brunnen schon seit Ewigkeit hier stand und dass sein Wasser heilende Wirkungen hat. Jeden Morgen würden die Bewohner der Stadt aus dem Brunnen trinken und so den neuen Tag begrüßen, der neue Lebensfreude spendet.

Nun, kurz vor der Abreise, hatten sich viele Menschen auf dem Platz versammelt. Lisa überprüfte noch ein letztes Mal ihr Gepäck, dann stieg sie auf. Sternennebel wieherte erfreut, auch ihn hatte die Ungeduld gepackt. Arthus war schon bereit. Auch Laya war fertig.

Ein alter Mann trat aus den Reihen hervor, streckte seine Hand nach Lisa aus und griff nach der ihren. Dann lächelte er und sprach mit zittriger Stimme: „Dass ich das noch erleben darf.

Du bist ein gutes Kind. Pass auf dich und deine Freunde auf." Dann zog er einen schmalen Stab, der von innen her leuchtete, unter seinem Mantel hervor und gab ihn Lisa. „Hier, mein Kind, nimm, es mag dir nützlich sein. Dein Weg ist noch lang und gefährlich." Tief bewegt stammelte sie ein „Danke". Dann trat er in die Reihe zurück.

Langsam setzten sich die Pferde in Bewegung. Trovok wartete auf sie am großen Stadttor. Sie hielten an und er trat auf sie zu.

„Lisa", sagte er, „Bitte, du musst siegen. Meine Kraft, die ich noch in mir habe, sei mit dir." Ganz gegen ihren Willen nahm sie seine Hand und rief: „Ich werde siegen, Euer Majestät, für Euch, Euer Königreich, für alle hier, die Lebenden und all jene, die ihr Leben für den Frieden ließen." Gedämpfter, nur für Trovok gedacht, sprach sie leise und kalt: „Hoheit, ich verspreche Euch, ich werde seinen Tod rächen."

Dann ritten sie durch das Tor hinaus in Richtung der großen, schneebedeckten Berge, hinter denen eben die Sonne aufging.

Auf den Berg und unter den See

„Nummer Zwei ist dran. Beeilt euch. Ich habe noch ein Wörtchen mit diesem unverschämten Buben zu reden." McClouds Kommando galt zwei Wächtern, die neben der Tür standen. Wortlos gehorchten sie.

Als sich die Tür zur Grotte öffnete, wusste Christoph, dass er der nächste sein würde. Doch er würde nicht schreien, er würde McCloud diesen Gefallen nicht tun, niemals, und sei es, dass er dafür sterben musste.

Die grobschlächtigen Kerle traten zu ihm heran und er erhob sich wortlos. Er hörte Tyros rasselnden Atem neben sich. Seine Ketten fielen zu Boden, die Wächter ergriffen seine Arme und führten ihn hinaus.

Rasch gewöhnten sich seine Augen an das Licht, doch erhielt er kurz darauf einen heftigen Schlag ins Genick.

„Betäubungsschlag", fuhr es ihm durch den Kopf. Er ließ sich zusammensinken und schloss die Augen. Grob wurde er gepackt, angehoben, wie ein Sack unter den Arm geklemmt und eine Treppe hinaufgetragen. Lauernd öffnete er seine Augen einen Spalt breit und sah, wie die Wächter eine Felsentreppe hinaufstiegen, an dessen Ende ein Tür war. Sie stießen sie auf und trugen ihn in einen Hof, auf einen großen Turm zu.

Rechts von ihm entdeckte er ein großes Burgtor, dessen Flügel gerade offen waren, da irgendeine Fracht hereingebracht wurde. Die im Hof anwesenden Soldaten luden die Waren von den Karren. Keiner achtete auf ihn und seine beiden Wächter. Eine ideale Gelegenheit zur Flucht. Der Turm sah sicher aus. Dort würde er keine Möglichkeit mehr zur Flucht haben. Er hatte nur eine Chance. Es war einen Versuch wert.

Mit einem plötzlichen Ruck richtete Christoph sich auf. Der Mann, der ihn trug, stieß einen Schrei des Erstaunens aus und ließ ihn vor Schreck fallen. Christoph nutzte diese Schrecksekunden, sprang auf die Füße und trat dem anderen Soldaten gegen das Knie. Der brach zusammen, vor Überraschung keuchend. Doch Christoph verlor keine Sekunde. Augenblicklich wandte er sich um und rannte auf das Tor zu.

Zwei Soldaten liefen ihm entgegen, versuchten, ihn aufzuhalten, doch er war schneller und entkam ihnen. Instinktiv hielt er auf einen Boten zu, der eben durch das Tor hereingeritten kam und stieß ihn vom Pferd, sprang selbst auf, trieb das Pferd über die Zugbrücke zurück und davon, hinaus aus der Burg und in die Wüste, die sich vor ihm erstreckte.

Hinter sich hörte er die Soldaten, die wild durcheinander schrieen, dann ertönte eine Kommandostimme und befahl die Verfolgung. Er trieb das Pferd zu immer größerer Eile an. Doch Christoph wusste genau, dass es nur eine Frage der Zeit war, bis sie ihn erreichten, wenn die Jagd so weiter ging, denn sein Pferd war schon müde, bereits geritten. Die Pferde der anderen nicht.

Vor sich sah er einen See. Er trieb das Pferd darauf zu. Ein Blick zurück zeigte ihm, dass die Verfolger schnell näher kamen.

Vor sich entdeckte er verbrannte Hütten und abgeschlagene Baumstümpfe, Schwefelgeruch brachte seine Nase zum Jucken.

Der See kam immer näher. Plötzlich kam ihm ein verzweifelter, verrückter Gedanke. Er trieb sein Pferd dicht an den See heran, duckte sich tief auf den Pferderücken, und als sein Pferd den See erreichte, trieb er es noch einmal an und stieß sich dann ab, sprang in den See hinein. Das Pferd preschte weiter, kleine Fontänen um seine Beine bildend, an den Ufern des Sees entlang, die Verfolger hinter ihm her.

Christoph jedoch fiel durch den Sprung ins Wasser und tauchte unter. Noch ehe er an den Grund gelangen konnte, packten ihn plötzlich zwei schmale, feine, aber ungemein kräftige Hände an den Knöcheln und zogen ihn herab.
Dann fühlte er festen Boden unter den Füßen und: er konnte atmen!
Erstaunt öffnete er die Augen und blickte in das schmale Gesicht einer jungen Frau.
Erschrocken trat er einen Schritt zurück. Sie war schlank, groß, hatte lange, braune Haare und elfenbeinfarbene Haut. Auf ihrem Rücken sah er zwei Flügel, blassblau. Sie war schön, eine Elfe, schoss es ihm durch den Kopf.
Doch ihre Kleider waren zerschlissen und ihre Arme zerkratzt und verbunden, an ihrem Gürtel hing ein langes Schwert, schmal, doch bestimmt gefährlich. Sie starrte ihn an und fragte dann barsch: „Wie bist du ihm entkommen?"
„Wem? McCloud?"
„Ja" entgegnete sie, und in ihrer Stimme schwang Misstrauen.
„Oh, das ist eine lange Geschichte. Doch wo bin ich hier? Wer bist du, wie viele seid ihr? Und vor allem: auf wessen Seite stehst du?"
„Du bist bei den Flüchtlingen, den letzten Überlebenden aus Layas Reich, die den Kampf gegen McCloud bis jetzt überlebt haben. Wir sind hierher geflohen, als wir sahen, dass der Kampf verloren war, in der Hoffnung, noch etwas retten zu können. Ich bin Amanda-Smirella. Wir sind ungefähr zwanzig Flüchtlinge und vier Kinder. Und du bist Christoph."
Er sah sie verblüfft an und lächelte.
„Folge mir, bitte." bat sie, und ihre Stimme klang schon freundlicher. Aber die Hand auf dem Schwertknauf sprach eine andere Sprache. Er nickte, und sie führte ihn einen langen Gang entlang zu einem Saal, in dem ein großes Feuer brannte, um das sich eine Gruppe von Menschen, in Decken gehüllt, versammelt hatte.

Außer Amanda-Smirella sah er noch zwei andere Elfen, zwei Gnomenpärchen mit Kindern, drei Fluglichter, fünf Zyklopen und einige Menschen. Ein armseliges Häufchen Versprengter, fand er. Als er eintrat, ging ein Raunen durch die Reihen der Lebewesen und ein Getuschel.
Amanda-Smirella sprach schnell auf sie ein, in einer melodischen Sprache, die Christoph nicht verstand. Doch man brachte ihm rasch eine Decke und Essen, und eines der Fluglichter zog eine Leier hervor, um einige Lieder zu spielen. Amanda-Smirella ließ sich neben ihm nieder. Christoph wusste nicht recht, ob aus Freundlichkeit oder ob sie ihm nicht traute. Wahrscheinlich letzteres.
Das Fluglicht entlockte der Leier einige seltsame Weisen und jetzt merkte Christoph erst, wie müde er wirklich war. Er sank an Amanda-Smirellas Schulter zusammen und war bald darauf eingeschlafen.
Doch vorher dachte er an Christa. Er würde ihr helfen, ganz bestimmt, wie er es ihr versprochen hatte. Denn jetzt war er frei. Frei, frei, frei.............

Lisa schüttelte erneut den Kopf. „Woher willst du wissen, dass wir auf diesen Berg müssen?" Sie deutete auf einen kleinen spitzen Berg, der nur wenig mit Schnee bedeckt war. Sie waren zwar noch weit von den Bergen entfernt, doch sie mussten sich jetzt für einen Weg entscheiden, denn sonst würden sie nie ankommen.
Lisa deutete auf den höchsten Berg, dessen Spitze man nicht mehr erkennen konnte, da sie hoch in den Wolken verschwand. Er war schneebedeckt. „Das Herz der Welt, wo man nicht sieht, was direkt vor einem liegt, die Macht der Natur. Dort oben müssen wir hin. Ich bin mir ganz sicher."

Laya starrte noch eine Weile zu den Bergen hinüber, dann seufzte sie „du bist der Chef. Wenn du meinst."

Sie hatten ihr Lager an dem See aufgeschlagen, der in der Nähe des Zeittores lag, durch das sie damals angekommen war, an dem See, an dem sie Tyro zum ersten Mal getroffen hatte. Arthus war mit seinen Aufzeichnungen verschwunden, er wollte sie komplettieren, bevor sie weiter ritten.

Lisa starrte den hohen Berg noch einmal an. „Ich bin mir ganz sicher. Es zieht mich dort rauf. Dort oben müssen wir hin, Laya, dorthinauf. Das wird ein ganz schöner Weg."

„Wie konnte das passieren? Unfähige Bande, Anfänger, elende Hunde! Schlimm genug, dass er aus der Burg flüchten konnte, nein, ihr wart auch noch zu dumm, um ihn anständig verfolgen und festsetzen zu können! ENTKOMMEN!! Welche Schande"

McCloud hatte einen hochroten Kopf. Er schrie das Repertoire seiner Flüche wild vor sich hin, das lange Haar zerzaust um seinen Kopf. Im krassen Gegensatz dazu stand die blasse Christa, die sich erhoben, aber weiter nichts gesagt hatte. Ihr Gesicht war kalkweiß, doch das Puppenhafte ihrer Bewegungen war verschwunden. Es wirkte, als sei sie immer so gewesen wie augenblicklich.

Vor dem Thron hockte ein zitterndes Häufchen von Rittern, die Christoph erfolglos verfolgt hatten. Ihnen galt McClouds ganzer Zorn. Die zwei Wächter aber, die ihn holen sollten, hatte McCloud in seinem ungebändigten Zorn in Kröten verwandelt. Nun zitterten die Ritter um ihr Schicksal.

Doch McCloud war kein Narr. „Bringt ihn zurück, zu mir. **Doch wagt es ja nicht, ohne ihn wiederzukommen!**" brüllte er hinter den Flüchtenden hinterher, nachdem er sie auf die neue Jagd geschickt hatte. Dann knallte die Tür ins Schloss.

Erschöpft sank er auf seinen Stuhl zurück. Christa eilte zu einem Tisch, nahm ein Glas mit Wasser und brachte es zu ihrem Herrn. Er strich sich die Haare aus dem Gesicht und sein Zorn verrauchte, während er sie musterte.

Leisen Schrittes ging sie zu ihrem Stuhl zurück und sein Blick folgte ihr. Dann gewahrte er das kleine Bild von Lisa, das auf seinem Experimentiertisch stand. „Dich kriege ich auch noch," dachte er wütend. Er gähnte laut. Morgen war auch noch ein Tag, an dem er wieder wütend sein konnte..

Als Lisa an diesem Morgen erwachte, schliefen die anderen noch. Froh darüber, alleine sein zu können, ging sie zu dem Silbersee. Wie schon vor langer Zeit war auch jetzt das Wasser klar und kalt. Sie schwamm und wusch sich, wie damals. Nachdem sie sich angezogen hatte, fiel ihr Blick auf einen Baum, an dem leuchtende Früchte hingen.

„Giftig", schoss es Lisa durch den Kopf. Wie damals. Doch trat heute kein großer, schlanker Junge mit braunen Haaren und der Kluft gleich eines Jägers aus dem Gebüsch. Sie starrte lange auf das Gebüsch, als erwarte sie, jeden Augenblick einen solchen Jungen zu sehen. Dann fing sie sich schnell wieder.

„Ich werde sentimental", dachte sie. „Dieser Ort bringt nur schlechte Gedanken. Ich muss hier weg. Sofort. Die Zeit. Sie ist nicht zu stoppen. Rasch."

Sie wandte sich um und lief zum Lager zurück, weckte die anderen. Ihre Hektik wirkte ansteckend. In aller Eile packten sie zusammen und brachen auf, weiter dem großen Berg entgegen.

Drei Tage später hatten sie die Ausläufer des Gebirges erreicht. Sie waren vier mal mit McClouds Truppen in Berührung gekommen und hatten zwei kleinere Gefechte ausgetragen. Hier, in der Nähe der Berge, waren McClouds Truppen häufiger anzutreffen.

Der Weg wurde steiniger. Bald gab es keinen Pfad mehr, auf dem sich die Pferde vorwärts bewegen konnten. Schließlich sagte Lisa: „Wir haben keine andere Wahl. Die Pferde müssen hier bleiben. Wir müssen zu Fuß weiter, sonst bleiben wir stecken. Nehmt nur das Wichtigste mit."

Leise wandte sie sich an Sternennebel. „Tschüß, alter Freund. Wir sehen uns bestimmt wieder. Laufe zur Stadt des ewigen Lebens zurück und bringe bitte folgende Botschaft an Trovok: Sind auf dem richtigen Weg. Alles OK."

Sie steckte den Zettel mit der Nachricht unter Sternennebels Sattel. Dann trabten die Pferde davon. Sie sahen ihnen nach, bis sie verschwunden waren. Nun begann die lange Reise zu Fuß, hinauf zu den Zeitlosen.

Der schmale Pfad war mit Steinen übersät, so dass sie den Weg kaum fanden. Es hatte bereits zu dämmern begonnen und noch immer hatten sie keinen Lagerplatz für die Nacht gefunden.

Ohne Arthus wären sie vollkommen verloren gewesen. Der Zwerg konnte bei Nacht ebenso gut sehen wie bei Tag und seine scharfen Augen hatten den Pfad immer wiederfinden können, so dass sie sich noch nicht verirrt hatten. Nun, nach Einbruch der Dämmerung, ging er voran, um einen guten Platz zum Übernachten zu finden. Die Lampen wollten sie nicht entzünden, da es zu gefährlich gewesen wäre. Sie wären wie ein Leuchtturm überall zu sehen gewesen.

Endlich erreichten sie eine Art Felsgrotte, ein schmaler Spalt zwischen zwei meterhohen Gesteinsbrocken, der sich im Inneren erweiterte und einen runden Hohlraum bildete. Sie zwängten sich hinein. Hier konnte Laya es wagen, ihre kleine Wanderlaterne anzuzünden. Sie dunkelte sie mit Hilfe einer Decke ab und legte ihre Karte daneben. Mit ihrem Finger verfolgte sie den Weg, den sie gekommen waren und stellte mit Schrecken fest, dass sie schon bald das Ende des Pfades erreichen würden. Danach würden sie ihren Weg durch das Gebirge alleine finden müssen.

Laya schätzte, dass sie gegen Mittag des nächsten Tages auf die ersten höheren Berge treffen würden.

Müde von dem langen Fußmarsch und mit der Gewissheit, dass noch viele solcher Tage folgen würden, löschte sie die Laterne und wickelte sich in ihre Decken. Feuchtigkeit kroch durch die Felsen in die Höhle und es wurde kalt und klamm. Arthus war ganz unter seiner Decke verschwunden. Laya fror. Auch Lisa schüttelte sich. Und leise fiel draußen der erste Schnee........

Christoph erwachte in einer kleinen Kammer, in einem harten Bett, aber es war ein Bett, und es war warm und allemal besser als in McClouds Kerker. Eine kleine Kerze, auf einem Tisch stehend, verbreitete ein bisschen Licht.

Behutsam schlug er die Decke zurück und stellte fest, dass seine Schulter und sein Knie verbunden worden waren. Langsam stand er auf. Erst jetzt bemerkte er die Strapazen der letzten Zeit richtig. Alle Knochen taten ihm weh. In seinem Kopf drehte sich alles. Haltlos brach er zusammen, als starke Arme nach ihm griffen und ihn in sein Bett zurück trugen. Er bemerkte den Stich einer Spritze an seinem Arm und dann schlief er ein.

Als Lisa erwachte, lag schwere Feuchtigkeit in der Luft. Ihre Sachen waren feucht und kalt. So verstaute sie in ihrem Rucksack und kramte die warmen, dicken Sachen hervor. „Lieber zu viel angezogen als zu wenig und erkältet", dachte sie.

Die anderen schliefen noch. So packte sie leise ihre Sachen ein und zwängte sich durch den Spalt. Draußen erstarrte sie. Eine feine Schneedecke lag über allem, über Steinen, Pfad und

Fels. Nur die nahen Berge strahlten im Licht der aufgehenden Sonne in silbernen Farben. Über allem lag ein silberner Schleier. Ein wundervolles Schauspiel.

Nun wusste Lisa, wieso dieses Land Silberlicht hieß. „Eine Frage, die ich mir vorher noch nie gestellt habe", schoss es ihr durch den Kopf.

Sie kroch zurück durch den Spalt, um die anderen zu wecken. „Durch Schnee und Eis zu wandern kann ja schön werden," dachte Lisa. Dann begannen sie mit dem Aufstieg. Zu Lisas Freude schmolz die Sonne den Schnee rasch weg und wärmte die Luft auf, so dass die Wanderer vorerst nur auf den Weg achten mussten. Doch schon bald standen sie am Fuße des ersten hohen Berges, der Pfad war zu Ende.

Lisa hob den Kopf. Links außen sah sie den Berg, dessen Gipfel ihr wahrscheinliches Ziel war. Denn, so hatte Laya gesagt, die Zeitlosen wohnen bestimmt an dem weitest entfernten Ort von Silberlicht. Und das war der Mount High, wie Lisa ihn nannte, oder auch der Silberberg, wie ihn die Einwohner Silberlichts nannten.

„Am besten, wir nehmen den diagonalen Weg", dachte sie nun, „dann umgehen wir einen Teil der Berge, wie auf Serpentinen". Da zischte Laya: „Vorsicht, runter"

Automatisch ging Lisa hinter einem großen Brocken in Deckung. Eine Patrouille schwarzer Krieger stapfte ziemlich unbeholfen an ihnen vorbei. Nahe an ihrer Deckung blieben sie stehen. „Wir sollten alle Pässe sperren, alle Übergänge zwischen zwei Bergen. Sonst können wir sie ja nicht finden." Die anderen stimmten ihm murrend zu.

„Über die Berge werden sie ja wohl nicht klettern. Viel zu anstrengend. Und sie sind die Kälte ebenso wenig gewöhnt wie wir. Und auch die Drachen können ja nicht helfen."

Dröhnendes Gelächter erschütterte die Gegend und hallte von den Bergen tausendfach wider wie Geisterstimmen.

„Was für Drachen?" dachte Lisa. „Hier gibt es doch gar keine. Obwohl, ...in dem Bericht der Zeitlosen stand doch etwas von Drachen. Aber wieso können die uns nicht mehr helfen?"

Ihre Gedanken wurden durch die Patrouille abgelenkt, die sich nun wieder in Bewegung setzte, zum Leidwesen der kleinen Gruppe in Richtung des Engpasses, den sie als ersten zu durchqueren gedacht hatten. Nun würden sie einen anderen Weg suchen müssen.Mit angehaltenem Atem sahen sie den schwarzen Männern nach, bis diese im Nebel verschwunden waren.

Als Christoph erneut erwachte, stand auf dem Tisch neben der kleinen Kerze eine Schüssel, voll mit dampfender Suppe. Er erhob sich und wollte aufstehen. Doch wie schon beim ersten Mal begann sich alles um ihn herum zu drehen, so dass er sich auf sein Bett zurücklegte und die Augen schloss.

Dann richtete er sich erneut etwas auf, um nach der Schüssel zu greifen. Doch er kam nicht heran. Da erschien die Gestalt eines Fluglichtes in seinem Blickfeld und hielt ihm zwei Kissen entgegen, die er hinter seinen Rücken steckte, so dass er sich beim Sitzen anlehnen konnte. Als Amanda-Smirella kam, half sie ihm mit der Suppenschüssel, drückte sie ihm in die Hand, ebenso einen Löffel. Hungrig langt Christoph zu. Wie lange hatte er nichts mehr zu Essen bekommen?

Das Fluglicht brachte einen Hocker, auf dem Amanda-Smirella sich niederließ und verschwand dann. „Du bist sehr geschwächt. Wie lange hast du keine Nahrung mehr zu dir genommen?" fragte sie. Christoph wusste es nicht.

„Bei McCloud gibt es kein Essen für Gefangene", sagte er. „So siehst du auch aus", entgegnete sie. „Du hattest zahlreiche Prellungen, Wunden und eine leichte Gehirnerschütterung, soll ich dir von unserem Arzt sagen", leierte sie herunter. „Das waren die Formalitäten." Sie lächelte nun. „Iß ruhig weiter und lass dich nicht stören. Hauptsache, es geht dir schnellstens wieder gut. Denn du musst uns helfen. Du hast McClouds Burg von Innen gesehen und kannst uns beschreiben, wie gut sie bewacht ist."

Christoph starrte sie an, als habe sie den Verstand verloren. „Ihr wollt doch nicht allen Ernstes mit euren zwanzig Leuten ungesehen in die Burg, nein Festung McClouds hinein kommen? Zwanzig sind da viel zu wenige, da braucht ihr mindestens 2000 Männer."

„Festung also", murmelte Amanda-Smirella. „Das mit dem Heer lass ruhig meine Sorge sein." Die Elfe stand auf, als ein feingliedriger zaunlattendürrer, aber ellenlanger Mann eintrat, einen Koffer in der Hand. Seine Gestalt wirkte aber trotzdem edel und stolz. Mit nasaler, sonorer Stimme sagte er: „Junger Mann, wie geht es dir?"

„Danke, gut," entgegnete Christoph und fügte mit ironischem Grinsen hinzu: „Bis auf ein paar blaue Flecken, einigen angebrochenen Knochen und der Tatsache, dass ich mich durch den Fleischwolf gedreht fühle, geht es mit gut."

Der Mann lachte. „Hier bin ich der Arzt. Dr. Moraj. Ich wollte noch mal nach dir sehen, bevor ich dir erlaube, aufzustehen. Aber wie ich sehe, geht es dir gut. Das Mittel scheint zu wirken. Sieh zu, dass du fertig wirst, du musst uns helfen. Ich erwarte dich mit den anderen in der großen Halle." Dann ging er hinaus. Amanda-Smirella folgte ihm.

Vorsichtig schob Christoph seine Beine aus dem Bett und stellte die Füße auf den Boden. Es funktionierte. Langsam, fast wie in Zeitlupe, bewegte er sich, bis er bemerkte, dass er vollkommen wiederhergestellt war. Ich werde mich beeilen, damit die anderen nicht warten müssen. Und ich muss Christa helfen. Die ist ja noch immer in der Burg. Hoffentlich geht es ihr gut. Die Zeit, sie rennt und rennt ohne Stopp. Diese verflixte Zeit.."

Der Nebel wurde so dicht, dass man die eigene Hand vor Augen kaum mehr sehen konnte. Die drei Freunde hatten sich mit Seilen aneinander gebunden, um einander nicht zu verlieren. Doch der Nebel hatte auch sein Gutes: der Feind war ebenso blind wie sie selbst.

Sie waren noch nicht weit gekommen, nachdem sie die Patrouille aus den Augen verloren hatten, als der Nebel plötzlich wie eine Wand dicker und dichter wurde. Sie wussten nicht, in welche Richtung sie irrten. Orientierungslos setzten sie einen Fuß vor den anderen, nur noch auf die Geräusche achtend, um dem Feind nicht in die Arme zu laufen. So irrten sie bestimmt seit Stunden umher.

Doch plötzlich blieb Lisa angespannt lauschend stehen. Da war etwas, sie hörte Stimmen. Sie zog an dem Seil, das sie mit Laya verband. Ihre Freundin trat näher, Lisa hörte es an den Schritten. Dennoch konnte sie Layas Umrisse erst dann erkennen, als diese direkt vor ihr stand. Auch Arthus hatte ihr Halten bemerkt. Leise trat er an sie heran, und gemeinsam lauschten sie gebannt in den Nebel hinein.

Sie hörten erneut diese unheimlichen Stimmen, die durch den Nebel wallten. Lisa begann zu frieren, eine Gänsehaut lief über ihren Rücken. Langsam und vorsichtig setzte sie sich in Richtung der Stimmen in Bewegung, ihren schlanken Dolch in der Hand, den glühenden Diamanten in ihrer Hand verborgen. Sie setzte einen Schritt vor den anderen und tastete sich mit der anderen Hand durch den Nebel.

Die Stimmen wurden lauter. Die Dunkelheit und der Nebel ließen sie erschauern, ihr Herz schlug ihr bis zum Hals. Ihre Augen spähten durch die Dunkelheit. Die Hand um den Dolch geballt, so dass die Knöchel weiß hervortraten, voller Anspannung, wie ein Luchs auf der Lauer, zum Sprung bereit schlich sie durch den Nebel. Zitternd, nicht vor Kälte, sondern vor Anspannung. Mit angehaltenem Atem lauschte sie in die Dunkelheit, gehetzt um sich blickend.

Mit einem Mal machte der Berg, an dem sie sich mit ihrer freien Hand orientiert hatte, einen Knick, und zwei große rote Augen glühten sie durch den Nebel an. Sie biss die Zähne zusammen, um einen Schrei zu unterdrücken, und wich zurück. Von Panik ergriffen starrte sie zu den Augen hinüber. Ganz in der Nähe ertönte wieder diese Stimme, und jetzt erkannte sie sie. Es war die Stimme eines schwarzen Ritters.

"Hier kommen sie nicht durch. Wegen des Nebels ebenso wenig wie durch unsere Blockade. Haltet euch nahe der Lichter, sonst verirrt ihr euch in diesem Nebel. Und denkt daran, sobald ihr zwischen den Doppellichtern hervortretet, verlasst ihr den Canon." Ein vielstimmiges Ja ertönte. Dann zeigten knirschende Schritte, dass der Mann sich entfernte. Stille kehrte ein.

„Glück muss man haben. Das rote Auge muss eines der Signalleuchten der Schwarzen Ritter sein", dachte Lisa. „Also müsste man von hier aus das nächste sehen können." Gebannt starrte sie durch die Dunkelheit. In ihr reifte ein abenteuerlicher Plan, der aber durchaus funktionieren konnte.

Da erspähte sie das nächste Licht. So leise wie möglich setzten sie sich in Bewegung, auf das Leuchtfeuer zu. In einem kleinen Bogen umging sie es, da sie die schwarzen Ritter in seiner Nähe vermutete.

Und tatsächlich, sie schaffte es, die Leuchtboje ohne Probleme zu umrunden. „Das Lager des Feindes", durchschoss es ihre Gedanken. „Als Falle gedacht, nun hilft es uns". Die anderen schienen ebenso wie sie zu denken, denn ein leichter Druck auf ihre Schulter bewies Layas Anwesenheit.

Langsam und lauschend ging sie auf die nächste Leuchtboje zu. Auch hier klappte es ohne Probleme. Schon bald hatten sie sieben Leuchtbojen umgangen und so einen sicheren Weg durch den Pass gefunden. Dann sah Lisa die Achte. Eine Doppelboje, also der Ausgang des Canons. Leise ging sie darauf zu.

Vorsichtig schlängelte sie sich an den Lichtern vorbei. Doch jetzt bewies sich der alte Satz, das man sich nicht zu früh freuen sollte.

Sie glaubte schon, alles sei überstanden, als unvermittelt eine große, schwarze Gestalt vor ihr auftauchte. Sie starrte zu dem Gesicht hinauf, und sie sah in dessen Augen, dass er genauso überrascht war wie sie, Lisa, selbst.

Nun sah Lisa, dass es ein Mann war. Er reagierte schnell, doch Lisa war schneller. Ihr Dolch blitzte auf, fuhr durch die Luft, traf sein Ziel, noch bevor der andere sein Schwert vollständig aus der Scheide hatte ziehen könne. Lisa zog den Dolch wieder heraus, und der Mann brach lautlos im dichten Nebel zusammen. Nie würde sie seinen erschrockenen Gesichtsausdruck vergessen. Sie hatte ihn mitten ins Herz getroffen.

Aus großen, angsterfüllten Augen starrte sie auf den Mann herab. Sie zitterte. „Nur weg hier, einfach weg", dachte sie und stolperte weiter, zitternd. Das Gesicht des Mannes erschien in ihrem Kopf, sie wollte es verbannen, doch es blieb.

Sie zwang sich, auf den Weg zu achten und taumelte weiter, sah sich um, stolperte weiter, bis das rote Licht ihren Blicken entschwand. Dann brach sie zusammen, leise schluchzend, unterdrückt, um keinen Laut zu erzeugen. Zwei kräftige Hände zerrten sie wieder hoch, schoben sie an, weiter, immer weiter zu gehen, in den Nebel hinein.

Bald würde man den Toten entdecken, und dann sollten sie möglichst weit entfernt sein. Lisas Augen versuchten, den Nebel zu durchdringen, ihre Hände fanden die Felsen, die Klippen. Sie stolperte weiter, immer weiter, weg von diesem Canon. Immer weiter, hinein in den Nebel, der alles verschlang.

„Nein, unmöglich, so kann es nicht funktionieren. Dort stehen überall Wachen, und dieser Gang ist zugemauert. Wir können so niemals in die Festung gelangen. Und ich kann zu den

Gängen, die nicht im Burghof enden, gar nichts sagen, denn ich habe nur mein Gefängnis und den Burghof gesehen." Christoph schüttelte energisch den Kopf.

„So kann es nicht funktionieren!" Er sah sich in der Halle um, in der alle Mitglieder der kleinen Widerstandsgruppe versammelt waren. „Außerdem sind wir viel zu wenige." Er seufzte resignierend. Amanda-Smirella sah Dr. Moraj an. „Ich glaube, es ist besser, wir rufen sie jetzt, damit sie wissen, worum es geht. Und vielleicht glaubt Christoph dann ja auch, dass wir es schaffen können." Dr. Moraj verzog sein Gesicht, doch dann nickte er.

Er griff zu dem Horn, das an seinem Gürtel hing und blies hinein. Ein Ton, der eigentlich kein Ton war, sondern etwas viel mächtigeres, erscholl. Helles Licht flutete den Raum, sammelte sich in einer Ecke, nahm Gestalt an und Form, und dann erschienen Hunderte schlanker, hochgewachsener Gestalten, in Gewänder aus Licht gehüllt, Gesichter, die nur aus Licht bestanden, überirdisch schön. aber auch kühl und stark

„Ihr habt uns gerufen? Was wollt Ihr, womit können wir helfen?" Die Stimme klang kühl und verzaubert.

„Drachenreiter, wir brauchen eure Hilfe mehr denn je. Christoph ist einer der drei Menschen, die........"

„Wir wissen, wer er ist! Womit kann er uns helfen?"

„Er ist der Burg entflohen. Wir wissen über die geheimen Gänge und auch über die Bewaffnung der Burg Bescheid. Ihr müsst uns helfen. Wir wollen McCloud angreifen und stürzen."

„Zeigt eure Pläne, und wir werden helfen, den Tod eurer Freunde zu rächen und unsere Seelen zu retten."

Die Drachenhöhle

Sie waren zwei weitere Tage gewandert und in immer kältere Regionen vorgedrungen. Bereits am Ende des ersten Tages hatten sie die Schnee- und Eisgrenze erreicht und seitdem nicht mehr geschlafen. Je höher sie kamen, umso kälter wurde es. Auch verhinderte der Nebel eine gute Orientierung.

Sie hatten sich dahingetastet durch den Nebel, hilflos, in der Hoffnung, auf dem richtigen Weg zu sein. Ihr einziger Trost war, dass es McClouds Häschern wohl auch nicht besser ging. Und so blieb die Hoffnung, die eigenen Spuren verwischt zu haben.

Am Morgen des dritten Tages vertrieb die aufgehende Sonne den Nebel und der Blick wurde klar. Die drei Wanderer hatten feststellen müssen, dass sie sich heillos verirrt hatten. Doch der Gipfel, ihr Ziel, war immer noch deutlich erkennbar. Von McClouds Häschern war weit und breit nichts zu sehen.

Die drei Wanderer hielten an, um sich orientieren zu können. Laya blickte sich um. Dabei fiel ihr Blick auf Arthus, und sie bemerkte, wie sehr der kleine Kerl zitterte.

„Ihm ist kalt", schoss ihr durch den Kopf. „Natürlich, da die Zwerge unter der Erde in der Wüste lebten, kannten sie keine Kälte. Arthus musste sich viel schlimmer fühlen als sie und Lisa". Besorgt betrachtete sie ihre schrumpfenden Vorräte. Irgend etwas mussten sie tun.

Lisa hatte sich ein Stück von den beiden anderen entfernt. Jetzt kam sie aufgeregt winkend zurückgelaufen. „Laya, Arthus, kommt einmal und schaut, was ich gefunden habe". Die beiden folgten Lisa zu einer schmalen, eisverhangenen Spalte.

Von einem Felsvorsprung über ihren Köpfen hingen lange Eiszapfen herab. Es sah aus wie der Eingang zu einer gewöhnlichen Eishöhle, wie man sie in einem Eisgebirge wie diesem nur allzu oft finden kann, und sie hätte weder Lisas Aufmerksamkeit erweckt oder Laya und Arthus in Erstaunen versetzt, wenn da nicht zwei Fackeln an der Wand gesteckt hätten, zwei seltsame, nie gesehene Fackeln, die ein grünes Licht, schwach und unscheinbar, aber von ungewöhnlicher Faszination abgaben. Es war reiner Zufall gewesen, dass Lisa es entdeckt hatte.

Arthus vergaß vor Staunen, wie kalt ihm war. Vorsichtig traten sie zu Lisa hinüber, die sich, nachdem sie die Ankunft ihrer beiden Freunde registriert hatte, dem schmalen Spalt genähert hatte und hindurchgekrochen war. Vorsichtig folgten sie ihr. Vor ihnen lag ein schmaler Gang. An den Wänden steckten in regelmäßigen Abständen dieselben Leuchtfackeln, wie sie schon am Eingang der Höhle zu sehen gewesen waren. Von Lisa war keine Spur zu entdecken. Vorsichtig folgten sie dem Pfad, als ein Schrei sie auffahren ließ. Der Schall wurde an den Wänden um ein Vielfaches gebrochen und drang bis an ihre Ohren. „Das ist Lisas Stimme", durchzuckte es Laya. Ohne nachzudenken begann sie zu rennen, immer den Pfad entlang, bis er einen Knick machte und..

Laya schrie erschrocken auf, als sie den Halt verlor und eine lange, eisige Rutsche hinabglitt. Wie lange sie fiel, wusste sie nachher nicht mehr genau zu sagen, doch mögen es einige Minuten gewesen sein. Sanft landete sie schließlich in einer warmen Höhle, mitten auf einem Sandhaufen. Arthus kam kurz nach ihr aus der Röhre geschossen. Erschrocken sah sie sich um. Neben dem Sandhaufen stand, nein hockte eine riesenhafte Echse.

Entsetzt wich sie zurück. Doch dann bemerkte sie, dass der Drache sich nicht bewegte und mit einer dicken Eisschicht überzogen war. „Bei der Wärme eingefroren?" Sie trat näher heran und berührte den Drachen. Die Substanz unter ihren Fingern war eiskalt! Es war Eis! Entsetzt sah sie sich um -- überall lagen, standen oder saßen eingefrorene Drachen.

Da sah sie dicke und dünne, rote, blaue, grüne, gelbe, weiße und gefleckte, große und kleine, geflügelte und ungeflügelte, mitten in der Bewegung erstarrt.

Inmitten des Saals stand ein Kreis aus einer Unmenge von grünen Fackeln. Und inmitten dieses Kreises saß ein lebendiges Exemplar eben dieser Rasse, die innerhalb dieses Gewölbes mitten in der Bewegung zu Eis erstarrt waren.

Und vor dem Drachen stand Lisa. Der Drache hatte eine geschuppte Haut. Doch wie die glänzte und funkelte! Als wäre sie mit tausend Diamanten und Edelsteinen besetzt, nein vielmehr Pailletten, in denen sich das Licht brach.

Auf der Stirn dieses Drachen lag ein Stein, ein blauer Stein, strahlen und leuchtend. „Ein Beruhigungsstein!" schoss es Laya durch den Kopf. Um den Hals des Drachen lag eine Edelsteinkette, die jedoch den Glanz des Steins auf der Stirn nicht erreichen konnte, und darunter... eine eiserne Kette, deren Ende am Boden verankert war. Und nun gewahrte Laya auch die Ketten an Füßen und Armen des Drachen.

Massive Ketten, aber doch nicht unbezwingbar für einen Drachen! Warum hatte dieses unglückselige Geschöpf sich nicht schon längst befreit? Vorsichtig trat sie näher. Als sie den Kreis der grünen Lichter schon fast erreicht hatte, drehte sich Lisa um und rief: „Halt, Laya, bleib stehen! Du darfst den Kreis nicht überschreiten!"

Nur wenige Zentimeter vor dem Kreis kam Laya zum Stehen. Arthus trat neben sie. „Was ist los, Lisa, warum sollen wir nicht zu dir kommen?"

„Der Kreis würde euch töten. Es ist McClouds Werk, dass diese Drachen hier für den Rest ihres Lebens eingefroren sind. Es ist sein Werk. Niemand sollte den Drachen helfen können, und sollte doch einmal eine Seele ihren Weg hierher finden, dann sollte sie auf dem Weg zu Feuerauge an diesem Kreis verbrennen. Ich konnte hindurch, weil ich nicht unter die Klassifizierung von euch Bewohnern dieser Welt falle und die Klinge des goldenen Schwertes besitze, doch ihr würdet elend verbrennen. Jeder Bewohner dieser Welt würde es. Denn McCloud hat den Kreis darauf genormt."

„Also gut", akzeptierte Laya. „Wir setzen uns vor die Barriere, aber nun erzähl uns erst einmal, warum diese Drachen hier festgefroren sind und warum Feuerauge in diesem Kreis sitzt."

„Feuerauge kann dich nicht verstehen, denn du bist nicht im Kreis. Ich kann dich verstehen, da ich kein Teil dieser Welt bin. Aber ich kenne seine Geschichte. Sie ist nicht lang. Er hat sie mir erzählt, als ihr noch nicht da wart. Also hört zu: ......"

Lisa ging den Gang entlang. Eigentlich sollte sie ja auf die anderen warten, aber die Verlockung war zu groß. Vorsichtig ging sie weiter, bis der Gang einen Knick machte und in eine Rutsche überging. Sie fiel hin und rutschte direkt in die Tiefe. Erschrocken hielt sie die Luft an. Schließlich landete sie, doch wo? „Direkt unter dem Bauch eines Ungeheuers," schoss es ihr durch den Kopf. Sie schrie vor Schreck laut auf.

Doch dann erkannte sie in dem Ungeheuer einen Saurier, wie sie in den Museen ihrer Welt zu finden waren. Doch nein, Saurier dieser Größenordnung besaßen keine Flügel. Das Ding sah aus wie ein Drache aus einem Kinderbuch. Doch war er mit einer seltsamen Schicht überzogen.

Lisa erhob sich vorsichtig und sah sich um. Ihr Blick fiel auf einen leuchtend grünen Kreis aus Fackeln. Neugierig ging sie darauf zu. Sie umrundete den Kreis, doch es gab keinen Durchgang. Ihre Finger berührten die Barriere und: drangen hindurch. Ein leichtes Kribbeln umfloss ihren Arm. Langsam trat sie durch die Barriere.

Hätte sie gewusst, was auf der anderen Seite lag, nein vielmehr saß, wäre sie vor der Barriere sitzen geblieben. Sie stand einem Saurier in voller Lebensgröße gegenüber. Als das Tier sie erblickte, stieß es einen wilden Schrei aus und streckte seine Klauen nach ihr aus.

„Gleich wird er mich packen, mich in Stücke zerreißen und fressen", dachte sie entsetzt. Doch er berührte sie nicht. Als sie die Augen öffnete, hockte das Tier vor ihr auf den Hinterbeinen. Seine glühenden Augen starrten sie an.

„Wer bist du?" fragte die Kreatur. „Ich....also..... mein Name.....mein Name ist....Lisa." stotterte sie.

„Du bist nicht wie die anderen. Du bist anders. Was bist du? Was machst du hier?"

„Ich bin ein Mensch von der Erde. Ich suche nach den Zeitlosen. Und ich will McCloud besiegen!" stieß sie trotzig hervor.

„So, so. Von der Erde. Und will McCloud besiegen. Gutes Kind!"

„Und wer bist du?"

„Ich bin Feuerauge, der König der Drachenreiter. Doch was ist ein Drache schon ohne Reiter. Wir waren ein stolzes, ein unbesiegbares Volk. Hier, unter den Eisbergen, liegt unsere Stadt. Hier wohnten wir. Dieser Saal war einst unsere Empfangshalle, ein Knotenpunkt unserer unterirdischen Stadt. Doch diese Zeiten sind vorbei!" fügte er traurig hinzu.

„Wir kennen die Völker dieser Welt besser als jeder andere. Wir kennen die Kultur der Baumen, der Dornen. Königin Layas Reich ist uns bekannt, die silberne Burg, ja wir kennen sogar die unterirdische Stadt der Zwerge und das Reich des Seekönigs, womit ich das Reich der Vorak meine. Selbst die Feenkönigin, die letzte Zeitlose dieser Welt, kennen wir. Und wir kennen auch deine Welt, Lisa, und viele andere Welten! Du weißt gar nicht, wie viele es noch gibt, und wie unbedeutend klein jede Welt ist, doch welche Reize jede Welt auch in sich birgt. Überall gibt es einige von uns, Wächter über einen Planeten, so wie wir uns nennen, nur noch den Zeitlosen und ihrer Macht und Mysterie unterworfen, jedenfalls, was diesen Planeten betrifft und einige weitere. Und doch sind wir nicht machtlos gegen sie.

Aber als McCloud kam, waren wir gerade versammelt, abgelenkt von Dingen, die du nicht verstehst. Nimm es nicht persönlich, denn Dinge wie diese würden dein Gehirn überlasten, deinen Verstand betäuben und dir deine Sinne rauben. Doch auch wir sind machtlos, wenn wir mit den Gefügen aus Zeit und Raum spielen, unseren Kräften freien Lauf lassen, so dass McCloud uns einfrieren konnte.

Was dann geschah, weiß ich nicht, denn ich erwachte erst wieder, als ich schon gefesselt in diesem Kreis lag und McCloud vor mir stand, meinem Reiter, Wasserauge, einen langen Dolch an den Hals haltend. Ohne unsere Reiter, die unsere Freunde sind, können wir nicht leben. Dann sind wir machtlos, unterlegen in jeder Hinsicht. Denn die Freundschaft zwischen einem Drachen und seinem Reiter ist mehr als nur eine Freundschaft, es ist eine Art Symbiose.

So kann ich auch diese Ketten nicht lösen. McCloud sagte mir, dass wir für alle Ewigkeit eingefroren bleiben werden. Ich, als König, sollte hier bleiben, ewig, ohne Freunde, ohne Gespräch, nur mit meinen Gedanken und mir alleine. Und das ist für einen Drachen das Schlimmste." Sein Drachengesicht schaute traurig drein, eine Träne rollte über sein Gesicht.

„Und nun bist du hier und jetzt kennst du meine Geschichte."

Lisa sah den Drachen voller Mitleid an. „Eine traurige Geschichte, fürwahr, doch du kannst mir nicht sagen, wo ich die Zeitlosen finde? Ich verspreche dir, ich werde dich befreien, sobald ich die Macht dazu habe... "

„Ach, du Armselige." unterbrach sie der Drache. „Natürlich weiß ich, wo die Zeitlosen zu finden sind, doch werde ich es dir nicht verraten können, nein, ich darf es auch nicht, denn ich habe einen Eid darauf geschworen. Doch wenn du schon bis hier gekommen bist, dann wirst du den Rest des Weges auch noch finden. Ich..... Halt, sag den beiden, sie sollen den Schirm nicht berühren! Bewohner dieser Welt sterben bei der kleinsten Berührung!"

Lisa fuhr herum. „Halt Laya! Bleib stehen! Du darfst den Kreis nicht überschreiten!"

So saßen sie nun alle auf dem Boden. Lisa hatte ihnen vom Geschick der Drachen erzählt. Laya und Arthus hinter dem Schirm starrten hindurch.

„Warum ist der Schirm nun eigentlich durchsichtig?" fragte Lisa erstaunt. Bei ihrer Ankunft war er undurchsichtig gewesen. „Oh, ein wenig Macht wohnt noch in mir," entgegnete der Drache lachend. „Wisst ihr, dass es mir schon viel besser geht, jetzt, wo ihr hier seid?" „Aber ich weiß, dass ihr nicht bleiben könnt. Darum geht nun, nehmt den hinteren Ausgang, dann könnt ihr das Reich der Zeitlosen leichter finden. Folgt einfach den Fackeln, die nicht grün, sondern rot leuchten, aber ihr müsst euch beeilen, denn allzu lange kann ich den Zauber nicht aufrecht erhalten und ihr würdet euch verirren. Los, Lisa, tritt durch den Schirm, ich....."

„Halt, wartet, ich will etwas ersuchen. Lasst mich durch den Schirm. McCloud kennt mein Volk nicht und vielleicht gelingt es mir, durch den Schirm zu treten." „Aber Arthus, das kannst du nicht tun!" rief Lisa entsetzt aus. „Außerdem können wir dich doch hier nicht zurücklassen. Du bist doch unser Freund."

„Nein, Fräulein Lisa, ich bleibe hier. Je weiter ich gehe, umso mehr belastet meine Anwesenheit euch. Ich bin zu klein, um euch folgen zu können, außerdem bin ich die Kälte dieses Teiles der Welt nicht gewohnt. Ich kann Feuerauge Gesellschaft leisten. Vielleicht kriege ich ja sogar mehr als nur eine Geschichte zusammen geschrieben." Kurz entschlossen trat er auf den Schirm zu - und trat hindurch. Unbeschadet.

Lisa umarmte ihren kleinen Freund.

„Ich werde dich vermissen, Fräulein Lisa. Versprecht mir, dass Ihr mir Eure Geschichte erzählt, wenn wir uns das nächste Mal sehen. Auf Wiedersehen!"

„Ich verspreche es! Auf Wiedersehen, Arthus, Feuerauge! Auf Wiedersehen in einer neuen, besseren Welt." Damit trat sie durch den Schirm.

Vor ihren Augen verschwamm die Umgebung, dann war sie durch den Schirm hindurch getreten.

„Beeilt euch," rief der Drache hinter ihr her. Am Ende des Saales leuchtete eine der Fackeln kurz rot auf. Die beiden Freundinnen liefen auf das Licht zu, während der Schirm hinter ihnen erst langsam nebelig, dann milchig und schließlich undurchsichtig wurde.

McClouds Schritte waren unruhig. Noch immer war Christoph nicht gefunden, und seine Truppen hatten Lisas Spuren verloren. Wie nur konnte er sie wiederfinden? Er besaß nichts, aber auch gar nichts, keinen Gegenstand, gar nichts, was ihm bei seiner Suche nach ihr helfen konnte.

Christa war durch die Verwandlung unbrauchbar geworden, zumindest für diesen Zweck, und Christoph war verschollen. Was konnte ihm helfen? Was? Seine Schritte hallten in der düsteren Halle wider. Leise sprach er vor sich hin. Vor Christa blieb er stehen. Das Marionettenhafte war aus ihren Gebaren längst verschwunden. Sie wirkte vollkommen normal. Aber sie war für diesen Zweck unbrauchbar, einfach unbrauchbar! Was konnte er nur tun?

Was war in dieser Welt soviel wert, dass Lisa einen Teil ihrer selbst verschenkt hatte. Was? Oder nein, vielmehr: wer? Abrupt blieb er stehen. War er denn blind gewesen? Er hatte den Trumpf doch in der Hand. Lisa hatte ihr Herz verschenkt. Und ihr Herz saß in seinem Kerker.

Die Erkenntnis traf ihn wie ein Schlag ins Gesicht. Sie war so dumm gewesen, sich in Tyro zu verlieben, den armen, hilflosen Königssohn. Voller Hohn dachte er daran. Er hatte es deutlich bei ihren Begegnungen in den Träumen und Gedanken Lisas gemerkt, dass da etwas war, aber wie hatte er nur so blind sein können. Hoffentlich war es noch nicht zu spät.

Mit diesen Gedanken eilte er in den Kerker hinab. Ein Herz. Das ist viel mehr wert als alles andere von ihr. Ein Herz, was man damit alles machen konnte. Sein Gesicht wurde von einem hässlichen Grinsen verzerrt. „Bald, bald habe ich dich, Lisa, warte nur ab!"

Sie standen auf einem Hochplateau, als sie das Labyrinth der Drachen verließen. Der Berg, auf dem die Zeitlosen wohnen sollten, lag vor ihnen. Sie standen zu seinen Füßen. Es war bitterkalt. Der Wind pfiff um die Ecken, und Schneeflocken trudelten durch die Luft wie eine weiße Masse. Lisa fror. „Komm, weiter" hörte sie Laya rufen. Hastig schritt sie weiter aus. Es war eine Wanderung durch Nichts. Mehr krabbelnd und kriechend als gehend arbeiteten sie sich vorwärts, den Berg hinauf. Immer wieder sperrten große Steine, Schneeverwehungen oder spitze Auswüchse des Berges ihnen den Weg und zwangen sie zu beschwerlichen Umwegen. Oftmals waren einige Stellen so glatt, dass die beiden Freundinnen abrutschten und eine weite Strecke von vorne hochkraxeln mussten. Verbissen kämpften sie gegen die Gewalten der Natur, die sich mit McCloud verschworen zu haben schienen , da sie alles daran setzten, ihnen den Weg den Berg hinauf so schwer wie möglich zu machen. Sie hätten sich längst verloren, hätten sie sich nicht mittels eines langen Seiles aneinander gebunden. Gegessen hatten sie seit Tagen nichts mehr und geschlafen auch nicht. Arm – und Beinkleider waren zerrissen, verschrammt. Aber sie gaben nicht auf.

Tyro saß auf einem großen Stuhl, angebunden. An seinen Schläfen lagen McClouds Hände. Dessen Blick war auf eine Art Spiegel gerichtet, auf dem sich Tyros Gedanken abbildeten. Momentan herrschte dort Chaos.
„Nein, ich werde gar nichts für dich tun, du Scheusal! Unwürdiger du! Niemals werde ich sie verraten, und wenn ich dafür sterben müsste. Von mir erfährst du nichts!" Er zerrte an seinen Fesseln und versuchte, sich aus McClouds Griff zu befreien.
„Da täuschst du dich gewaltig, mein Junge, und wenn du nicht freiwillig mitmachst, dann eben unfreiwillig!" Damit gab er einem der Soldaten seiner Leibgarde, die ihn bediente, einen Wink. Dieser injizierte Tyro ein Betäubungsmittel, worauf dieser in sich zusammen sackte.
„Fein, fein," murmelte McCloud, als aus dem Chaos auf dem Bildschirm ein klares Bild entstand. „So, und jetzt denkst du an Lisa!"
Kaum gesprochen, da formte sich aus dem Nebel auf dem Schirm ein Bild. Das Bild Lisas, wie sie auf einer Mauer saß. „Gut so, und nun denke fester an sie!" Auf dem Bildschirm entstand wieder Nebel, dann formte sich ein Bild Lisas in zerrissenen Kleidern, wie sie durch den Schnee kroch. „Ja, weiter so, denk an sie, sprich mit ihr, egal was, aber noch lange genug, damit ich weiß, wo sie ist."

„Tyro!" Lisa erstarrte. „Lisa, gib acht, ihr seid in großer Gefahr. Ich kann nichts dagegen tun, McCloud versucht gerade, herauszufinden, wo ihr euch befindet."
„Aber Tyro, wie geht es dir? Was sagst du, was will McCloud? Das kann er doch gar nicht. Wir sind weit ab von unserem ersten Kurs."
„Doch Lisa, er kann. Das ist wie beim Woodoo, wo ein Stück Haar des Opfers genügt, um ihm zu schaden. Das gleiche macht er mit mir. Ich bin mit dir in Verbindung, innerlich, und das nutzt er aus. Ich bin der Haken, an dem er dich ködert. Lauf, beeil dich."
Damit brach die Verbindung ab. Laya hatte von der stillen Unterhaltung nichts mitbekommen, sie hatte nur Lisas Erstarrung bemerkt und daraus Schlüsse gezogen. Nun berichtete Lisa, was sie soeben erfahren hatte.

„JA, ICH HAB SIE!" McClouds Triumphgeschrei hallte durch die Burg. „Los, sie haben die Zeitlosen fast erreicht, aber ich werde sie in die Hand bekommen, bevor sie mein Werk

zerstören können! Los, hinauf auf den Berg! Und keine Gnade euch, wenn ihr ohne sie zurückkommt! Dann fahrt ihr allesamt zur Hölle!"
Wütend starrte er in den Hof hinunter, in dem sich die Soldaten tummelten. Einer der Hauptmänner ergriff die Kugel, die das Schwarze Portal öffnete, durch das alsbald die ersten der schwarzen Ritter verschwanden: Direkt auf den Berg hinauf.

Die Zeitlosen

Lisa und Laya hatten ihre Wanderung nun noch schneller fortgesetzt, als sie eh schon eilten. Denn sie waren bereits so schwach, dass sie einen Angriff der schwarzen Ritter wohl nicht mehr überleben würden. Also blieb ihnen nur eine Wahl: Die Flucht.
Längst hatten sie aufgehört, die Stunden zu zählen, über glatte Stellen und Verwehungen zu klagen, nach Wasser zu dursten. Nur ihr Ziel, die Feste, die sie hoch oben auf dem Berg bei klarer Sicht erspäht hatten, gab ihnen den Mut und die Kraft, weiter zu gehen. Und doch wussten beide, dass sie einer Konfrontation mit den Männer McClouds nicht mehr lange aus dem Weg gehen konnten.

Als es dann so weit war, sahen sie sich einer ausgeruhten Mannschaft von mehreren starken Kämpfern gegenüber. Beide ergriffen ihre Bögen, legten einen Pfeil auf. Langsam traten sie immer weiter zurück.
Da sie so sehr mit den Angreifern beschäftigt waren, bemerkten sie nicht, dass sie eine Lücke zwischen zwei großen Schneeblöcken passierten. Die Schneeblöcke setzten sich wie eine Mauer weiter fort, bis in die Unendlichkeit.
Sobald sie hinter den Schneeblöcken standen, wurden sie plötzlich von hinten ergriffen und hart zu Boden geschleudert. Starke Hände griffen nach Lisa, die um sich schlug, und hielten sie fest. Mit unwiderstehlicher Kraft, wie eiserne Bande. Obwohl sie keine Chance zu einer effektiven Gegenwehr hatte, bemerkte sie, dass die Hände trotz ihrer unwiderstehlichen Kraft sie nicht schmerzten.
Und noch eines fiel ihr auf:
Die schwarzen Ritter scheuten sich offenbar, die Linie zwischen den Mauern zu überqueren. Sie zögerten sichtlich. Kaum überschritt einer von ihnen diese Linie, da griffen Gestalten nach ihnen, zerrten sie in die Finsternis der Mauer und verbargen sie im Schatten.
Lisa versuchte, ihrem Wächter ins Gesicht zu blicken. Warum hatte man sie und Laya nicht hinter die Mauer gebracht? Nicht, dass sie sich dorthin wünschte, aber den Grund dieses Vorgehens konnte sie nicht ganz verstehen. Die Tatsache, dass sie hier im Schnee lag, sprach dafür, dass man sie offenbar auch als Feinde betrachtete. Aber was war dann der Unterschied zwischen ihrer Behandlung und der der schwarzen Ritter? Noch während sie darüber nachdachte, verschwanden die restlichen schwarzen Ritter wieder durch ein Schwarzes Portal.

Man brachte sie in den Thronsaal der Märchenburg. Hatte Lisa geglaubt, die Stadt der Zwerge sei ein unübertreffliches Werk an Schönheit, so hatte sie sich getäuscht. Die Hochburg der Zeitlosen, in der sie sich nun befanden, übertraf wohl alles, was sie je gesehen hatte. Es war von einer Schönheit, die unbeschreiblich war.
Ihre Bewacher hatten sie durch die Stadt zu einem großen Gebäude geführt, in dem sie nun vor einer Art großem Sessel standen. Die Bewacher hatten den Raum verlassen. Laya und Lisa waren alleine.
„Glaubst du wirklich, dass dies die Welt der Zeitlosen ist?" fragte Laya.
Lisa nickte heftig.
„Wir sind am Ziel, Laya, wir sind am Ziel!"
Laya schüttelte den Kopf. „So, wie die uns behandelt haben, fühle ich mich eher als Gefangene als als willkommener Gast."
„Immerhin haben sie zwischen unserer Behandlung und der der Schwarzen Ritter einen Unterschied gemacht. Damit dürfte klar sein, dass man uns nicht einfach töten will."

Laya lachte auf. „Abservieren, ja!" knurrte sie," Hüftsteak a`la Lisa, wie? Vielleicht schmecken die Schwarzen Ritter ja nicht so gut, darum stehen wir jetzt auf der Speisekarte": „Rede keinen Unsinn. Dann ständen wir jetzt schließlich in der Küche und nicht hier. Warte, da, sieh, die Tür öffnet sich! Nun bin ich gespannt, ob hier einer die Möglichkeit hat, mir meine zahllosen Fragen zu beantworten."

Sie war groß, schlank und von überirdischer Schönheit. Die Vollkommenheit in Person. Er war groß, noch größer als sie und kraftvoll gebaut. Sie ließ sich auf dem Sessel nieder.
„Wer seid ihr?" fragte sie. Ihre Stimme klang wie Vogelgezwitscher.
„Mein Name ist Lisa," sagte Lisa und versuchte, ihrer Stimme einen festen Klang zu geben.
„Und sie ist Laya. Laya ist von dieser Welt. Ich komme von der anderen Seite, der Erde, von der ich aber nicht weiß, wo sie liegt. Ich wurde hierher geholt, um diese Welt zu retten und meine Verwandten zu befreien. Ich war auf der Suche nach den Zeitlosen. Und wer sind Sie?"

„Mein Name ist Ligara. Ich bin die Königin der Zeitlosen. Und warum warst du auf der Suche nach uns?"
„Weil ich Eure Hilfe brauche, um McCloud besiegen zu können."
„Und warum willst du ihn besiegen?"
„Weil er diese Welt zerstört!"
„Wieso zerstört er diese Welt? Woher weißt du, dass sein Weg nicht funktionieren kann? Woher nimmst du das Recht, über einen Zeitlosen zu urteilen? Und mit welchem Recht ernennst du dich zum Retter der Welt, ohne zu wissen, ob nicht die Änderungen, die McCloud herbeiführen wird, gut für diese Welt sind? Du bist ein Nichts! Wie kannst du dich zu solchen Worten erdreisten? Was du nicht kennst, ist also falsch, ja? Argumentiert ihr so? Ist das der Weg, den ihr einschlagt? Auf deiner ach so großartigen Erde, wurden Patrioten nicht auch dort verurteilt, getötet? Die Christen, die für ihre Überzeugungen starben, ohne dass ihre Sache schlecht war? Jeanne d'Arc, die erste Freiheitskämpferin in Frankreich, die man ermordete? Sokrates, den man wegen seiner Lehren verurteilte, durch den Schierlingsbecher zu sterben? Kolumbus, Galileo und viele andere mehr, deren Arbeiten verleugnet wurden, deren Lebenswerke vernichtet, Jahre später wieder ausgegraben und als richtig befunden wurden? Wieso maßt du dir ein solches Urteil an? Erkläre dich!"
Lisa lächelte, obgleich diese Worte sie nachdenklich gestimmt hatten. Ligara hatte nicht ganz Unrecht. Aber hatte sie nicht mit eigenen Augen mit ansehen müssen, wie unschuldige Lebewesen leiden mussten und starben?
„Ja, ich maße mir dieses Urteil an!" rief sie mit erhobener Stimme. „Ich, Lisa, nehme mir dieses Recht heraus, weil ich das Leid, das McCloud angerichtet hat, mit eigenen Augen sah und von seinen Gräueltaten berichten kann.
Und weil es nichts gibt, keine Neuerung, die auch nur ein Menschenleben zu nehmen rechtfertigt.
Gerade das sollte ich aus der Geschichte der Menschheit gelernt haben!
Ich maße mir dieses an, weil ich von den Bewohnern dieses Landes um Hilfe gebeten wurde und ich ihnen mein Versprechen gab, ihnen zu helfen."
Lisas Augen flammten und leuchteten voll Eifer und Härte. Ihre Stimme war schneidend.
„Reicht dies nicht, um Euch von meinem Recht zu überzeugen, so lasst mich wieder gehen, damit ich meine Reise fortsetzten und mein Versprechen erfüllen kann. Ob nun mit Eurer Hilfe oder ohne. Denn meine Versprechen breche ich nie!"

Totenstille herrschte nach dieser flammenden Rede im Raum. Auf einmal kam Lisa sich furchtbar klein und unbedeutend vor. Erst jetzt wurde ihr klar, mit welchem Ton sie da gerade zu der Fürstin der Zeitlosen gesprochen hatte. Bangend der Dinge, die dort kommen würden, starrte sie die Fürstin an.

Doch zu ihrem Erstaunen lächelte diese nur und bekannte nachdenklich:

„Gut gesprochen, kleine Menschin! Du hast mich überzeugt. Wir werden dir unsere Hilfe zukommen lassen, wo immer du sie brauchen kannst und so lange du in dieser Feste weilst. Doch bevor wir erneut miteinander sprechen, legt euch zur Ruhe, denn ihr seid erschöpft. Man wird euch zu euren Zimmern führen."

Ihre beiden Wächter traten neben sie, wohl um sie aus der Halle zu geleiten. „Gute Nacht," sprach Ligara.

„Einen Moment noch", rief Lisa da aus. „Bitte ich habe keine Zeit zu verlieren, ich muss sofort weiter. Ich bin nur hier, um Euch um die Klinge des goldenen Zauberschwertes zu bitten."

„Nein, jetzt habe ich angeordnet, dass du dich erholst. Für deinen nächsten Auftrag musst du ausgeruht sein. Und: Wenn du diese Feste verlässt, wird kein Tag, keine Stunde, keine Sekunde und kaum ein Augenblick verloren sein, wenn du es wünschst. Wir verfügen über die Zeit!" setzte sie erklärend hinzu.

Dann drehte sie sich um und verschwand, ehe Lisa noch etwas sagen konnte.

„Sie verfügen über die Zeit," dachte sie bei sich. „Darum also funktioniert meine Uhr nicht mehr! Das war mein Gefühl, etwas verloren zu haben! Die Zeit meiner Welt. Die Dimension meiner Welt. Sie haben sie angehalten." Und nun begriff sie, dass die Zeitlosen sie erwartet hatten. Das alles war ein von ihnen gelenktes Spiel gewesen. Sie war eine Figur auf dem Spielbrett der Zeitlosen gewesen. Langsam folgte sie dem Wächter zu dem Zimmer, dass man für sie bereitet hatte. „Ich bin am Ziel! Der Sieg in diesem Spiel liegt vor mir! Ich bin am Ziel! Nun muss ich nur noch gewinnen! Tyro, wo immer du bist, ich hoffe, du bist stolz auf mich!" Kurz darauf war sie eingeschlafen.

„Nein, nein, jetzt ist es zu spät. Sie ist bei ihnen! Warum habt ihr das nicht verhindert?" Vor McCloud hockten einige der verschüchterten Soldaten, die dem Zorn der Zeitlosen lebend entkommen waren. Zitternd starrten sie auf ihren Herren und Gebieter, der sie mit furchterregender Miene anstarrte. „Narren, alles Narren" murmelte er vor sich hin. Langsam schritt er zum Fenster. „Nun werde ich mich wohl auf eine Schlacht vorbereiten müssen", dachte er.

Dass Lisa und Laya zu eben dieser Sekunde die Feste der Zeitlosen wieder verließen, konnte er nicht ahnen. Zur selben Sekunde geschahen noch drei weitere Dinge:

Christoph und die Elfe Amanda-Smirella führten ihre kleine Streitmacht, unterstützt von den Drachenreitern zu dem unterirdischen Gang, der in der Feste McClouds endete. Sie erreichten den Stollen in eben diesem Augenblick.

Im unterirdischen Verließ hingegen gelang es Tyro, sich von seinen Fesseln zu befreien.

Draußen zogen dunkle Wolken zusammen, der Himmel öffnete seine Tore und heftiger Regen prasselte nieder, Donner rollte und Blitze zuckten. Die Entscheidung der Schlacht stand kurz bevor.

Als Lisa erwachte, hatte sie das Gefühl, tausende von Stunden geschlafen zu haben. Sie fühlte sich gut, ausgeruht und war voller Tatendrang. Ihre Wunden waren verheilt, ihre Kleidung durch Neue ersetzt. Nur der Dolch mit dem roten Stein, die Kette mit dem Grünen und die Klinge des goldenen Schwertes fand sie aus ihrem alten Besitz noch vor. Und das alte Papyrus aus der Baumstadt, mit dem Hinweis, wo sie zu suchen hätte.

Nachdenklich starrte sie auf den Haufen herab. Vorsichtig hob sie die Kette an und hängte sie sich um den Hals. Sie fühlte sich wieder ruhiger. Dieser Stein gehörte mittlerweile so zu ihr, dass sie sich ohne seine Gegenwart beinahe nackt fühlte. Dann trat sie ans Fenster und stolperte fast über den Saum des langen Gewandes, welches sie trug. „Zeitlosenkleidung! Was sollte man da erwarten," dachte sie.

Fluchend befreite sie sich aus dem Getüddel aus Bändern, Stoffen und Häkchen. Die Kleidung auf dem Stuhl bestand aus Hose und Pullover, beides in weiß wie alles hier, aber immerhin.

„Wenigstens bequem ist sie", dachte Lisa. Zufrieden hängte sie den Dolch und die Klinge an den Gürtel und schob das Papyrus in die Tasche. Da fiel ihr Blick auf den Tisch neben dem Stuhl, auf dem ein Kettenhemd lag. „Natürlich", seufzte Lisa in Gedanken. „Hosen gehören hier zu Kettenhemden!" „Ich hätte es wissen müssen!" Vorsichtig streifte sie das Kettenhemd über...... und staunte. Es war federleicht, aber hart wie Stahl. „Natürlich, Zeitlosenstahl!"

„Ich muss mir das Wundern abgewöhnen, sonst werde ich hier noch verrückt," fluchte sie innerlich. Dann trat sie ans Fenster.

Auch hier war alles weiß, wie Schnee. Und in der Tat, es war auch Schnee. Die Zeitlosen schienen dies zu lieben. Wie in einem Krankenhaus. Und doch war all dies gerade wegen seiner Vollkommenheit so wunderbar.

Lächelnd hob Lisa den grünen Stein unter dem Hemd hervor und ließ ihn offen auf dem Hemd baumeln. Wenigstens etwas Farbe.

Dann öffnete sie die Tür und stieß fast mit Laya zusammen, die aus der Tür gegenüber getreten war.

Wie nicht anders zu erwarten trug auch sie Zeitlosenkleidung, aber ohne jede Art von Waffen oder sonst etwas, was sie bei ihrer Ankunft besessen hatte, außer dem Stock der Fee und einem kleinen goldenen Ring - von Tarol.

Sie schmunzelte, als sie den Stein auf Lisas Kleidung gewahrte. „Protestaktion, wie?" mehr sagte sie nicht. In dem Moment kam ein Zeitloser um die Ecke und deutete mit einer herrischen Bewegung an, dass Lisa ihm folgen möge. Mit einer Handbewegung wies er in die zu gehende Richtung.

Lisa folgte ihm hochaufgerichtet, Laya trottete verdrossen hinterher. Die hochtrabende Art der Zeitlosen ging ihr mächtig auf die Nerven.

Dann standen sie vor Ligara. Ohne lange Floskeln kam sie wieder auf den Grund zu sprechen, weswegen Lisa die Zeitlosen aufgesucht hatte.

„ .... und so bitte ich Euch, mir das Heft des goldenen Schwertes zu übergeben." Dies waren Lisas letzte Worte.

Ligara nickte. „Du sollst es haben. Doch vorerst erkläre mir den Sinn der Nachricht auf dem Papyrus in deiner Tasche."

„Oh, das ist nicht allzu schwer. Ist das Eure einzige Bedingung für die Herausgabe des Schafts?"

„Nein, aber fast. Es gibt nur noch eine Bedingung und eine Erklärung.

Aber zuerst: Löse das Rätsel:

„Wo ist dort, wo niemand suchen würde, weil dort niemand lebt?"
„Auf dem Gipfel des höchsten Eisberges."
„Wo hausen Ungeheuer, die keine sind? Wer sind sie?"
„Die Drachen in der Drachengrotte. Die, die McCloud
einfror!"
„Wo steckt das Herz der Welt und wer ist der eine, der nur dort wohnt?"
„Der Eine seid Ihr und das Herz der Welt liegt auf diesem
Gipfel!"
„Wo kannst du nichts finden, obgleich du davor stehst?"
„In diesen Bergen, wo der Nebel jede Sicht nimmt und der
Schnee die Welt verdunkelt."
„Gut. Aber nun: Wer ist McCloud?"

Lisas Augen wurden groß. McCloud? All die Fragen Ligaras bezogen sich auf die Zeitlosen, sie stammten aus dem in der Baumstadt gefundenen Text. Was hatte diese Frage damit zu tun? Nichts, es sei denn......

„Ein Zeitloser!" rief Lisa aus. Ligara starrte verblüfft auf sie herab. „Wie kamst du auf diese Idee? Woher weißt du das?"
„Warum solltest du diese Frage stellen, wenn sie nichts mit euch Zeitlosen zu tun hätte? Auch sagte die Fee an der Grenze, an der der Laubwald und der Dornenwald sich treffen, dass die Zauberaura McClouds anders sei als jede andere auf dieser Welt. Und du brachtest gestern in deiner Rede McCloud mit euch in Verbindung. Da liegt doch der Schluss nahe, dass er ein Zeitloser ist. Erzählt mir über ihn, bitte!"

Ligara nickte. „Das ist die Erklärung, die ich dir noch geben wollte. McCloud ist ein Zeitloser, genauer gesagt: mein Bruder. Doch ist er abgrundtief schlecht. Wenn einer von uns sich falsch entwickelt, wenn er mit seinen Komplexen nicht fertig wird, so schlägt seine große Macht ins Böse um. Auf diese Art und Weise wurde schon manche Welt gespalten und zerstört.
Nun scheint diese Welt an der Reihe zu sein, und wir können wieder einmal nichts tun. McCloud ist machtbesessen und skrupellos. Aber eines musst du dir merken: Du darfst ihn nicht töten, sonst wirst du wie er. Vergiss das nie! Töte McCloud nicht! Wenn es soweit ist, werde ich da sein, um dir beizustehen. Du aber krümme ihm kein Haar!"

Mit diesen Worten zog sie den goldenen Schaft unter ihrem Umhang hervor und legte ihn in Lisas Hände.
Sofort passte er sich ihren Händen an. Kraft durchfloss Lisas Arme. Langsam hob sie die Klinge an und fügte sie dem Schaft bei.
Triumph der Macht schwebte in der Luft, das Schwert strahlte golden. Lisa fühlte es in ihrer Hand, fühlte die Macht, die Energie. Diese Kraft sammelte sich in ihr, und mit einem Triumphschrei riss sie das Schwert in die Höhe. In diesem Moment erstrahlten Trägerin und Schwert in strahlendem Gold, eine Aura der Macht legte sich um Lisa und, vom Willen des Schwertes getragen, verwandelte sich ihre Kleidung in eine strahlende Rüstung, golden, aber härter als Stahl.
Dann verging das Leuchten, aber Rüstung, Schwert und Edelsteine blieben. Langsam richtete sie sich auf.
Laya und Ligara, alle starrten sie an. „Vergiss meine Warnung nicht!" rief Ligara.

Dann reichte sie Lisa einen Umhang, um das Leuchten der Rüstung zu verdecken. Lisa schob das Goldene Schwert in den Gürtel und lächelte. Rasch hüllte sie sich in den Umhang. Da unterbrach Ligara: „Noch etwas - Die Lösung des Rätsels war nicht ganz richtig. Ich bin nicht der Eine. Du kennst ihn bereits, ohne dass du es weißt".

Sie wandte sich um und eine schimmernde Gestalt trat hinter ihrem Thron hervor. „Das ist der Eine." Die Gestalt nahm Form an. Vor Lisa stand: Sternennebel.

„Hallo Lisa!" Diesmal war es keine Gedankenstimme, die sie hörte, sondern gesprochene Worte. „Ja, ich bin der Eine. Ich bin der Eine, der alles ist. Auch ich bin ein Bruder Ligaras, und somit auch McClouds, aber ohne die Macht der Zeitlosen. Ich lebe in dieser Welt, weil sie mir gefällt. Die Gestalt aus Licht, die du eben gesehen hast, ist mein wirkliches Ich."
„Sternennebel, ich hätte es mir denken können." Lisa lachte.
„Aber ich bin noch mehr!" rief der Eine. Licht wallte um ihn und Sekunden später stand er wieder vor Lisa: als Silberpfeil!
„Ja, so bin ich." Wieder lachte er. „Ich werde euch beide in die Feste meines Bruders tragen. Das bringt Abwechslung." Er nahm wieder seine eigene Gestalt an, zwinkerte und verschwand dann spurlos.
Lisa begriff, dass der Eine neutral war. Er hatte ihr geholfen, aber gegen seinen Bruder würde er sich nicht stellen, ebenso wenig aber auch gegen seine Schwester. Das war sein Zeitvertreib.
Nun blickte sie wieder Ligara an, dankte dieser und wandte sich um. „Lass uns gehen, Laya, ich will nicht länger warten." Dann verließen Lisa und Laya den Raum.
Ligara aber sah ihnen nach. „Macht euch bereit, denn wir müssen helfen, wenn die Entscheidung fällt. Bringt mir mein Schwert!" befahl sie. Dann war alles still.

Der letzte Kampf

Lisa und Laya verließen die Feste, kurz nachdem die Schwarzen Ritter durch das Schwarze Portal wieder bei McCloud angelangt waren. Sie hatten nur wenige Sekunden verloren, dafür aber ihr Leben und das Goldene Schwert erhalten. Vor den Toren saß der Eine in Gestalt eines großen Vogels mit goldenem Schnabel und Krallen. Die Federn waren weiß. Auf dessen Schwingen machten sie sich auf den Weg, um McCloud zu vernichten.

Währenddessen hatte Tyro, von McClouds Häschern wieder in das Verlies gebracht, sich eines kleinen, aber harten Drahtes bemächtigt und damit begonnen, seine Fesseln zu lösen. Dass McCloud dies nicht bemerkte, lag nur daran, dass er damit beschäftigt war, Christophs Spuren wiederzufinden. Sonst hätte Tyros Flucht nie gelingen können. So aber konnte er seine Fesseln lösen und sich befreien. Dann begann er damit, das Schloss der Gruft zu öffnen. Schließlich gelang ihm auch dieses. Vorsichtig öffnete er die Tür: und starrte direkt in das Gesicht seines Bewachers, eines hässlichen Gnoms, der vor Überraschung wie erstarrt dastand, sich nicht bewegte. Diese Schrecksekunde genügte Tyro. Ehe der Gnom reagieren konnte, hatte Tyro dessen Schwert an sich gebracht und den Gnom erstochen. Der sank zu Boden, tot. Taumelnd starrte Tyro auf die Leiche. Dies war das erste Wesen, das er selbst erstochen hatte. Schwankend lehnte er sich an die Wand. – „Reiß dich zusammen, Tyro", dachte er bei sich. „Daran musst du dich gewöhnen, wenn du hier lebendig herauskommen möchtest!" Dann nahm er das Schwert des Gnoms, wog es in seiner Hand und begab sich auf den Weg, die Stufen hinauf, dem Feind entgegen.

Zur gleichen Zeit öffnete Amanda-Smirella vorsichtig mit einer Zauberrune die geheime Tür, die zu einem Gang führte, der in McClouds Feste endete. Leise glitt die Tür auf. Amanda-Smirella eilte voraus, neben ihr Christoph, der ein langes Schwert in der Hand hielt. Hinter ihnen drängten die Drachenreiter durch die Pforte. Die kleine Streitmacht begann, die Feste zu erobern.

McCloud aber beging seinen ersten wirklichen Fehler, indem er die Vielfalt und die Entschlossenheit seiner Feinde unterschätzte. Er rechnete nicht mit einem Angriff und das sollte ihm zum Verhängnis werden.

Der Angriff begann am frühen Morgen. Amanda-Smirella und Christoph hatten am Ende des Geheimganges an der Tür gesessen und gelauscht. Immer dann, wenn sie schon dachten, sie könnten das Zeichen zum Angriff geben, rumpelten des Wächters schwere Schritte durch den Gang. So hatte die Gruppe hinter der Tür gehockt und stumm der Dinge geharrt, die dort kommen sollten. Jetzt, gegen Morgen, war der Wächter eiligen Schrittes davongeeilt. Nachdem einige Zeit lang Stille geherrscht hatte, hatte Christoph vorsichtig die geheime Tür geöffnet und war in dem Gang verschwunden. Als er nach einer Weile zurückkehrte, berichtete er, dass der Geheimgang in einem Flur endete. Durch ein Fenster hatte er erspähen können, dass der Flur fast direkt gegenüber dem Turm lag, in dem McCloud vermutet wurde. Warum die Wachen so plötzlich verschwunden waren, wusste er nicht. So hatte Amanda-Smirella kurz entschlossen den Angriffsbefehl gegeben.

Christoph zog das Schwert, hob es und seine Augen blitzten. Neben Amanda-Smirella trat er auf den Gang hinaus. Die anderen folgten. Sie verständigten sich durch Gesten und entschieden, dem Gang in die rechte Richtung zu folgen.
Der Gang bog sich in Richtung Turm. Doch mussten sie bald feststellen, dass der Gang doch weiter vom Turm entfernt war, als sie gedacht hatten. Er schlängelte sich wie eine Schraube nach oben, wo sich schließlich der Turm anschloss. Und obwohl nur drei Mann nebeneinander gehen konnten, gingen sie weiter. Plötzlich machte der Gang einen scharfen Knick.
Christoph rannte beinahe gegen den mächtigen Körper eines schwer bewaffneten Mannes. Er reagierte schnell, hob sein Schwert, und mit dem Ruf „Für Christa" schlug er dem Gegner den Kopf ab. Doch schon kam der nächste um die Ecke. Christoph hatte keine Zeit mehr, darüber nachzudenken, dass er gerade jemanden getötet hatte. Immer voller und voller wurde der Gang, füllte sich mit Gegnern.

Mit wildem Geschrei stürzten sich die Angreifer auf die Schwarzen Ritter, deren Mauer unter dem Ansturm der Drachenreiter zerbrach. Vorne stürmten Amanda-Smirella und Christoph, Seite an Seite, und ihre Klingen zitterten, wenn sie feindliches Stahl trafen.
Es war ihr Glück, dass der größte Teil der Schwarzen Ritter außerhalb der Burg Jagd auf Lisa und Christoph machten und die Eroberung vorbereiteten. Sonst hätte ihr Angriff keine Chance gehabt. Aber auch so kam der Angriff langsam zum Stehen. Es begann ein Kampf, Mann gegen Mann. Schon bald standen sich die Mauern der Gegner erstarrt gegenüber.

Tyro, der sich vom Verließ aus dem Schwarzen Turm zugewendet hatte, traf auf weniger Widerstand. Und obwohl er einen längeren Weg zu nehmen hatte, erreichte er den Kampfplatz beinahe zugleich mit Christoph und seinen Mannen.
Doch anstatt sich in das Getümmel zu stürzen, hielt er an und ging einige Schritte zurück. Dort wartete er, um zu beobachten.
Schnell erkannte er, dass jemand in die Burg McClouds eingedrungen war und gegen die Schwarzen Ritter kämpfte. In dem wilden Kampfgetümmel erblickte er schließlich Christoph. Eilig bahnte er sich einen Weg zwischen den Kämpfenden hindurch, bis er bei Christoph angelangt war.
Christoph hob nur einmal kurz den Kopf, dann schlug er mit Verbissenheit auf seinen nächsten Gegner ein. Tyro und Christoph kämpften nun Rücken an Rücken, sie verstanden sich auf ihre Weise. Fragen konnten warten.
Schon bald wurde allerdings klar, dass Christophs kleine Streitmacht der Übermacht an Schwarzen Rittern früher oder später erliegen würde. Dennoch kämpften sie verbissen weiter.

Als Lisa und Laya die Feste erreichten, war die Schlacht bereits in vollem Gange. Sie landeten inmitten des Hofes, unbehelligt. Darüber war ihre Verwunderung groß. Angesichts der Tatsache, dass sie nicht wussten, dass innerhalb der Burg heftig gekämpft wurde und alle verfügbaren Wachen ins Innere einbezogen waren, war ihre Verwunderung verständlich.

Das war McClouds zweiter Fehler. Da er seine Gegner erneut unterschätzte, gelangten Lisa und Laya unangefochten ins Innere der Burg. An der Treppe stießen sie dann auf die Kämpfenden.
Das goldene Schwert Lisas wütete nun unter den Verteidigern der Burg und wendete so das Blatt. Mit neuem Mut griffen Christophs verbliebene Truppen an und drängten den Feind

zurück. Die Schwarzen Ritter flüchteten hinauf zu McCloud und verschwanden hinter der Tür.

So kam es, dass der überraschte McCloud doch noch Zeit fand, seinen Plan in die Tat umzusetzen. Er rechnete früher oder später damit, dass Christoph und Lisa die kleine Treppe von der Plattform zum Turm hinaufsteigen würden. Dann wollte er sie gebührend empfangen.

„Meine treue Seele," sprach er Christa an. „Bitte stelle dich auf diesen Kreis!" Mit wenigen Schritten gelangte Christa zu dem auf dem Boden aufgemalten Kreis. Drei Stück gab es davon im Raum. Und sie bildeten ein Dreieck.

Die Tür ließ er von den restlichen Kämpfern bewachen. Jedoch erließ er den Befehl, im Falle des Angriffs auf den Turm Christoph und Lisa von den anderen Kämpfern zu trennen und auf die anderen beiden Kreise am Boden zu drängen.

„Bei Leben und Tod müsst ihr die anderen daran hindern, diese Tür zu durchschreiten, bis mein Plan gelungen ist!" befahl er.

Dann ging er zum Tisch, griff nach dem alten Buch der Mächte, und schlug die Eine Seite auf. Leise begann er damit, sie vorzulesen. Die Falle war perfekt.

Lisa und Christoph standen sich auf dem Schlachtfeld gegenüber. Keiner von beiden sprach. Sie sahen einander nur an. Viele Gefallene lagen schon um die beiden herum. Nicht nur Feinde, auch Freunde. Mitten in diesem Chaos aus Verwüstung und Tod fielen sie einander in die Arme.

Lisa schluckte. Leise sagte sie „Bin ich froh, dich gefunden zu haben! Es war ein weiter Weg" Sie lächelte schwach „Aber wo ist Christa??"

„Ich weiß es nicht," entgegnete er verdrossen. „ER hat sie geholt, bevor ich es verhindern konnte."

Lisa sah betroffen drein. „Aber warum?" grübelte sie. „Er braucht uns doch alle drei?" Christophs Griff an ihren Arm schreckte sie aus ihren Gedanken.

„Schau, Lisa, hier ist jemand, den du sicher gerne wiedersehen möchtest!" Lisa sah auf und erstarrte. Dann stieß sie einen Freudenschrei aus.

Laya, die bisher unbeteiligt neben Christoph und Lisa gestanden hatte, blickte auf und schluckte. „Tyro!" rief sie erstaunt und überglücklich aus.

Lisa rannte auf ihn zu und warf sich in seine Arme. Vorsichtig schob er sie von sich und lächelte. „Lisa!" sagte er sanft. Seine Augen brannten. Um sie herum schien die Welt für die Sekunden des unerwarteten Wiedersehens zu versinken.

„Du lebst, Gott sei Dank!" flüsterte sie.

„Du hast das goldene Schwert, nicht?" fragte er leise.

„Ja, wieso?"

„Nur so," seufzte er. „Dann geh schnell, schnell hinauf zu McCloud. Ich wette, du findest Christa dort oben."

„Und du, was willst du machen? Kommst du nicht mit?" Angst stieg in ihr auf, er könnte sie erneut verlassen.

„Doch, doch." Er lachte. „Ich werde schon auf dich aufpassen." Sie lächelte, stieß ihn mit dem Ellenbogen freundschaftlich in die Seite. Noch einmal sahen sie einander an, dann wandte sich Lisa um.

„Los! Vorwärts, noch lebt McCloud, und wir müssen seine Pläne ganz zerstören! Auf!" Und die kleine Schar versammelte sich. Ungewollt war Lisa zum Führer der Schar geworden.

Amanda-Smirella hielt sich an Christophs Seite. Gemeinsam schritten sie hinter Lisa her, in deren Hand das Goldenen Schwert glühte wie helles Feuer. Schließlich erreichten sie die Tür. Vor ihr standen Schwarze Ritter, in Formation.
Die übrigen Drachenreiter bauten sich hinter Lisa auf.
Ein bärenstarker Schwarzer Ritter schob sich vor und grinste hasserfüllt. „Wer von euch Feiglingen wagt es, gegen mich anzutreten?"
Überheblich musterte er die Schar. Lisa hob das Goldene Schwert und wollte vortreten, doch Tyro hielt sie zurück.
„Lass mich das machen, Lisa!" Er schaute verwegen. Seine hochaufgerichtete Gestalt hob sich gegen die Schatten ab, und jetzt wurde erkennbar, dass Tyro der Sohn eines Königs war. Unwillkürlich trat der Riese ein Stück zurück. Sein Lachen wirkte jetzt unecht. „Nun?" fragte Tyro lächelnd, „Was ist? Wollt Ihr kämpfen oder habt Ihr Angst vor mir? Einem 'Feigling'!"
Der Riese grollte wütend. „Na warte, ich habe schon mit Männern gekämpft, die waren doppelt so stark wie du, Zwerg" polterte er.
„Nun gut, dann wollen wir sehen, wer den längeren Atem hat." sprachs und schwang sein Schwert.
Laut klirrte es, als Stahl auf Stahl traf. Tyros Schritte waren leicht und federnd. Spielend wich er den schweren, langsamen Hieben des Riesen aus. Kalt griff er weiter an, immer noch lächelnd, aber mit der Härte und Kraft eines Kriegers. Lisa staunte. Diesen Tyro kannte sie nicht. Und sie bewunderte ihn.
„Sein Vater", dachte sie, „die majestätische Kraft seines Vaters!" Tyro kämpfte weiter, wich den wütenden Hieben des Riesen immer wieder geschickt aus und suchte nach einer Lücke in dessen Deckung. Schließlich fand er sie, riss sein Schwert hoch, stieß es vor. Die Waffe des Riesen flog in hohem Boden davon und spaltete einem unvorsichtigen Gnom den Kopf.
Der Riese starrte verdutzt auf Tyro herab und schwieg. Tyro trat auf ihn zu und legte ihm seine Schwertspitze an den Hals. „Nun, starker Mann," spottete er leise. "Man sollte seine Gegner nicht nach der Körperlänge beurteilen. Seht Euch in Zukunft Eure Feinde genauer an, bevor ihr wieder einen solchen Fehler begeht. Verschwindet!"
Mit diesen Worten stieß er den Mann von sich. Der floh mit riesigen Schritten.

Langsam drehte Tyro sich zu den anderen Rittern um. „Möchte noch einer von euch mich einen Feigling schimpfen?" fragte er süffisant. Doch die Antwort war nur dumpfes Grollen und Gefluche. Die Menge bewegte sich unruhig. Tyros majestätische Gestalt hielt sie nun zurück und flößte ihnen Angst ein. Doch dann entsannen sie sich der Worte ihres Herren und seines Zornes. Und diese Angst war größer.
Gemeinsam stürzten sie auf Tyro zu. Rasch sprangen Lisa, Laya und Christoph an seine Seite. Das Gefecht entbrannte von neuem, heftiger denn je und mit immer stärkerer Wut.

Doch diesmal verließ das Glück die Freunde. Denn McClouds Schwarzen Rittern gelang es, Lisa und Christoph unbemerkt von den anderen zu trennen und in den Turm zu treiben. Immer näher kamen sie den Kreisen.
An der Tür begann die Verteidigung der Schwarzen Ritter zu schwanken, und langsam gelang den Angreifenden der Durchbruch. Noch einmal wehrten sich die Schwarzen Ritter gegen sie, und der Vormarsch geriet ins Stocken. Aber dann drangen die Freunde in den Turm ein, allen voran Tyro.

Doch zu spät. Lisa und Christoph standen in den am Boden gezeichneten Kreisen. An der Wand stand mccloud. Seine Augen funkelten.
Mit einem lauten 'Halt' stoppte er seine Diener. Sofort zogen sie sich zurück.

„Wagt es nicht, näher zu treten." zischte er den Freunden entgegen, die im Türrahmen wie erstarrt stehen geblieben waren. Nun sahen auch Lisa und Christoph auf - und genau in das erstarrte Gesicht von Christa.

„Christa!" rief Christoph und wollte zu ihr gehen. Doch mit einer herrischen Handbewegung hielt sie ihn zurück.

„Bleib stehen!" donnerte ihre Stimme durch den Raum. „BRUDER!" stieß sie verächtlich hervor. Ihre Augen blitzten kalt. Ihre Haltung, ihr Gebaren und ihre Sprache war die Personifizierung der Herausforderung und Kälte. Von der einst so feinfühligen Christa war nichts mehr zu erkennen. Diese Christa war hart wie Stein.

„Mein Bruder ist gekommen, um mich zu retten. Wie liebevoll!" stichelte sie hämisch. „Und die gute Lisa hat er auch hergebracht, zusammen mit einer Horde von Dummköpfen. Sag, Lisa, ist es nicht jener dort drüben, dem du dein Herz schenktest?" Sie zeigte auf Tyro und lachte herablassend. „Wie rührend! Aber findest du nicht, dass er hässlich ist und überhaupt noch kein Mann? Lächerlich!"

Lisa blickte auf und sah, dass Tyro vor Wut zu zittern begann. Laya hielt ihn mit aller Kraft zurück.

„Und wie er sich ärgert! Ist ja geradezu niedlich!" hänselte Christa weiter.

Lisa hielt Tyro mit einer Handbewegung zurück. Sie hatte durchschaut, was hier geschehen war. Ihre Stimme war gefährlich leise. „Schau an, Christa, sieh da! Wer hätte je gedacht, dass du jemals so reden würdest. Aber sei es drum. Ich akzeptiere deine Herausforderung, McCloud, auch wenn sie durch Christa erfolgt. Aber ich sage Euch, damit kriegt ihr mich nicht." Sie lächelte kalt und entschlossen.

Christoph akzeptierte stillschweigend und voller Wut, dass dieses geistige Duell zwischen McCloud und Lisa durch seine Schwester stattfinden würde.

„Lisa, du warst schon immer schwach. Das hat sich nicht geändert. Wenn das alles ist, was ihr uns entgegenstellt, dann ist das wenig, zu wenig! Ich werde dir vergeben, sofern du aufgibst."

„Nein, Christa, du kanntest mich, aber ich habe mich verändert. Ich werde nicht aufgeben! Nur weiter, ich warte." Lisas Stimme war hart und schneidend.

Christas Gesicht war wie Stein. In dem Raum konnte man die Spannung knistern hören. Alle starrten auf die beiden Duellanten. So kam es, dass niemand auf McCloud achtete.

Das Duell zwischen Lisa und Christa wurde zu einem geistigen Kräftemessen. Schließlich wandte Christa den Kopf ab. Lisa schien gewonnen zu haben. Doch dann griff Christa nach einem an der Wand hängenden Schwert und stürzte sich auf Lisa.

Im letzten Moment konnte diese ihr Schwert heben und den Hieb parieren. Christoph schrie auf, als die Schwerter aufeinander prallten. Lisa würde Christa doch nicht töten! Oder? Dieses Dilemma erkannte Lisa in eben dem Augenblick, als Christoph dieser Gedanke durch den Kopf schoss. Sie wusste, dass sie verlieren würde, weil sie Christa nicht töten konnte. Trotzdem parierte sie jeden Schlag, in der Hoffnung, dass die untrainierte Christa diese Angriffe nicht allzu lange durchhalten würde.

Doch McClouds Einfluss war stärker. Christas Klinge fuhr vor und zurück, in einer Schnelligkeit, dass jeder Fehler Lisas tödlich sein würde. Lisa merkte, dass ihre Arme schwer wurden. Aber sie zwang sich, standzuhalten. Nur durch eine schnelle Drehung entkam sie einem harten Schlag Christas. Und ehe sie sich recht besann, hatte Christa zum Schlag ausgeholt. Lisa sah das Schwert auf sich zukommen und riss ihr Schwert hoch. Die Klingen kamen aufeinander zu liegen. Außer dem heftigen Atmen Lisas und Christas leisem Lachen war nichts zu hören. Die Welt hielt den Atem an. Christa drückte zu, und langsam ging Lisa in die Knie. Da wusste sie, dass sie einen Fehler gemacht hatte, als sie sich auf diese Parade einließ. Mit letzter Kraft wehrte sie sich gegen Christa, doch sie versagte. Christa riss ihr Schwert hoch und stieß es Lisa an die Kehle. Dann lachte sie, und ihr Lachen war hässlich. Voller Abscheu sah Lisa sie an. Das Goldene Schwer entglitt ihren zitternden Händen. Sie wagte nicht zu atmen.

In diesem Moment lachte McCloud laut auf. „Es ist gut, Christa, meine Liebe! Stell dich auf deinen Platz." Und tatsächlich, Christa gehorchte. Langsam zog sie das Schwert von Lisas Hals und hinterließ eine blutige Spur.

Lisa sackte erleichtert in sich zusammen, doch Zeit zum aufatmen hatte sie nicht. Denn in dem selben Moment, als Christa sich zurückzog, begann McCloud mit düsterer Stimme einen Reim, und alle im Raum erstarrten beim Klang dieser Stimme, die durch Mark und Bein ging, die aus den Tiefen und Abgründen der Welt zu kommen schien, deren Hall wie Geisternebel an die Herzen und Seelen kroch und sie zu vergiften drohte, der Stimme des Todes, des Verderbens, der Düsternis:

> Aus den Tiefen der Welt,
> komm, ich rufe dich, Dämon der Finsternis,
> weil ich als dein Herr dich vermiss
> weide dich an dem Schlachtfeld
> nimm von den Toten, nimm von den Lebenden
> verwüste Stadt und Land
> mach es zu meinem Unterpfand
> und töte alle sich mir nicht Ergebenden
> Herr des Bösen, erhöre mich
> komm und nimm für mich die Welt
> der du dafür die drei erhältst
> deren Energie Macht ist,
> durch die Du gestärkt bist
> Herr des Bösen, erhöre mich,
> denn ich, mccloud, ich rufe dich!
> ERWACHE **JETZT**!

Auf sein Wort kroch Nebel aus allen Ritzen und Spalten, düsterer Nebel, Höllennebel, und umschloss Lisa, Christoph und Christa. Lisa sah den Nebel auf sich zukriechen, unheimlich, lautlos, doch gefährlicher als alles Laute. Sie versuchte wegzulaufen, doch ihre Beine waren wie erstarrt. Verzweifelt blickte sie zu Christoph und sah, dass auch er bewegungsunfähig war.

Sie drehte mühsam den Kopf und blickte sich um:
Nur verschwommen erkannte sie durch die Nebelschwaden die Umrisse ihrer Freunde; dumpf hörte sie deren Stimmen, die irgend etwas schrieen, aber sie konnte sie nicht verstehen. Um sie herum war nichts, nur Dunkelheit, Schwärze des Nebels. Panik befiel sie, sie wollte rennen, fliehen vor dem, was kam, aber sie konnte nicht. Sie wollte schreien, aber sie konnte nicht. Sie wollte ihre Freunde sehen, aber sie konnte nicht. Ihr Atem ging schwer, keuchend, sie zitterte innerlich, verkrampfte. Ihre Hände wurden taub, sie fühlte ihre Beine nicht mehr. Um sie herum war alles schwarz. Sie glaubte, sie müsse ersticken, und mühsam

hob sie die Hand zu ihrem Hals. Dabei kam sie auf der Kette mit dem grünen Stein zu liegen. Die Energie des Steines strömte in ihren Körper, und langsam wurde ihre gefühllose Hand wieder warm, das Leben kehrte in sie zurück. Mit aller Macht zwang Lisa sich zur Ruhe. Die Panik schwand und ihre Gedanken klärten sich.

Ihr Augenlicht kehrte zurück. Sie merkte, wie die Macht des Steines den letzten Rest des Höllennebels aus ihr verbannte. Dann sah sie sich um. Der schwarze Nebel wallte um ihren Körper, doch nun berührte er ihn nicht mehr. Neben ihren Füßen gewahrte sie das goldene Schwert. Langsam, so als würde ihre Kraft sie verlassen, bückte sie sich danach und hob es auf.

Da lichtete sich der Nebel vor ihr und verschwand langsam. Die eine Hand immer noch am Stein, in der anderen das Goldene Schwert, richtete sich Lisa wieder auf und erstarrte. Vorsichtig blickte sie unter halb geschlossenen Liedern hervor. Sie hörte die anderen schreien. Als erstes sah sie Christoph und Christa, die bewusstlos am Boden lagen. Und dann gewahrte sie ein rotes, flammendes Ungeheuer inmitten des Dreiecks der 'Blutsverwandten' - den Feuerteufel!

Die Prophezeiungen hatten sich erfüllt. Drei Blutsverwandte hatten das Dreieck der Macht gebildet, und McCloud hatte ihn heraufbeschworen. Nun schwebte er da, inmitten dieses Dreiecks: der Todbringende, der Schrecken aller Lebewesen, unbesiegbar. Langsam wandte er sein grausames Gesicht Lisa zu. Sein Blick war wie Feuer, heiß, und jeder, der den Blick zu lange schaute, verbrannte.

Doch Lisa hielt diesem Blick stand. Seine Fratze war die des Teufels. Kleine Hörner standen zwischen seinen feurigen Haaren, die wirr um seinen Kopf hingen. Sein Körper war eine einzige Flammenpracht. Und sein Lachen war grausam und höhnisch. Seine Fratze unbeschreiblich: Die Inkarnation der Hässlichkeit und des Abschaums!

Seine Augen maßen sich mit Lisas. Ein stummer Kampf! Da schrie McCloud auf: „Töte sie, Teufel, töte sie!"

In diesem Moment tat Lisa etwas, was sie sich selbst nie zugetraut hätte. Sie hob das Goldene Schwert, lachte und sprach: „Ja, komm nur, was aus meinem Blut gemacht, werde ich auch vernichten."

Als der Teufel das Schwert sah, stieß er einen gellenden Schrei aus. In diesem Augenblick entstand in der Hand des Teufels der Bruder des Goldenen Schwertes des Lebens: das Schwarze Schwert des Todes.

Vorsichtig umkreisen jetzt die beiden Gegner einander, behielten sich im Auge, auf jede Bewegung des anderen achtend. Die Spannung knisterte! Aller Augen verfolgten die Kämpfenden.

Lisa hielt sich zurück. Sollte er den Anfang machen. Vorsichtig beäugte sie den Feuerteufel. Und trotzdem bemerkte sie seinen ersten Schlag beinahe zu spät. Im letzten Augenblick konnte sie ihm ausweichen, warf sich herum und fing seine Klinge mit der ihren ab. Für einen Augenblick maßen sich die beiden, dann trennten sie ihre Schwerter. Schlag folgte auf Schlag, immer heftiger schlugen sie aufeinander ein.

So fochten sie eine Weile, bis es dem Feuerteufel durch eine geschickte Drehung gelang, das Goldene Schwert zu binden und es Lisa aus der Hand zu schlagen. Keuchend wich Lisa zur Wand zurück.

Heiser lachend trat der Feuerteufel das Goldene Schwert mit dem Fuß beiseite. Langsam ging er auf sie zu, grinste bestialisch. Schon war er heran, als Lisa schnelle Schritte vernahm, einen Aufschrei der Wachen an der Tür, eine Stimme, die ihren Namen rief. Sie sah, wie der

Feuerteufel sich umdrehte, sah das Goldene Schwert auf sich zufliegen. Dann hörte sie einen schmerzerfüllten Schrei, fing das Schwert, hob es und schlug auf den Feuerteufel ein. Im letzten Augenblick gelang es ihm, ihren schweren Hieb abzufangen. Doch diesmal war Lisa darauf gefasst, ließ sich die Klinge nicht binden, sondern wich dem Feuerteufel mit einer schnellen Drehung aus, bückte sich unter seinem Hieb hinweg. Sein Schwert ritzte ihren Arm, doch sie achtete nicht darauf. Von unten her holte sie aus, doch anstatt zuzuschlagen, ließ sie das Schwert über ihren Kopf ausschwingen. Der Feuerteufel hatte sein Schwert gesenkt, um ihren von unten erwarteten Hieb abzufangen, doch durch ihre unerwartete Finte war er oben ungedeckt. Blitzschnell und ohne jedes Zögern rammte sie das Goldene Schwert dem Feuerteufel von oben ins Herz.

Der Feuerteufel keuchte überrascht auf, starrte sie ungläubig an, glitt auf den Boden. Er begann zu verblassen, und doch hörte sie die Worte, die er heiser hervorpresste: „Nur eine Heldin kann mich besiegen. Gnade allem Bösen. Ich verfluche sie!" Dann verblasste seine Gestalt vollkommen. „Ich verfluche sie!" hallte seine sterbende Stimme durch den Raum.
Klirrend fiel das Goldene Schwert zu Boden. Lisa brach auf die Knie. Dann sah sie sich um. Christa und Christoph lagen noch immer auf dem Dreieck. McCloud war mit einem Aufschrei an die Wand zurückgewichen, als der Feuerteufel starb. Nun stand er im Schatten der Mauer und rührte sich nicht.

An der Treppe kämpften McClouds Soldaten immer noch gegen ihre Freunde. Aber inmitten des Saales lag regungslos derjenige, der ihr das Leben gerettet hatte: Tyro.
Er blutete heftig aus einer Wunde am Rücken. „Oh mein Gott, nein, du darfst nicht tot sein!" flüsterte Lisa mit erstickender Stimme. Sie war erschöpft und ausgelaugt von dem langen, harten Kampf. Erst gegen Christa, dann gegen den Feuerteufel, und nun das! Sie kroch zu Tyro hinüber und hob seinen Kopf in ihren Schoß. „Tyro, nein, nicht du!" weinte sie. Tränen rannen über ihr Gesicht. Sanft strich sie ihm durch sein Haar, über sein Gesicht. Dann schüttelte sie ihn an den Schultern. „Nein........... nein" schluchzte sie. Tränen tropften von ihrem Gesicht auf seines. Mühsam richtete er sich auf.
„Lisa, weine nicht!" Sanft wischte er ihr die Tränen aus dem Gesicht. „Tyro, du lebst!" Mit diesen Worten warf sie sich in seine Arme. Tyro strich ihr über den Rücken. Dann sah er auf und.....direkt in McClouds Gesicht und auf einen langen Dolch. Und der zielte genau auf Lisas Rücken. Mit einem Aufschrei ließ er sich zur Seite kippen, riss Lisa mit sich - und der Dolch sauste haarscharf an ihr vorbei.
Noch ehe Tyro erkannte, was nun geschah, hatte Lisa den Dolch mit dem roten Stein aus der Scheide gezogen, sich umgedreht und im selben Moment geworfen. Und der Dolch machte seinem Namen alle Ehre. Der rote Stein glühte auf, die Klinge bohrte sich bis zum Schaft in McClouds Herz. McCloud starrte ungläubig auf den Dolch in seiner Brust, lachte wirr, griff danach und zog ihn heraus. Verwundert starrte er ihn an. Und im Moment seines Todes richtete er sich noch einmal auf und schrie mit letzter Kraft: „Ich hasse dich, Lisa! Ich hasse dich!"

Kaum, dass McCloud tot war, verwandelten sich die Schwarzen Ritter wieder in Menschen aus Layas Volk. Die Kämpfe brachen ab. Christoph und Christa erwachten aus ihrer Lähmung. Verwirrt sah Christa sich um. Dann kehrte die Erinnerung mit einem Mal zurück und schlug wie ein Hammer auf sie ein. Entsetzen über sich selbst ergriff sie, und sie wich an die Wand zurück. Christoph sprang hinzu und fing sie auf, als sie ohnmächtig zusammenbrach. Der Schock hatte sie ihrer Sinne beraubt.

Lisa indes richtete sich auf und trat neben McCloud. Sie starrte auf den toten Körper hinab. Ihre Augen waren hart, als sie sich bückte, um McCloud die goldene Krone vom Kopf zu nehmen, jene Krone dieses Königreichs, die Laya gehörte.
Als sie sich wieder aufrichtete, die Krone in der Hand, stand plötzlich vor ihr Ligara.
Ohne ein Wort streckte sie Lisa die Hand entgegen. Lisa hob das Goldene Schwert. Seufzend sah sie es an, dann nickte sie bloß und legte es in Ligaras Hand. Diese ließ es rasch unter ihrem weiten Umhang verschwinden.
Erst dann sagte sie: „Du warst gut, sehr gut sogar, und wir danken dir dafür! Ich hatte gehofft, dass du ihn mit dem Dolch töten würdest! Das war die einzige Möglichkeit." Sie lächelte anerkennend. Mehr verriet sie nicht.

Dann wurde sie ernster und ihre Stimme klang wieder wie Eis, hart und überheblich, kalt. Die Macht der Zeitlosen lag in ihr: „Aber es wird Zeit, dass du und die beiden anderen diese Welt verlasst, denn es ist nicht eure Welt! Ihr könnt nicht für immer hier bleiben. Es ist mein Wille, dass ihr, ebenso wie wir, diese Welt verlasst, um nie wieder zurückzukehren!"

Lisas Widerwille gewann trotz Ligaras festem Blick die Oberhand. „Aber ich will nicht zurück. Nicht, solange hier keine Ordnung herrscht. Und nicht, solange ich nicht will! Ich habe es satt, mich von euch wie ein Spielzeug herumkommandieren zu lassen!" Ihre Augen funkelten wütend.
Ligara sah sie an. „Du wirst gehen, wenn ich es sage!"
„Nein!" Lisa schrie fast. „Ihr mit eurer Überheblichkeit. Andere machen euere Arbeit, und ihr stoßt sie herum wie unnutzes Treibholz!"
„Das seid ihr!"
Stumm funkelten sich die beiden an.
Da trat plötzlich der Eine zwischen sie. Er sah seine Schwester an. „Lisa hat recht! Es wäre unfair, sie einfach fortzuschicken. Ohne sie wärt ihr verloren gewesen. Deine Macht ist nicht so stark, wie du denkst. Lange nicht! Und eines Tages wirst du es merken."

Ligara funkelte ihren Bruder wütend an. „Also gut. Vier Tage dieser Welt noch! Dann öffne ich das Zeittor. Wenn du dann nicht gehst, musst du sterben. Du wirst dich an nichts mehr erinnern, was du hier erlebt hast. Und die beiden auch nicht." Damit wies sie auf Christa und Christoph.
„Sie werden schon jetzt gehen. Jetzt und hier!" Mit diesen Worten hob sie ihre Hand: Der Raum davor wurde erst schwarz, dann mit bunten Schlieren durchsetzt und drehte sich schließlich wie eine Spirale. In deren Inneren konnte Lisa eine geöffnete Tür erahnen. Plötzlich wurden Christa und Christoph von einem Sog ergriffen, ins Innere dieser Spirale gezogen und verschwanden. Das alles ging so schnell, dass Lisa erst reagierte, als die Spirale sich schon zu einem dumpfen Fleck verzogen hatte.
„Warum?" Mehr brachte sie nicht hervor. Ligara antwortete nicht. Sie sah Lisa nur fest an: „Vier Tage! Und nicht mehr! Unten am Fluss der ewigen Trennung, an der Brücke."
Dann drehte sie sich um, beugte sich über McClouds Leiche, hob ihren Umhang. Dann verblassten beide Gestalten.

Lisa blickte auf die Stelle, an der die beiden eben noch gestanden hatten, dann auf die Krone in ihren Händen. Als sie sich umdrehte, starrten ihre Freunde sie an, sie und die Stelle, an der kurz zuvor noch Christa und Christoph gestanden hatten.

Lisa fing sich zuerst. Sie ging zu Laya hinüber. Wieder lagen alle Blicke auf ihr. Langsam streckte sie ihr die Krone entgegen. Laya streckte ihre Hand aus, berührte vorsichtig den Rand der Krone und zuckte zurück. Mit einem Lächeln schob Lisa ihr die Krone erneut entgegen. Vorsichtig, mit ungläubigem Blick nahm Laya sie. Dann setzte sie sich die Krone auf das Haupt. Unter ihren Untertanen entluden sich auf der Stelle Freude und Jubel.

Lachend wandte sich Laya ihrem Volk zu, um zu ihm zu sprechen. Die Trolle und Gnome hatten sich aufgelöst. Der letzte Donner verhallte, die Wolken zogen davon. Das Volk Layas jubelte im Glück.

Lisa wandte sich an den Einen und sah ihn an. „Danke. Warum hast du das getan?"
„Meine Schwester und die ihren sind zu überheblich. Eines Tages werden sie das zu spüren bekommen. Es war gut, dass du ihr das gesagt hast. Außerdem hast du es verdient."
Lisa lächelte. Sie ahnte, dass der Eine mehr konnte als er zeigte.
„Lisa, ich werde nun gehen. Aber ich verabschiede mich nicht. Ich sage auf Wiedersehen! Denn ich habe das Gefühl, dass du trotz Ligaras Verbot eines Tages zurückkehren wirst." Er winkte noch einmal, dann verschwand er auf dieselbe Weise wie Ligara und mccloud.

In diesem Moment erfüllte ein Brausen und Dröhnen die Luft. Als Lisa das Fenster erreichte, sah sie die Luft voll von geflügelten Wesen. Erst fürchtete sie an weitere Mannen McClouds, doch dann erkannte sie die Drachen.
Mit unheimlichem Getöse landeten die Drachen im Hof. Ein Innentor öffnete sich, und die Drachenreiter stürmten heraus. Ein derartiges Spektakel hatte man noch nie gesehen. Jeder der Drachenreiter rannte zielstrebig zu einem anderen Drachen. Inmitten des Hofes aber landete Feuerauge, auf dessen Rücken Arthus saß, mit Tausenden von Blättern unter dem Arm. Kaum abgestiegen wuselte er auf seine unnachahmliche Weise in der Masse davon, nachdem er Lisa mit einem anerkennenden Blick und einer tiefen Verbeugung gedankt hatte.

Ehrfürchtig sahen alle zum Himmel hinauf, als sich ein Regenbogen spannte.
Lisa sah still lächelnd und zufrieden auf das bunte und fröhliche Treiben hinab. Sie wähnte sich alleine, als sie plötzlich eine Hand auf ihrer Schulter spürte, eine Hand, deren Griff ihr nur allzu wohl bekannt war.
„Wie glücklich sie sind!" seufzte Lisa, ohne sich umzudrehen.
„Ja, und das haben wir dir zu verdanken," sprach er. Nun drehte sie sich um und sah Tyro an. „Ich werde dich sehr vermissen." Sie lächelte traurig. „Ligara sagte zwar, ich würde alles vergessen, aber das will ich nicht."
„Warum willst du denn unbedingt weg? Bleib doch bei uns." Seine Stimme schwankte. Sie sah ihn an.
„Ich kann nicht. Ligara sagte, ich müsse sonst sterben." Betrübt sah sie zu Boden. Seine Hand fuhr unter ihr Kinn. Sanft hob er ihren Kopf an. Sie sah in seine leuchtenden Augen. Er lächelte. „Ganz egal, ich liebe dich trotzdem!" Dann küsste er sie sanft.

Landkarte Silberlichts zu McLouds Zeit

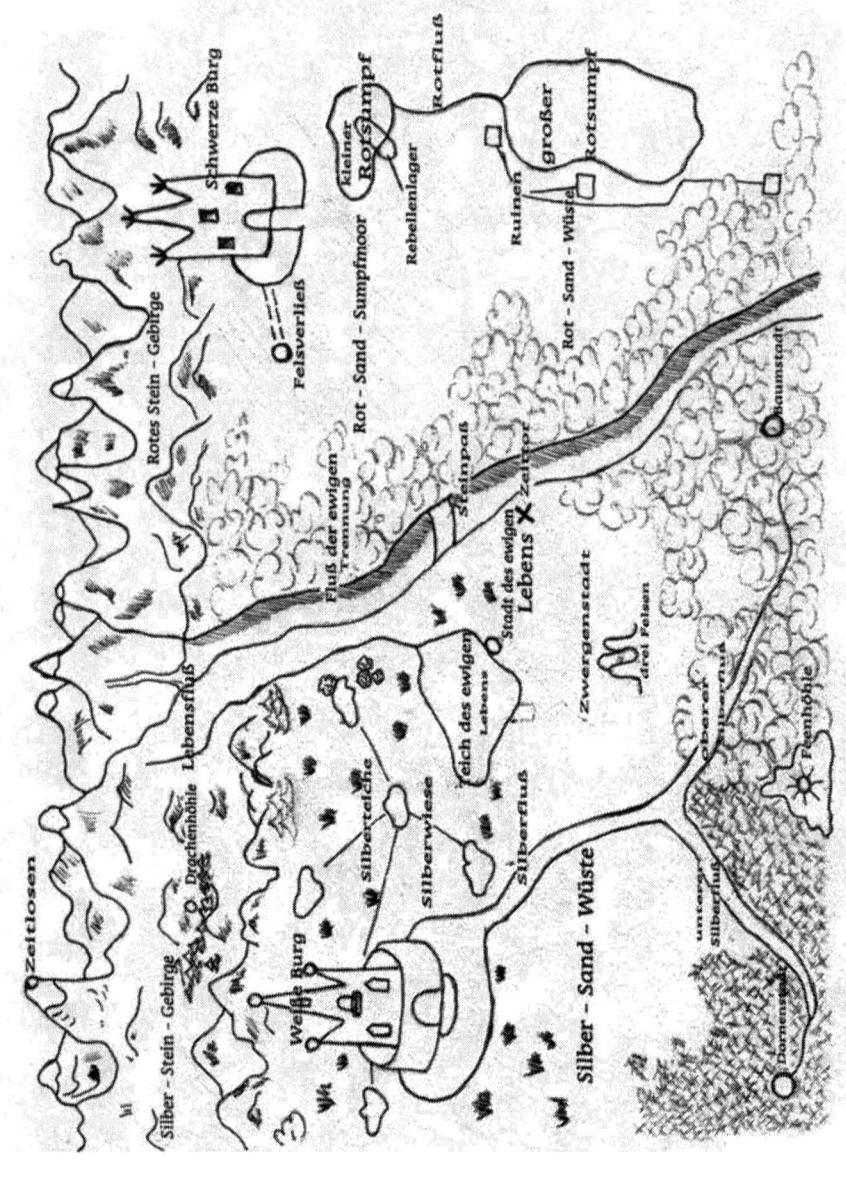